豪門守灶女 1

風文創 102

玉井香 著

目錄

人物簡介

(註：此人物簡介主要以文中較為重要的**焦家、權家、楊家**為主，幾個頻常出現的重要人物則歸為**其他**；焦、權兩個家族主要以主子所居住的院落來作為劃分；主子的名字或頭銜有加上外框，餘則為較有臉面的奴僕、丫鬟等。)

焦家

★焦閣老權傾天下，但焦家崛起不過三代，是連五十年都沒過的門戶。焦閣老母親八十大壽當日，黃河改道，焦家全族數百人全死於惡水中，人丁變得極為單薄。

焦　穎：即焦閣老、焦老太爺，為內閣首輔，相當於宰相之位。
有一妻二妾，頭四個兒子都是嫡出。除四子外，其餘子女皆死於惡水中。

焦　鶴：焦府大管家。焦閣老最為看重、信任之人。

焦　梅：焦府二管家。後跟著焦清蕙陪嫁到權家當她的管家。

焦　勳：焦鶴的養子。眉清目秀、氣質溫和，是個溫潤如玉的謙謙君子，
焦家一手栽培起來，頗有才幹之人。和焦清蕙一起長大，
原本內定要和她成親，在她出嫁前被外放出焦府。

▼【謝羅居】

焦　奇：焦閣老四子，人稱焦四爺。惡水後身體即不好，拖了多年亦病逝。

焦四太太：焦奇元配，育有一雙子女，皆死於惡水中，
腹中胎兒亦因過於悲痛而流產。心慈、不愛管事，對任何事皆不上心。

綠　柱：焦四太太的首席大丫鬟。

▼【南岩軒】

三姨娘：溫和心善，惡水時四太太找人救了她，此後就一心侍奉四太太。

符　山：三姨娘的首席大丫鬟，一心向著焦清蕙。

四姨娘：四太太的丫鬟出身。亦是溫良之人。

▼【太和塢】

五姨娘：麻海棠，出身普通，因生下焦子喬，在焦家地位突升，頗有一人得道，
雞犬升天之勢。為人短視近利，手段粗淺。

透　輝：五姨娘的貼身丫鬟。焦老太爺安插在太和塢中給他遞送府中消息之人。

焦子喬：小名喬哥，焦奇的遺腹子，焦家獨苗。

胡嬤嬤：焦子喬的養娘、焦梅的弟媳。和五姨娘關係極佳。

堇　青：府裡最大的一個使喚人家族姜家的一分子。

▼【自雨堂】

焦清蕙：小名蕙娘，三姨娘親生之女，焦家女子中排行十三。
從小作為守灶女將養起來的，才智心機皆非一般，頗有手段。
婚前莫名其妙被毒死，幸運重生後作風一變，一心要找出凶手。

綠　松：蕙娘的首席大丫鬟，貌美。蕙娘親自從民間簡拔上來、從小一起長大的，
唯一敢勸諫主子之人。

石　英：焦梅之女。頗有能耐，算是綠松之下的第二人。

瑪　瑙：布莊掌櫃之女。專為蕙娘裁製衣物。

孔　雀：蕙娘的養娘廖嬤嬤之女。清甜嬌美，性子孤僻，一説話總是夾槍帶棒的。
專管蕙娘的首飾。

雄　黃：帳房之女。焦老太爺安插在自雨堂中給他遞送府中消息之丫鬟。陪嫁後為蕙娘管帳。

石　墨：姜家的一分子。專管蕙娘的飲食。

方　解：貌美，專管蕙娘的名琴保養。

香　花：貌美，專管蕙娘的妝容。

白　雲：知書達禮，琴棋書畫上都有造詣，但生得不大好看。

螢　石：專管著陪蕙娘練武餵招的，因怕蕙娘傷了筋骨，還特地學了一手好鬆骨功夫的。

廖嬤嬤：蕙娘的養娘。

▼【花月山房】

焦令文：小名文娘，四姨娘之女，非親生，焦家女子中排行十四。對蕙娘又妒又愛。
嫁給祖父的接班人王光進的長子王辰為繼室。

雲　母：文娘的首席大丫鬟。性子太軟、太溫和，無法拉得住主子。

黃　玉：姜家的一分子。還算機靈，會看人臉色，可有眼無珠，看不到深層去。
性子輕狂，老挑唆文娘和姊姊攀比。

藍　銅：焦老太爺安插在花月山房中給他遞送府中消息之丫鬟。

權家

★良國公是開國至今唯一的一品國公封爵，世襲罔替的鐵帽子，
在二品國公、伯爵、侯爵等勳戚中，一向是隱然有領袖架勢的。
權家極重子嗣，且承襲爵位的不一定是嫡長子，因而引發世子爭奪戰。

▼【擁晴院】

太夫人：喬氏，良國公之母，府中輩分最高者。三不五時就吃齋唸佛，不愛熱鬧。
較偏心長孫權伯紅，希望由他當世子承襲國公位。

▼【歇芳院】

權世安：良國公，看似不問世事，實際上深藏不露。

權夫人：繼室，與丈夫兩人較看好權仲白當世子，偏偏二子愛自由、不受控，
故千方百計娶進焦清蕙，希望能治一治他。

雲管家：良國公府的總管，與良國公之間有不可告人之秘密。

▼【臥雲院】

權伯紅：元配生，與妻子成婚多年，頗為恩愛，卻一直生不出孩子。
為人熱情，面上不顯年紀。喜愛作畫。

林中頤：永寧伯林家的小姐、皇帝好友林家三少爺林中冕的親姊姊。
林氏看似熱心，其實一心希望丈夫成為世子，但苦於生不出孩子，
眼見二房娶媳，只得趕緊抬舉身邊的丫頭當丈夫的通房，以求子嗣。
巫　山：本為林氏的丫鬟，後成了權伯紅的通房，懷孕後抬為姨娘。
福壽嫂：大房林氏的陪嫁丫頭出身，是林氏身邊最當紅的管事媳婦。

▼【立雪院】

權仲白：元配生，字子殷，聞名於世的神醫，帝后妃臣皆離不開他。
為人優雅，性喜自由，淡泊名利，講話直接、不愛打官腔，
但實際亦是很有城府之人，只是不愛爾虞我詐的算計。
前兩任妻子皆歿，本不願再娶，婚前親口向焦清蕙拒婚，
未果。與蕙娘道不同不相為謀，不喜她的個性，
兩人一路走來，磨擦不少。
達貞珠：達家三姑娘，小名珠娘，權仲白的元配。是權仲白真心喜愛
並力爭到底娶進權家的，可惜過門三日便因病而逝，權神醫來不及救。
焦清蕙：京城中有名的守灶女，一舉一動皆蔚為風潮。
張管事：是二少爺權仲白生母的陪嫁，也是他的奶公。
張養娘：二少爺權仲白的奶娘。
桂　皮：權仲白跟前最得力的小廝，母親是少爺張養娘的堂妹。
精得很，頗會拿捏二少爺。娶石英為妻。
當　歸：權仲白的小廝，人品人才都好，隻身賣進府裡服侍的。娶綠松為妻。
甘　草：權仲白的小廝，張奶公之子，為人木訥老實、不善言辭，但心地好。娶孔雀為妻。
陳　皮：權仲白的小廝，人品人才都好，一家子在府中各院服侍的都有。
註①：蕙娘在焦家時的一群丫鬟亦陪嫁過來權家了，此不再複述。
註②：二房在香山另有一個先帝御賜給仲白的園子【沖粹園】，兩邊都會居住。

▼【安廬】

權叔墨：權夫人所生，為人嚴肅，是個武癡，對兵事上心，對世子位沒興趣。
何蓮生：小名蓮娘，雲貴何總督之女。極機靈，是個見人說人話、見鬼說鬼話，
看碟下菜的好手，亦希望丈夫成為世子而努力想掌府中事務。

▼

權季青：權夫人所生，膚色白皙、面容秀逸，甚至還要比權仲白更英俊一些。
為人沈著，為達目的不擇手段，是個深藏心事之人。
對生意、經濟有興趣，亦學了些看賬、買賣進出之道。
覬覦二嫂焦清蕙，一心希望她與之攜手，共謀世子位。

▼

權幼金：年紀極幼，通房丫頭喝的避子湯失效，意外生下的。

▼

權瑞雲：權夫人所生，權家長女、楊家四少奶奶，丈夫楊善久為楊家獨子。

▼【綠雲院】

權瑞雨：權夫人所生，權家幼女，熱情活潑。後嫁至東北崔家。

楊家

★楊閣老是焦閣老在政壇上的死對頭，兩派人馬纏鬥多年。

皇帝一手提拔起來的人，預備等焦閣老辭官退隱後，接任他的首輔之位。

楊海東：即楊閣老，字樂都。有七女一子。

楊太太：楊海東元配。

楊善久：楊家獨子，與七姊楊善衡為雙胞姊弟，妻子為權瑞雲。

孫夫人：嫡二女，定國侯孫立泉(皇后的哥哥)之妻。

寧　妃：庶六女，皇帝寵妃之一。

楊善衡：庶七女，又名楊棋，人稱楊七娘，是楊善久的雙胞胎姊姊，

楊善桐：嫡三女，與楊善衡是一族的堂姊妹，兩人關係頗好，小桂統領桂含沁之妻。
嫁給平國公許家世子許鳳佳為繼室(元配是楊家嫡女五姑奶奶，產後歿)。

楊善榆：是西北楊家小五房的三少爺，與權仲白有深厚的情誼。
不喜四書五經，卻對工巧奇技愛不釋手，也喜歡擺弄火藥，奉皇命在研製火藥。

其他

封　錦：字子繡，朝廷特務組織燕雲衛的統領，極為俊美，是皇帝的情人。

桂含春：嫡子，亦是桂家宗子，字明美，為少將軍，妻子鄭氏乃通奉大夫嫡女。
為人溫文爾雅，頗能令人放心。

桂含沁：偏房大少爺，字明潤，小桂統領、小桂將軍皆指他，
世人亦愛戲稱他「怕老婆少將軍」。心機深沈、天才橫溢。
把太后賞的宮女子賣到窯子裡而大大地得罪了太后，結下宿怨，牛李兩家遂成仇人。
是和皇帝一同長大的好友。

許鳳佳：許家世子，字升鸞，是一名參將。
先後娶了楊家的嫡女五小姐及庶女七小姐。
是和皇帝一同長大的好友。

吳興嘉：戶部吳尚書之女，嫁牛德寶將軍的嫡長子為妻。
焦清蕙及焦令文的死對頭，老愛和焦家姊妹相比，
卻每每敗下陣來，唯有在「元配」的頭銜上
勝過「續弦」的兩姊妹。

牛德寶：太后娘娘的二哥，也掛了將軍銜，雖然不過四品，
但卻是牛家唯一在朝廷任職的武官，前途可期。

張夫人：阜陽侯夫人，伯紅、仲白的親姨母。

太后 娘家：牛家。

太妃 娘家：許家。

皇后 娘家：孫家。

寧妃 娘家：楊家。

焦家人物關係表

閣老首輔 **焦穎**

- 四子 焦奇
- 元配 四太太（子息皆歿）
- 三姨娘 —— 十三姑娘 焦清蕙（權家二少奶奶）
- 四姨娘 —— 十四姑娘 焦令文（王家大少奶奶）
- 五姨娘 —— 十少爺 焦子喬

權家人物關係表

太夫人

- 三子良國公 權世安
- 元配 陳夫人（歿）
  - 長子 權伯紅
    - 元配 林中頤 —— 長子 栓哥
    - 姨娘 巫山 —— 長女 柱姊
  - 次子 權仲白
    - 元配 達貞珠（歿）
    - 繼室（歿）
    - 繼室 焦清蕙 —— 長子 歪哥、次子 乖哥
- 繼室 權夫人
  - 三子 權叔墨
    - 三媳 何蓮生
  - 四子 權季青
  - 長女 權瑞雲（楊家四少奶奶）
  - 次女 權瑞雨（崔家大少奶奶）
- 姨娘 —— 幼子 權幼金

自序

古代言情小說應該不是市面上少見的產品，從席絹大人的《交錯時光的愛戀》開始，言情小說進入激增階段。我們都看過各式各樣的古代言情，有浪漫的江湖戀曲，也有苦澀的宮廷鬥爭，可以說對古代，每個讀者都自認為有相當的瞭解。然而，這份瞭解是否真實呢？富家少爺和窮家丫頭的愛情故事，在成婚後是否能快樂到永遠，門第的差距，真的那麼好跨越嗎？

這些問題，隨著閱讀經歷的增長，在我心底也越來越鮮明。事實上，在最後我對於豪門出身中的「豪門」兩個字，發生了不小的興趣。有趣的是，在大多數言情小說裡，女主角往往和豪門、強勢沒有太大的關係，出身上等人家的女性角色，多半以配角為多，而對她們的描寫，也以簡短而空泛的形容詞：高貴、富有、驕傲等為主。真正的豪門，會是這樣簡單輕忽地教育自己的子女嗎？真正的豪門女，她會有如何的手段、如何的心機，又會有怎麼樣的愛情呢？

這些興趣，最終使我寫出了《豪門守灶女》。她有豪門女的優點，但也有一般女人的缺點，不論在男人、女人中，她都算得上極為完美、極為強勢，但這並不意味著她在自己的人生中就不會遭遇挫折、陰暗、風雨和危險，而她的生活中也完全不僅僅是只有愛情，畢竟，豪門女為了維持自己的門第，也有不少事情要做，和我們一樣，她的人生中，也有自己的事業要為之奮鬥。

希望大家能夠喜歡和欣賞她的奮鬥，也希望以後能多多和大家見面！

玉井香

第一章

痛。

焦灼。

伴著她跌落在地的，還有價值千金萬金的焦尾古琴。一聲轟然，琴碎了、弦斷了，上好的蠶絲細線抽在她臉上，立刻就將比豆腐還嫩的肌膚刮出了一道深深的血痕，可她又哪裡還顧得上這個？

實在很痛，她想，她要叫，可她哪裡還叫得出來？她恨不得抱住自己的腳，止住這幾乎要抖碎脊柱的抖，可她的手指抬不起來，一點也動不了。溫熱的液體湧出來，灑在身上，很快又作了涼。

是誰害她？她想，她的思緒到底清晰了起來。在一片飄浮的、驚惶的叫聲中，她用盡全身力氣在想：究竟是誰，膽敢毒害她？祖父、母親、三姨娘……

她想不了了，焦清蕙又狼狽地抽搐了起來，她好痛，這輩子她沒這麼痛過。她什麼都想不了了，餘下的只有痛、痛、痛痛痛痛……

漸漸地，痛變得輕了，一片白光飄了來，她忽然意識到，自己就要死了。

但她還不想死……她當然還不想死！焦清蕙又再一次掙扎起來。她還有那樣多的事情要做，她還有、還有……她揮舞著手腳，彷彿這樣就能掙開那一片濃稠緻密的包裹，她不要死，她也許還能活過來，她怎麼能就這麼——

痛！

她驟然跌落在地，被溫熱的石板硌痛了手肘，連繡被都被帶了下來，狼狽地勾纏了她的手腳，令她一時還掙不開這綿密的包裹。四周寂然無聲，只有自鳴鐘單調地擺動著。答、答、答……

焦清蕙茫然四顧，過了好一會兒，她的眼神才漸漸清明。

「都過去了。」她輕聲對自己說。「妳已又重活了，妳不記得嗎？」

她還記得，可夢卻不記得。明知明天還有應酬，可重新上床，輾轉反側了許久之後，睡意依舊遲遲未至。她索性赤足行到窗邊，輕輕拉開了厚重的窗簾。

窗外雪花飛舞，世界慢慢變作了冰雪琉璃，可這逼人的寒意，卻被一室勝春的暖意給妥妥當當地擋在了外頭。焦尾古琴就橫在窗邊琴案上，她駐足半晌，不禁又將視線調向了這價值連城的稀世珍寶。

自鳴鐘在敲響，時間一點點地流逝，答、答、答……

過了許久，這靜謐而華貴的屋子裡，才響起了一聲淡而輕的嘆息。

焦清蕙伸出手來，輕輕地撥動了一根琴弦，完好無缺的琴弦應指而動，發出了沈悶的仙翁聲。

楊太太罕見地犯了難。

楊閣老大壽在即，閣老府裡千頭萬緒，來回事的婆子從屋門口排出去，能排出一個院子還要多，幾個姨娘前前後後忙得腳不沾地，閣老太太卻一應不理，在暖閣裡翻著請柬，和管事嬤嬤發牢騷。

「悉心招待？這還要怎麼悉心招待？一等席面、一等的位置，恨不得能請到主人席上坐了，還要特別傳話進來，令我悉心招待？他焦家人就是矜貴到了十二萬分，難道還比得過天家？天子都沒有這麼排場，才一賞臉傳話，說太太要帶著兩個閨女過來，倒連老頭子都驚動了！真是年紀越大，就越是瑣碎，這樣的事，還要特地進來傳個話？難道不傳話，我就不好好招待了？都說閣老日理萬機，心機全用在這上頭了！」

也是該抱怨，都到了內閣大學士這一步了，就是招待藩王，楊閣老都犯不著這樣和太太打招呼。焦家身分雖然尊貴——乃大秦首輔、楊閣老的頂頭上司——可要驚動楊閣老親自傳話，要不是楊家謹慎小心，過分低聲下氣，就是老爺子到底還是不放心太太辦事。

她是閣老太太，抱怨幾句，底下人還能說些什麼？可閣老威嚴，一般人也不敢輕易冒犯，因此閣老太太自己說了兩句，無人附和，她也只好收拾起態度，嘆了口氣，打發管事嬤嬤出去。「去把少奶奶請來吧。」

少奶奶權氏很快就捧著肚子進了裡屋，也不知從哪裡聽來了婆婆的話風，她很是歉然地說：「聽說爹傳話進來，本來就想過來的，誰想到肚子裡的小冤家折騰得厲害……」

到底是少奶奶，幾句話就說得楊太太雨後天霽。「知道妳是雙身子，不是焦家的事，也不請妳過來。這一次焦家很給面子，雖說老太爺估計還是請不動的，但四太太不但應了過來，還說會帶上兩位千金。帖子一送到，老爺那裡就送了口信過來，千叮萬囑，要我一定要好生招待，萬不能令三位貴客受了委屈。」

她一撇嘴，沒往下說，楊老爺還特地交代：這些年楊家一直外任，不比少奶奶京中出身，更能切中焦家人的脈門。妳要是心裡沒數，那就別擺婆婆架子，問問少奶奶吧！

「焦家的名氣，是大得很。」聽語氣，這沒說出口的話，少奶奶也是已經從別處聽到了——她居然一點都不覺得公爹小題大做。「您上京沒幾年，對焦家的名聲，怕是只模糊聽說了一點，還沒見識過他們的作派吧？」

說起來，楊家也算是紅得發紫了——一百多年的西北望族，如今家裡出了一個巡撫、一個閣老，子弟們也是爭氣的多，不爭氣的少，有知府、有翰林、有進士、有舉人。滿朝文武，能和楊家比較的人家並不多見。就是四少奶奶權氏，出身也是一等良國公府，更是金尊玉貴的嫡女出身，可這個閣老府的當家少奶奶、國公嫡女，提起當朝首輔、內閣大學士、太子少保焦閣老焦家來，語氣卻不知不覺中，居然帶了幾分酸。

這酸味，楊太太自然也聽了出來，她一揚眉，果然就來了興致。「快給我仔細說說！」

「他們家那是有名的火燒富貴，我們這幾戶人家，平時吃用也算是精緻了，和焦家一比，一個個倒都成了燎眉臊眼的野丫頭了。京城人有一句話，『錢會咬手燒得慌，糊味兒能熏了天』，這說的就是焦家。兩個姑娘實在是養得嬌，平時吃的、用的賽得過宮裡的娘娘……」少奶奶嘆了口氣。「品味可不就養刁了？這要是給她們挑出不是來，雖不說顏面掃地，可被人說嘴個一年半載的，那也是免不得的事。」

楊閣老進京不久，不過五年時間，頭一年還趕上國喪，沒怎麼在外應酬。後幾年焦家又有喪事，一家人閉門守孝，到今年秋天方才滿了孝，漸漸地出來走動。楊太太對焦家女眷的名聲，一向是有所耳聞，卻不知所以然，乍然聽說，不禁聽住了。「大家小姐吃酒席，挑三揀四那是常有的事，怎麼一、兩句不是，這就能被傳開了去？他焦家女兒再嬌貴，又不是皇后娘娘，一、兩句話，還被當作金科玉律了不成？」

「您頭十年是不在京裡，」少奶奶不禁又嘆了口氣。「焦家那位女公子，也實在是了不得，從小就得貴人的喜歡，當年先帝險些就要說她進門，先議定了是魯王嬪，後來……先帝原話，嫌魯王『年紀大了，委屈了蕙娘』，竟要親自安排為太子嬪。如不是焦家人丁稀少，焦閣老實在捨不得，恐怕如今她也是個娘娘了，以先帝恩寵來看，少說也是位貴妃……那一年，她才十歲呢！」

一樣都是名門世族家的小姐，四少奶奶就沒有這個榮幸，到底是女兒家，她語氣裡的酸味又重了幾分。「一手古琴彈得是極好的，皇后娘娘都愛聽，從前時常入宮獻藝。生得又實在沒得說，東西六宮十三苑，就是算上咱們家寧妃，按先帝的說法，『都實在是比不上焦家的蕙娘』。吃的穿的用的玩的，全是天下所有物事裡精心挑選，尖子裡的尖子，這樣的人品、這樣的家世，四九城（注）裡還有誰能駁回她的話？她說好，那就真是好，她眉頭要是一皺嘛——」

平日再疏懶，自家的壽酒，那也是自家的臉面。楊家進京幾年，也排過幾次宴席，在京城人口中也是有褒有貶，這一次楊太太是無論如何也不想又給誰添了話柄。她眉峰微聚，倒是犯了難。「本來還把她同她妹妹文娘，排在庶出姑娘們那一桌呢，聽妳這一說，倒是把她往上提一提為好？」

京中規矩森嚴，嫡庶壁壘分明。不論家中勢力大小，女眷宴客，心照不宣的規矩：嫡女們排做一桌，庶女們排做一桌，幾乎已成慣例。少奶奶自然是看過這位次表的，她如此大費唇舌，等的就是婆婆這一句話。「這自然是要提的，她們雖是庶女，卻記在嫡母名下。尤其蕙娘，同焦太太親生的也沒什麼兩樣。過分薄待，焦太太也是要生氣的……」一邊說，一邊叫過管事嬤嬤來。「這次席面，是春華樓承辦的吧？倒是正好，派人同大師傅打個招呼，就說焦家女公子當天是必到的，坐的就是西花廳那桌，他們自然知道如何行事。」

管事嬤嬤們平日裡是受慣少奶奶拿捏的，沒等太太吩咐，就已經恭聲應下，退出了屋子。

楊太太看在眼裡，嘴上不說，心底難免有點不痛快，對焦家就有些雞蛋裡挑骨頭了。

「焦家也是的，女兒雖要嬌養，也沒有嬌養到這分上的。日後出嫁了，怎麼應付三親六戚？做人媳婦，誰不受委屈？她這個性子，難道誰給她一點氣受了，她就尋死覓活的，回娘家告狀不成？」

「就是沒打算往外嫁……」少奶奶嘆了口氣。「焦家的事，您也不是沒有聽說。老太爺看中她招婿承嗣、延續香火，連先帝要人都沒捨得給。要不是忽然有了個弟弟，這一次，想必焦太太是不會帶她出來的。」

一般不是到了年紀的女兒，誰家的太太也不會輕易把兒女帶上大場面。京中這些太太奶奶們，誰的眼神不賽過刀子利？關在家裡仔細調教規矩都來不及呢，尋常無事，誰肯帶心頭肉出來受人的褒貶？也就是到了婚配的年紀，要「冰泮而婚成」，開始物色佳媳、佳婿了，這才把孩子帶出門見識見識。這一次焦家把兩個女兒都帶出來，一家人來了一大半，看似單單只是為了給楊家面子，可有心人讀來，卻有些別的意思，那是半藏半露，瞞不了人的。

「這兩個姑娘，年紀也都不小了吧？」楊太太緩緩搖了搖頭。「聽妳這麼一說，妹妹還好，姊姊的婚事卻難辦了，年紀大了不說，這樣萬裡挑一的媳婦，誰家能娶？一般人家，怕

注：四九城，老北京城以城牆劃分，大約可分成四層，即外城、內城、皇城、紫禁城。所謂的四九城是指皇城的四門：天安門、地安門、東安門、西安門；以及內城的九門：正陽門、崇文門、宣武門、朝陽門、阜成門、東直門、西直門、安定門、德勝門。雖然這樣的說法或許並不全面，但許多人會以「四九城」來代稱「北京城」。

也是自慚形穢，絕不敢上前攀附。能配得上他們焦家的年輕才俊，不是多半早說定了親事，就是不願受這份『齊大非偶』的氣。再說了，再嬌養，那也是庶女出身……皇帝家的女兒愁嫁，我看著宰相家的女兒，也不例外嘛！」

內閣首相，可不就是從前的宰相了？一樣是閣老，焦家兩個女兒都愁嫁，楊家的女兒們卻都嫁得好，嫡女二姑奶奶是侯夫人，就是庶女嘛，一位是平國公許家的世子夫人，一位乾脆就是宮中新近得寵晉位的寧妃。閣老太太說起這話，不免是悠然自得、顧盼自豪。

少奶奶看在眼裡，也不禁抿嘴一笑。「這都是別人家的事了。」她輕聲細語。「想要攀龍附鳳的人家，也絕不在少數的。媳婦現在想的，倒還是壽酒當天的事。您安排兩位姑娘坐西花廳首桌，別的倒不打緊，就是撞上了吳姑娘，當天席間恐怕是有熱鬧瞧呢……」

楊太太神色一動，先驚後悟。「妳是說……」她思忖片刻，也不由得苦笑。「就這麼幾個人，抬頭不見低頭見的，怎麼安排都不是，也只能如此安排了……我看，乾脆把妳安排在那桌陪客，這可夠分量了吧？在妳這個正牌主人眼皮底下，也鬧不出多大的風浪來。妳看如何？」

少奶奶嫣然一笑，低眉順眼。「婆婆見識，不知高出媳婦多少，自然是您怎麼說，就怎麼辦了。」

有了少奶奶這一番話，到了大壽當天，縱使楊家是千重錦繡、滿園珠翠，賀壽道喜之聲幾乎把楊太太灌出耳油來，也著實令她打從心眼裡累得發慌，興致全無，可焦四太太一行人進屋來時，楊太太亦不免格外打點起精神，親自起身迎上焦四太太，又運足目力，看似不經意地瞥了焦太太身後一眼。

只見兩名少女隨在焦太太身後，一眼也未能分出高下來，她口中笑道：「四太太，咱們是近二十年沒見啦！當年在蘇州曾有一面之緣，您貴人事忙，怕是早把我給忘了。」

焦閣老入閣二十多年，哪管宦海風雲起伏，他是左右逢源，屹立不倒。二十年來，在閣老位置上熬死了兩個皇帝，如今的皇上已經是他侍奉的第三位天子了，如此人家，自然不是新近入閣的楊家可以傲慢的，楊太太雖然客氣，以焦四太太的身分，卻也能來個坦然受之。

不過，焦太太也很給面子。「哪能忘記呢？當時路過蘇州，承蒙您的招待……」

都是內閣閣臣，不管在朝中鬥得如何險惡，兩派人馬幾乎是殺紅了眼，恨不得生啖其肉，但女眷們在內宅，卻要把表面功夫做好。

楊太太和焦太太攜手一笑，楊太太便望向焦太太身後，笑道：「這就是兩位千金了吧？」一邊說，兩人一邊分頭落坐。

焦太太抿唇一笑，滿不在意。「蕙娘、文娘，還不給世嬸行禮？」

焦太太身後這兩位千金便同時福下身去，鶯聲燕語。「姪女見過世嬸，世嬸萬福萬壽。」

這聲音一入耳，楊太太心底便有數了：只這一聽，就聽得出誰是姊姊，誰是妹妹。

兩人本是姊妹，音質相似，殊為平常。文娘聲線嬌嫩，聽著還帶了幾分天真，就像是隨手吹出的一段笛音，雖也嬌貴，但終是鄉野小調。蕙娘一開腔，卻像是古琴弦為人一碰，仙翁聲中自然而然便帶了禮器的雅訓，清貴之意已經不言而喻。真是就一句話，兩個人的性子便全帶了出來。

她的眼神針一樣地在蕙娘身上一繞，又望了文娘一眼，便笑著向焦太太誇獎。「真是春蘭秋菊，各擅勝場。左邊這位，就是清蕙了吧？」

這兩姊妹本來一直望著自己的腳尖，此時清蕙聽見楊太太說話，方才慢慢把臉往上抬起。

楊太太定睛一瞧——即使她膝下自己就有七位如花似玉的女兒，其中一位寧妃，更是六宮中數得上的美人，此時見了蕙娘，呼吸亦不禁為之一頓，過了一會兒，方才由衷嘆道：「果然好容貌。」

打扮她是細看過的，除了衣料特別新奇雅緻之外，似乎並無出奇，此時由清蕙這張臉一襯，才覺出錦衣雖花色素雅，可厚重衣料難得裁得這樣跟身又不起縐，且在重重衣衫中，還現出腰身盈盈一握，這裁衣人的手藝首先就好得出奇，再一細看，那錦衣上連綿的纏枝蓮花，花色竟從未見過，錦緞裡難得有這樣葡萄青的底，也就是蕙娘膚色潔白勝雪，才壓得住這樣嬌嫩的淡紫色。再合以銀紅色緞裙——連銀紅都紅得別致，在日頭底下，一動就隱隱有細密銀光。這兩樣料子，楊太太幾年來竟從未見過。

衣裁如此，就別說人了。焦清蕙面含微笑，誰都看得出來只是客套，卻又不能怪她什麼，因她就只是站在那裡，便顯得清貴矜持，似乎同人間隔了一層——一個人若生得同她一樣美，一雙眼同她的一樣亮、一樣冷，看起來自然而然，也總是會有幾分出塵的。

怪道先帝如此看重，甚至想許以太子嬪之位。一時間，楊太太竟有些後怕：現在焦家有了承重孫，蕙娘是可以進宮的了，若她入宮，楊家所出的寧妃日後能否再繼續得意下去，恐怕就不好說了……

「世嬸謬讚，清蕙哪敢當呢。」焦清蕙卻似乎未曾看出楊太太眼中的驚豔，她微微一笑，客客氣氣地說：「只因三年未見各位伯母、嬸嬸，我同文娘自然加意打扮，這才唬過了世嬸呢！」

楊太太本已經看住了，被她一語點醒，這才回過神來，笑著朝文娘道：「這就是令乂了吧？同姊姊一樣，也都是個美人。」

焦令文生得的確也並不差，她要比清蕙活潑一些，笑裡還帶了三分嬌憨，聞聽楊太人此言，唇邊含著笑花，一瞅姊姊，表現得也落落大方、惹人好感。「姊姊說得是，這全是打扮出來的，其實都是虛的，無非我們愛折騰罷了。」

「也要天生麗質，才打扮得出來。」屋內便有吏部秦尚書太太——楊太太的親嫂嫂笑道：「三年沒見，焦太太，兩個如花似玉的花骨朵兒，都到了開花的時候嘍！」

只看秦太太、焦太太的說話，任誰也想不出兩家素有積怨，秦家老太爺秦帝師一輩了最大的遺憾，就是被焦閣老死死壓住，未能入閣。

焦太太抿唇一笑。「當著一屋子的美人，您這樣誇她們，她們怎麼承擔得起呢？」

「我看就承擔得起。」雲貴何總督太太也笑了。「蕙娘，今日穿的又是哪家繡房的襖裙？這花色瞧著時新，可又都沒見過。」

楊太太這才知道，怕是一屋子的人都沒見過蕙娘、文娘姊妹的穿著。她巡視屋內一圈，見眾位太太、小姐的耳朵似乎都尖了三分，連自己兒媳婦也不例外，縱使她別有心事，也不禁暗自一笑。

正要說話時，卻瞥見戶部吳尚書太太面上神色淡淡的，她心中一動：吳家、焦家的恩怨還要追溯到上一代了，如今吳尚書的父親吳閣老，同焦閣老之間也有一段故事的。看來，自己同兒媳婦擔心得不錯，這兩家要在一處，必定要生出口舌是非來。

才這樣想，便聽見吳太太身邊緊緊帶著的吳姑娘笑道——

「是奪天工新得的料子吧？也曾送到我們那裡看過的，因我不大喜歡，就沒留，現在倒記不真了。我瞧著像，娘您瞧瞧，可是不是？」

奪天工是北地規模最大、本錢最雄厚的繡房，同南邊的思巧裳各執牛耳，成對鼎之勢，「北奪天工，南思巧裳」，全大秦就沒有不知道這句話的女兒家。

一屋子玩味的目光頓時就聚到了吳姑娘同焦姑娘身上：都是新花色，這個看不上，那個卻當了寶，特地做了衣裙，穿到了這樣大的場面上來……

楊太太也看著蕙娘。

蕙娘若無其事，倒是望向了母親，焦太太笑咪咪的，輕輕點了點頭，她這才微笑道：「想是嘉妹妹記錯了，這是今年南邊礦山裡新出的一批星砂，染出來的料子同從前所有都不一樣，思巧裳也不過染得了這幾疋可用的，正巧家裡有人上京，捎帶來的，才不到半個月前的事，怕縱染出了新的，也沒這麼快送上京吧。」

吳嘉娘也是個出眾的美人，打扮得自然也無可挑剔，聽了蕙娘這話，她微微一笑，輕聲細語道：「喔？那是我記錯了。」

蕙娘也望著她頷首一笑。「記得記不得，有什麼要緊呢？左右不過一條裙子的事。」

楊太太心緒就是再差，此時都忍不住要笑。正好她親家——良國公府權夫人到了，她忙藉著起身遮掩過去，耳邊還聽見何太太問蕙娘——

「這腰身這樣貼，也是思巧裳的手藝嗎？他們遠在南邊，倒是不知道居然做的衣服也精巧。」

這話倒是焦太太答的了。「您也不是不知道，孩子們從不穿外人的手藝，外人也做不得這樣跟身。是蕙娘院子裡的丫頭自己裁的，瞎糊弄罷了。」

就是楊太太聽見，心裡都有些驚異。楊家也算是富貴得慣了，一個姑娘家身邊，也不會放著這麼一個手藝奇絕的繡娘，就專為她一個人做衣服，更別說還是做丫頭使喚了！這樣的手藝，在外頭隨隨便便都是總教席，一年兩、三千兩銀子不說，還不是奴籍。名氣大一點的，繡件能貢呈御覽，一輩子都吃穿不愁了！焦家條件要不是比外頭更好，她能甘心在焦家做個奴才？

也就是這時候，她才品出了兒媳婦說法裡的韻味：就是在這麼一圈大秦頂尖的豪門貴族裡，焦家的富貴，也是火燒火燎，糊味兒能燻了天的那一種！別說是數得著，他們家數不著，也不用數——焦家那是當仁不讓，認了第二，沒人敢認第一，是能把天給潑金的超一品富貴！

再回頭一看蕙娘，心底又不禁生出了幾分可惜——就只是隨隨便便坐在那裡，腰板一挺，由不得全場人的眼神就聚到她身上，羨也好妒也好，繞著的都是她焦清蕙。可惜這樣的人才，命卻薄了些，親事上注定是磕磕絆絆，很難找到如意郎君了。

第二章

閣老壽筵，自然是香煙繚繞、細樂聲喧，處處火樹銀花、雪浪繽紛。男客們由閣老本人並族中子弟、一應女婿外戚相陪；女眷們就交給閣老太太、少奶奶並姑奶奶們作陪。楊家人口不多，可夫家顯赫的姑奶奶卻不少，這個陪一桌、那個陪一處，處處是歡聲笑語，都很給姑奶奶的面子，上一道菜，誇一個好字。連遠處戲臺子上演出的那些個吉祥大戲，似乎都翻出了新意，看得眾人眉開眼笑、讚不絕口。

有少奶奶親自作陪，西花廳內的氣氛也不差。焦文娘一落筷子，眼睛就彎了起來。「這蟹凍，是鍾師傅親手做的吧？」

春華樓也算是京中名館了，架子也足，一般酒席，是請不動大師傅鍾氏掌勺的，這一點滿桌子人心裡都有數，卻也不是人人都能吃出就中不同。

雲貴總督家的何蓮娘便笑道：「文妹妹，妳嘴巴刁呀，我嚐著，同上回在許家吃的那一盤，似乎也沒什麼不一樣的地方。」

楊家也是春華樓的常客，時常叫了整桌酒席回來待客的，楊四少奶奶當然品嚐過春華樓的招牌菜，可她也吃不到焦文娘這麼精，一時也好奇地問：「這怎麼吃出來的？」

文娘便笑道：「鍾師傅手藝細，一樣是蟹肉剁泥混肉做的凍兒，他的幾個大徒弟，滴過薑醋汁去腥也就罷了，可鍾師傅自己做的呢——」

「文娘，」蕙娘本來沒開腔，此時忽然笑著擺了擺手。「鍾師傅的獨門絕技，妳隨口胡說出來，要被他知道了，以後他還應咱們家的單子嗎？」

她不說話還好，一說話，就彷彿是一錘定音，透了不容違逆的淡然。幾乎一樣的音色，文娘聲調俏皮，聽著也甜美，可到蕙娘開腔，靜、貴二字簡直呼之欲出。

文娘頓時就不吭聲了，蕙娘反而轉向楊少奶奶，微笑道：「瑞雲姊姊，幾年沒見，妳都已經有身孕啦！還記得我六、七年前上你們家吃酒，一樣也吃了這水晶蟹凍，也是這隆冬臘月的，難為你們哪裡尋來這樣鮮肥的蟹。我可簡直是吃個沒夠，回去一問春華樓，卻說是府上自己預備了一批……沒想到幾年後又在冬日得此美味，卻是在閣老府上了。」

會說話就是會說話，少奶奶心底亦不禁嘆了口氣。都是京城貴女，自然自小相識，可從前焦清蕙對她們這群人，雖不說愛搭不理，可卻不忮不求、不卑不亢，從來也不和誰套近乎。自己當時年紀小，還想不明白，是母親一語點醒：她要繼承家業，怎會在後院打轉？妳們就不是一路上的人。

可現在身分一變化，她的態度就轉圜得這麼自然，才幾句話，既拉了交情，又捧了自己的夫家、娘家。四少奶奶也知道她是在客套，可她焦清蕙就硬是識貨，誇得硬是地方，她也不由得面上有光，大為得意。「其實說穿了也沒什麼，無非是大缸儲著，每日裡澆蛋白催肥，不要說養兩個月，就是養三個月、四個月到年邊正月，都一樣是肥碩鮮嫩的。只黃就不那樣滿了，是以我們也不蒸著炒著，只以之做些蟹肉點心。」

「這是娘家帶來的絕活吧？」大理少卿家的石翠娘——浙江布政使的姪女便笑著接了口。「現在冬日裡能吃著新鮮螃蟹的，京城裡就不獨良國公一家了。」

幾句話就帶起氣氛，姑娘們妳一言我一語，說起這家的招牌菜、那家私家的絕技、哪個班子又排了新戲，上回在誰家看著的。

何蓮娘還問四少奶奶。「這鍾師傅年紀大了，今日府上席開何止百桌？他肯定應承不過來，難道就專應這一道點心不成？」

蕙娘給她搭臺，四少奶奶也有心給蕙娘做面子——也是有意思考校考校蕙娘，她便望著蕙娘，笑道：「蕙妹妹是行家，倒要考考妳，吃著怎麼樣？」

「這一桌都是鍾師傅的拿手菜，肯定是他的手藝了。」蕙娘放下筷子，輕輕地拿帕子按了按唇角。「也有一、兩年沒叫過春華樓的菜了……」

一桌人不禁都看向蕙娘，彷彿她一句話，就能將春華樓這幾年來的變化定個好壞調子。

蕙娘卻似乎早已經習慣了這樣的矚目，她根本不以為意，嫣然一笑，輕輕地點了點頭。

「幾道菜都做得不錯，鍾師傅的手藝，也是越來越好了。」

眾位姑娘都笑了。「得妳這句話，不枉他們今日的用心了。」

四少奶奶還想逗著蕙娘多說幾句的，但見吳家的嘉娘一張俏臉雖然也帶了笑，可從開席到現在，一句話也未曾說過，知道她還是介意剛才在人前落了沒趣，便不再給蕙娘抬轎子，轉而逗吳嘉娘說話。「聽說嘉妹妹外祖家裡又有了喜事，是要往上再動一動了？」

吳嘉娘的笑，頓時熱情了幾分，口氣卻自然還是淡淡的、懶懶的。「是有這麼一說，不過舅舅一家都風雅，我們在他們跟前，也不提這些俗事。」

石翠娘不像何蓮娘，只貼著蕙娘、文娘，她同焦家兩個姑娘說得上話，和吳嘉娘也親熱，見嘉娘一邊說，一邊舉筷子，才一動她就笑了。「哎呀，又戴了新鐲子出來？也不給我們開開眼，偏就只是藏著掖著，不肯露個好！」

富貴人家的嬌客，成日裡除了打扮自己，也沒有別的消遣了，十二、三個小姑娘鶯聲燕語，都笑道：「快捋了她的袖子起來，讓大家瞧瞧！次次見面，她鐲子是從不重樣的，這一次又是從哪裡得了好東西？」

吳嘉娘生得也實在好看，一雙大眼睛好似寒星，偶然一轉便是冷氣逼人，只這冷和蕙娘又不大一樣，蕙娘的冷，冷得淡、冷得客套，冷得令人挑不出大毛病，可吳嘉娘就冷得傲。尤其焦家兩姊妹在座，她雖是笑著，笑裡卻始終寫了三分輕蔑。此時得了眾人起鬨，彷彿眾星捧月一般，成了場上焦點，這輕蔑才慢慢地淡了去，卻仍是擺手。「什麼好東西？就是舅母給了一對紅寶石……」

一邊說，一邊半推半就，已經被何蓮娘捋起袖子來，果然一雙欺霜賽雪的手腕上穿了一對金鑲玉的鐲子。金自然是十足成色，玉面也是潔白無瑕，上等和闐美玉，最難得卻還是玉中兩點驚心動魄的鴿血紅，晶瑩剔透不說，大小形狀也都極為相似。一望即知，這是把大的那塊硬生生琢成了這小的形狀！此等手筆，亦由不得人不驚嘆了。

「這是硬紅吧！」吏部尚書家的秦英娘一直未曾開口，此時倒是一句話就道破深淺。「這樣大小的硬紅，比軟紅不知難得多少！是從西邊過來的？」

四少奶奶亦不禁托著嘉娘的手，細看了良久，方才笑道：「真是稀世奇珍，最難得在妳這樣的手上，就更顯得好看了。」

嘉娘莞爾一笑，將袖子放了下來。「瑞雲姊姊誇人，來來去去也就這兩句話。」

這話說得有意思，少奶奶有些納悶，細細一想，這才明白過來：剛才在婆婆身邊侍奉，雲貴總督何太太誇蕙娘衣服穿得好看的時候，自己隨聲附和了幾句。沒想到嘉娘居然記在心裡了，自己再說這話，她不軟不硬，就給了個釘子碰！

一樣是名門貴女出身，少奶奶在家做嬌客的時候，作派未必比吳家小姐差，她心裡不禁有幾分惱怒。

可嘉娘打了個巴掌，又給了塊糖，自己噗哧一聲，倒笑起來了。「可就來來去去這兩句話啊，偏偏就那麼中聽。」

她比少奶奶小了五歲，算是兩代人了，少奶奶一個是主人，一個也不好和小輩計較，便跟著笑起來。

蕙娘恰好又於此時說：「剛才那首〈賞花時〉唱得好，崔子秀的聲音還是那麼亮，他也算是能唱的了。」幾句話就又把話題岔開了。

此時酒席將完，蕙娘話也不多，先讚春華樓的鍾師傅，再讚麒麟班的崔子秀，其實都是在給主人家做面子。少奶奶幾年沒見她，從前也不熟悉，本來心裡是沒有好惡的，反而和吳嘉娘還更熟悉一些，此時倒是對蕙娘更有好感了。

她偶然打量蕙娘一眼，見她一手擱在扶手上，輕輕打著拍子，唇邊似乎蘊了一絲笑意，背挺得筆直，姿態又寫意又端正，襖裙雖很跟身，可穿了這半天，都沒一絲縐褶。少奶奶平日裡雖然打扮得一絲不苟的，可看看蕙娘，再看看自己，不期然就覺得自己這衣裳實在有些見不得人，畢竟是坐下站起的，腰間已經有了一點褶痕……

再看一桌子人，打量蕙娘的人絕非一個、兩個，少奶奶也是過來人，深知就裡：思巧裳在京城沒有分號，如有，恐怕今日席一散，管家們就要盈門了。照著焦清蕙這一身花色樣式，稍微一改搭配，不到半個月，準有十幾套這樣的衣服出來。再過上一個月，宮裡都要穿上這樣的裙子了……只要那南邊的星砂不斷貨，往後一、兩年內，思巧裳是管染管賣，絕沒有賣不掉的擔憂。

其實，照少奶奶來看，衣服也無非就是那樣，最要緊還是蕙娘穿得好看——說穿了，還不是她人生得好？可沒辦法，從前就是這個樣子，名門嫡女，沒幾個看得起焦清蕙的，背地裡議論，都撇著嘴說「上輩子撞了大運，這輩子托生在焦家，一個庶女，倒比宮裡的金枝玉葉都要風光了……」，可見了人家，見了她穿的用的，嚐了她吃的喝的，由不得就興出嘆息、興出想望：難為她怎能這樣費心，有如此巧思？這樣的好東西，「我也要有！」。

久而久之，倒都懸為定例了：京城流行看高門，高門流行看宮中，宮中流行卻要看宮妃們的親眷——這些一等豪門的風尚，而一等豪門的風尚，卻要看焦家的蕙娘。這三年來，她閉門守孝，從不出門應酬，這一風潮才漸漸地退了，滿以為此事也就再不提起，沒想到重出江湖第一頓飯，還和從前一樣，明裡暗裡，眾人都看著蕙娘，又想學她，又不知該怎麼學。

到底還是有人忍不住，何蓮娘開口了。「蕙姊姊，妳今日穿這樣厚，怎麼不熱嗎？唉，這樣厚的料子，看著也不特別緊身，怎麼妳這坐下站起來的半天了，身上還沒一絲褶？尤其腰這一塊，平展展的，又不是漿出來那硬挺挺的樣子，真是好！」

蕙娘笑道：「這幾天身子弱，怕著涼了要喝藥，出門總要穿得厚實一些。」說著，就指給蓮娘看，居然是一點架子都沒有，也不藏私。「是我們家丫頭在這裡捏了個褶子，就顯得腰身細些，並且褶子繃著，身前身後就不容易起縐了。」

眾人的眼神唰地一下，都聚向蕙娘似乎不盈一握的小蠻腰。

文娘恰於此時抱住雙臂，輕輕地打了個寒顫。「姊姊這一說，我也有些冷了。」便命丫頭道：「煩妳出去傳個話，令我的丫頭把小披風送來，再取枚橄欖來我含。」

少奶奶忙道：「橄欖這裡也有。」

說著，早有丫頭取過橄欖來，文娘插了一塊送入口中，過了一會兒，覷人不見，又輕輕地吐了——卻不巧被少奶奶看見。

少奶奶心中一動，掃了焦家兩姊妹跟前的骨碟一眼，見非但碟上，連碗裡、筷頭都是乾乾淨淨的，不比別人跟前，總有些魚刺、菜渣。她心裡明鏡一樣：兩姊妹面上客氣，誇了鍾師傅的手藝，其實還是沒看得上外頭的飯菜，不過是虛應故事，勉強吃上幾口而已。自己和婆婆雖然用了心，奈何這兩朵花兒太金貴了，到底還是沒能把人招待得舒舒坦坦的……

正這樣想時，焦家丫鬟已經低眉順眼，進了西花廳，手中還抱了一個小小的包袱。文娘動也沒動，只安坐著和何姑娘說笑，那丫頭在文娘身邊輕輕一抖，便抖開了極輕極軟的漳絨小披風——一望即知，是為了這種室內場合特別預備的——又半跪下來，伸手到文娘胸前，為她繫上帶子。

少奶奶先還沒在意——她還是忍不住偷看了幾眼戲臺上的熱鬧——只聽得石家翠娘忽然半是笑、半是驚嘆地說了一句「哎喲！這真是……」，桌上一下子靜了下來，這才猛地回過神來。左右一看，只見吳嘉娘臉上連笑影子都沒有了，滿面寒霜，端端正正地望著戲臺，看個戲，都看出了一臉的殺氣，滿桌人，卻只有她一個看向了別處，其餘人等，都正望著——

少奶奶循著眾人的視線看去，不禁也輕輕地倒吸了一口冷氣。文娘卻恍若未覺，她倒是和吳家的嘉娘一樣，都專心致志地看著戲臺上的熱鬧，令丫頭在她胸前忙活，只她坐得直，丫頭又半跪著，必然要探出身子、伸出手來做事，這一伸手，袖子便落了下來。

無巧不巧，這丫頭手上，也籠了一對金鑲玉嵌紅寶石的鐲子！那對紅寶石，論大小，和吳嘉娘手上那對竟不相上下，唯獨光澤比前一對更亮得多，被冬日暖陽一照，明晃晃的，竟似乎能刺痛雙眼。

少奶奶望著焦家文娘，沒話說了。吳家、焦家素來不睦，兩家姑娘爭奇鬥富，也不是一天、兩天的事了，本以為今日有自己親自照看，縱有暗流洶湧，也不至於鬧到檯面上來，沒想到文娘一句怪話也沒說，居然就已經是給了吳家嘉娘一記響亮的耳光。

焦家富貴，的確是名不虛傳……只是再富貴，這般行事，是不是也有點過了？

不知為何，少奶奶忽然很想知道蕙娘此時的心情，她閃了蕙娘一眼，卻失望了。蕙娘的鵝蛋臉上還是那抹淡淡的笑意，她竟似乎根本沒明白場上究竟發生了什麼事。

本來這熱鬧就已經夠瞧的了，沒想到石家翠娘看熱鬧不嫌事大，待那丫頭給文娘繫了披風，又奉上一個小玉盒，啟開了高舉齊眉端給主子，文娘拿起銀籤取了一小塊橄欖含了後，她便忽然眼珠子一轉，笑嘻嘻地道：「文妹妹，妳今日戴了什麼鐲子？快讓我瞧瞧！」

這個石翠娘！少奶奶啼笑皆非，卻不禁也有些好奇。可文娘欣然捋起袖子，眾人伸長了脖子看去時，卻見得不過是個金絲鐲，均都大為吃驚。金絲鐲這種東西，一般富貴人家的女眷都不會上手的，更別說她們這樣的層次了。

大家妳看看我，我看看妳，竟無人誇獎，連吳嘉娘的臉色都好看了些。少奶奶細品文娘神色，知道這鐲子必定有玄機在，她身為主人，本該細問，可又怕皴了吳嘉娘——再掃她一次面子，吳嘉娘真是好去跳北海了！於是便有意要囫圇帶過。「做工確實是細緻的——」

「這也就強個做工了。」蕙娘開口了，一桌子人自然靜下來，聽她古琴一樣的聲音在桌上響。「一般鐲子，實在是沈，家常也不戴。這鐲子拿金絲編的，取個輕巧，也就是『渾圓如意，毫無接頭』能拿出來說說嘴，再有裡頭藏了兩枚東珠，聽個響兒罷了。」

說著，便隨手捋起自己的袖子，把一隻玉一樣的手腕放到日頭底下，眾人這才看出，這金絲之細，竟是前所未有，雖然鏤織成了鐲型，但金絲如雲似霧的，望著就像是一片輕紗，裡頭兩枚東珠滾來滾去，圓轉如意絲毫都不澀滯，被陽光一激，珠光大盛，兩團小小光暈同金色交相輝映，燦爛輝煌到了極點。可蕙娘手一移開，在尋常光源底下，卻又如一般的金絲鐲一樣樸素簡單、含蓄內斂了。

眾人至此，俱都心服口服，再說不出話來，西花廳內竟是落針可聞。

好半日，何姑娘才道：「好大的珍珠呢！這樣撞來撞去，如撞裂了，可怎生是好？」

蕙娘、文娘姊妹對視一眼，俱都笑而不語，眾人心下也都是頓悟：焦家又哪裡還會在乎這個呢？若撞裂了，那就再換一對，怕也是易如反掌吧！

有了這段小小的插曲，眾千金也都不再半開玩笑半認真地攀比了，反而一個個安生看戲，再不說別的，廳內氣氛漸漸地又熱鬧了起來。

過了一會兒，蕙娘起身出去，臨起身前，她輕輕地掐了文娘的手背一下，動作不大，即使少奶奶一直在留心她們姊妹倆，也幾乎都要錯過了。又過片刻，文娘也起身出去了。

少奶奶心中大奇，卻恨不能跟著出去，只好勉強按捺著看戲。又過片刻，正廳來人報：她母親良國公夫人命她過去相見。

第三章

自從少奶奶有了身孕，便一心在婆家安胎，很少回娘家去，權夫人難得到楊家赴宴，自然要和女兒說幾句私話。楊太太這一點還是能夠體諒的，甚至幾個大姑子都有心成全，楊少爺的雙胞姊姊楊七娘忙裡偷閒，還命人在小花園的暖房裡佈置了兩張交椅，她握著少奶奶的手說：「妳大肚子的人，也不好久站，在這裡多歇一會兒，暖暖和和的，西花廳裡有我呢！」

權夫人冷眼旁觀，等大姑子走了，才慢吞吞地同少奶奶說：「雖說也有這樣、那樣的苦處，可為人媳婦，那是在所難免。妳算是有福氣了，幾個大姑子都待妳不錯。」

少奶奶也沒什麼好抱怨的。「家裡人都好吧？這回爹也過來了，只是我身子沈重，又不得相見了。」

兩人幾個月沒見，雖然權家時時派人送這送那的，但到底是親娘，見了面還是有話要問。「姑爺待妳如何？肚子總還太平吧？婆婆這幾個月，沒乘機往妳房裡塞人吧？」

少奶奶一一答了。「都還好的，姑爺一心讀書，得了閒就回屋裡，從不出門廝混。婆婆最近別有心事，您也知道，許家的世子夫人有喜了……前幾天二哥還來給我把了脈，說是脈象很穩，沒什麼不妥的地方，只怕胎兒還是大了一點。」

大秦人家都知道，當時楊家嫁進許家的是楊家的嫡女五小姐，進門不久就生了一雙兒子，沒承想還沒出月子，這位五小姐就突然血崩，拋下兩個兒子去了。後來，楊家又把一個在正院養大的庶女——人稱楊七娘的七小姐嫁進了許家。這嫡親的外孫年紀還小，庶女續弦倒是懷孕了，楊太太的心事，還用多說嗎？

說到許家的這件喜事，權夫人會意地露出一絲笑意。可一聽女兒這麼說，她的眉峰又聚攏了。「妳二哥怎麼沒和我提！」

少奶奶的二哥權仲白，乃是大秦有名的再世華佗。他少年學醫，不但得到權家家傳針灸秘法，還師從江南名醫歐陽氏。雖說身分尊貴，太醫院供不下這尊大佛，他沒領朝廷任命，但事實上已經是皇朝幾大巨頭的御用神手。江南江北，將他的醫術傳得神乎其技，幾乎是可以生死人肉白骨，這當然有誇大的成分在，但應付少奶奶這麼一個孕婦，那自然是綽綽有餘的。

少奶奶忙笑道：「也不是什麼大事，有二哥照看著，還能出什麼差錯不成？您就只管把心放在肚子裡吧！」

她說得也有道理，權夫人皺眉思忖了半日，這才意平，到底還是嘆了口氣。「這個仲白呀！」

權仲白什麼都好，從人品到長相，幾乎全沒得挑，可卻也不是沒有毛病。少奶奶聞弦歌而知雅意，一聽母親口氣，便會意了。「您這是又起了給哥哥說親的念頭？」

「三十歲的人了，都到了而立之年……」權夫人一提起來就是愁眉不展。「膝下空虛不說，房裡也是空蕩蕩、冷冰冰的，連個知冷知熱的人都沒有。這樣下去，我將來也沒有面目見地下的姊姊。可妳也知道，一提親事，他就恨不得掩耳疾走。這一次我是下了狠心，一定要給他說門親事了，他倒好，問皇上討了差事，怕是等妳生產完了，開春就要下江南去！這一去山高水遠的，親事一耽擱，可不就又是一年？」

少奶奶也不禁陪母親嘆息起來，又忙獻寶表忠心。「我回回見了二哥，也一樣催他。還有姑爺也是，得了我的吩咐，見一次勸一次……」

權夫人倒被她逗笑了，拍了拍女兒的手。「還是閨女貼心，妳那幾個哥哥弟弟，沒一個是省油的燈，要不是妳和瑞雨都還懂事，娘真要被搓磨死了。」她便和女兒商量著。「妳二哥就先不管了，只說如今幾個姑娘，今日妳公公壽筵，人到得齊。我冷眼看著，秦家英娘那是剛說了親了，就沒說親，那長相也配不上仲白。左看右看，還是吳家的興嘉，人生得好，除了傲些，別的也是極好的，最難得是我自小看大——」剛說到這裡，權夫人無意間往窗外一看，話就斷成了半截兒。她瞇起眼睛，透過玻璃窗戶仔仔細細地打量著正在院子裡徘徊的兩位姑娘，雙眼奇光閃爍，竟似乎是看得癡了。

少奶奶跟著她的眼神看去，也是眉峰一挑。「您來得晚，她們往花廳去了。那是焦家兩位明珠，我一說，您就認出來了吧？」

蕙娘、文娘的出身，權夫人自然瞭若指掌。還是老問題——雖然樣樣都好，卻到底還是庶女出身，再說，焦家雖然富貴驕人，但也不是沒有軟肋……權夫人剛挺起來的脊背，頓時又是一鬆，失望地靠回椅背，倒是又有些好奇。「天寒地凍的，不在裡頭吃酒，她們走出來做什麼？」

少奶奶倒是猜到了一點，她也是大為好奇蕙娘的反應，便衝著母親狡黠地一笑，招手叫了個人過來。

「天寒地凍的，不在裡頭吃酒，妳拉我出來做什麼？」

文娘也正這麼問著姊姊，她伸出手給姊姊看，果然，才從屋子裡出來沒有一會兒，這青蔥一樣的十指，已經凍得泛了白。

蕙娘倒似乎一點兒也沒覺出寒意，她攥著文娘的手，在一株蒼虯瘻結的老梅樹前止了步，微微抬頭，竟是悠然自在。「他們府上的梅花，倒的確是開得漂亮。這宅子這樣新，梅花卻是老的，也不知費了多少功夫，才從別處移來呢。」

做姊姊的要裝傻，文娘還能如何？她想掙開蕙娘的掌握，但姊姊捏得緊，她力氣確實不如蕙娘大，除非掙扎，否則怎掙得開？但在別人的地盤，她又好意思拉拉扯扯的？索性一咬牙，也露出笑來。「我看，倒不如潭柘寺的梅花漂亮，就是再好，只孤零零這一株，也沒什麼趣味。」

文娘這孩子，從小就是倔。

蕙娘嗯了一聲，漫不經心地望著一樹凍紅，似乎早都已經走了神兒，竟站住不動，不再走了。

她穿得厚，一身錦緞扛得住，文娘卻只在緞襖外披了一件薄薄的漳絨披風，原來走動著還不覺得，眼下一停步，北風再一吹，這嬌嫩的皮肉，如何捱得住沁骨的寒意？咬著牙死死地頂了一會兒，到底還是受不了苦，連聲音都發了顫。「姊！」

「火氣凍下去了？」蕙娘這才重又邁開了步子。她連看都不看妹妹一眼，聲音也還是那樣雅正平和，甚至連臉上的笑意都還沒退。

文娘一是凍、一是氣，牙關雖咬得死緊，貝齒卻還是打了顫。「妳、妳是只許州官放火，不許百姓點燈！當著那許多長輩的面，妳還長篇大論地給她沒臉，我連一句話都沒說呢，妳憑什麼管我！」

兩姊妹年紀相近，可從小到大，大人們眼裡幾乎只看得到蕙娘，在家是這樣，出了門還是這樣，就連進了宮都是這樣，文娘心中不服，也是人之常情。兩姊妹當了人的面自然是親親熱熱的，誰也不給誰下絆子，可在背地裡，文娘就常犯倔性，蕙娘偏偏也不是個讓人的性子，因此鬧個彆扭，那是常有的事。文娘眼裡，可從沒有姊妹之分，她是半點都不覺得自己聽了祖父的話，聽了嫡母的話，聽了慈母的話後，還要再聽個姊姊的話。

不過，現在畢竟是在別人家裡，要調教妹妹，多得是機會，蕙娘壓根兒就不搭理文娘的話茬兒，她又停住了腳步。「看來，火氣還沒凍下去呀？」

她這一迴避，文娘倒來勁了，也不顧凍，頭一揚便道：「凍就凍，凍病了反正不算我的！誰有理誰沒理，誰心裡清楚！」

小姐脾氣使第一回，蕙娘還不大當回事，現在一色一樣再來一記，文娘終於取得可喜成就——蕙娘臉上的笑意淡去了，她沈下臉來，冷冷地望著妹妹，也不說話，也不出聲，可文娘在她的眼神裡竟就慢慢地軟了下去，她有些侷促了，不再那樣自信了……

過了一會兒，蕙娘移開眼，唇瓣又揚了起來。「火氣凍下去了？」

文娘氣得要跺腳，可腳一抬起，蕙娘立刻又放下臉，她這腳居然跺不下去，僵了半天，到底還是慢慢地放了下來。心頭縱有百般不甘，囁嚅了半晌，還是點了點頭。「沒火氣了……姊，咱們進去吧？」

兩姊妹便又親親熱熱，妳一言我一語地攜手進了花廳，蕙娘甚至還為妹妹繫好了披風，透著那樣體貼親切。

文娘笑道：「今年去不成潭柘寺，我們也命人去討幾枝梅花來就好了……」

暖房裡，權夫人和少奶奶也都覺得很有趣，少奶奶揮退了底下人。「都說蕙娘厲害，真是名不虛傳。文娘也算是個角色了，在她姊姊跟前，倒成了個糯米糰子，由蕙娘揉圓搓扁，自己是一點都使不上力。」

權夫人來得晚，又在東花廳坐，兩場熱鬧都沒趕上，問知前情後，不禁失笑出聲。「興嘉一向眼高於頂，今天連受兩記耳光，實在是委屈這孩子了。」

少奶奶對吳嘉娘，始終是喜歡不起來。「她也是自討沒趣，焦家什麼身價，還容她如此賣弄？文娘這記耳光，打得不虧心。」

「不虧心是不虧心，可手段也是過分了一點。這樣的事，在興嘉心裡肯定是奇恥大辱，能記上一輩子……和姊妹口角又不一樣。焦文娘手腕也差了些，要不是她姊姊，她險些還坍了臺。」

炫富擺譜，那也是要講究技巧的，沒人來接話茬兒，文娘炫耀失敗，當場也免不得下不了臺。蕙娘撐住場子，私底下再教訓妹妹，倒是處理得乾淨利索。權夫人越想越有意思，唇瓣慢慢上翹。「聽妳這麼一說，興嘉在這個焦蕙娘跟前，便又有些黯然失色了。」

「她是太好了點。」少奶奶細品著母親的態度。「焦家怎麼教她的，您當年不是也聽說過？強成這樣，世上男子，能壓得住她的人，卻也不多呢。」

「哪怕一隻手能數得過來呢，妳二哥也能占上一份。」權夫人不置可否。「不過，這還要細看她的為人了。」

兩母女便不提此事，反而低聲商議起了別的。「宮裡……朝中……焦閣老，妳公爹……」

焦家兩姊妹才剛重出江湖，就演了這麼一齣好戲，眾人都看得津津有味，才一入座，翠娘就搶著問：「文妹妹，妳同蕙姊姊連去……都要一處，姊妹兩個就這麼黏？」

「是姊姊看那梅花好。」文娘進了屋就笑嘻嘻的，不甘心一點都沒露出來。「剛才轉角看到，禁不住就拉著我出去瞧了瞧。我們都覺得像是潭柘寺的梅花，花期像，色澤像，香味也像。」

少奶奶正好也隨著進來，聞言忙笑道：「正是潭柘寺移來的，移了幾株，就活了這一株，也是兩年沒開花，到今年才蓄了一樹的花苞。」

眾人都笑道：「確實是香，坐在這兒都能聞得到。」

翠娘更問嘉娘。「興嘉，你們家梅花可都開了沒有？去年同娘過去時，好幾十株都開得盛，真是十里傳香呢！」

要說梅花，因為蕙娘愛梅，城裡誰不知道焦家在承德有個梅花莊，年年焦家都有喝不完的梅花酒、吃不完的梅花糕。據說蕙娘連香粉用的都是梅花味，翠娘不問蕙娘，專問嘉娘這個，倒是熱鬧沒看夠的意思。別人不明白，吳嘉娘剛剛得了沒趣，焉能不明白？她臉上還是笑微微的，話卻比針還利。「今年也都開了呀，我前兒還請了幾位姊妹來家裡賞梅呢，怎麼，沒叫上妳嗎？想是忘了。」

即使翠娘脾氣好，也被這一句話噎得面紅耳赤。

文娘眼珠子一轉，話都到了喉頭了，蕙娘看她一眼，她又笑咪咪地嚥下了不說。

少奶奶看在眼裡，只作不知，笑道：「啊呀，崔子秀要上場啦！」

若說麒麟班是京城最好的戲班子，崔子秀就是麒麟班最亮的招牌。只這一句話，滿桌的千金小姐都靜了下來，俱都全神貫注，望向戲臺。

趁著這麼一個空檔，吳嘉娘便掃了焦蕙娘一眼，恰好焦蕙娘也正望向她，兩個小姑娘眼神一碰，吳嘉娘的眼神又冷又熱，利得像一把刀，冷得像一層冰，熱得好像能迸出火星子；蕙娘卻好像在看個窮親戚，衝著她滿是憐憫地一彎唇角，算是盡了禮數，便失去應酬的興趣，低頭用起了香茶。

嘉娘握茶杯的手指，可是用力得都泛了白……少奶奶看在眼裡，不禁也暗暗嘆了口氣。人比人，比死人。從前看著吳興嘉，真是送進宮當娘娘都夠格了，可放在焦清蕙跟前，卻還是處處落了下風。

不知不覺地，她也開始半真半假地考慮了起來：若能把蕙娘說回權家，做個二少奶奶，對二哥、對權家來說，是好事還是壞事呢？

這一天應酬下來，大家都累，送走了客人後，從楊老爺起，一家人終於團圓，圍坐著吃夜宵用點心，一邊陸續為一天的工作收尾。

少奶奶是雙身子的人，用湯團用得香甜，吃完一碗，忽然想起春華樓的鍾師傅，見婆婆精神恍惚，猜她多半沒做特別安排，便急令管家。「多送五十兩銀子給春華樓的夥計，今日勞動他們家鍾師傅，可不能沒個表示。」

下人領命而去，不久回來。「春華樓說，非但這賞封不敢領，就連幾天來的酒席全都不必算了。還要多謝今日得少奶奶恩典，在席間點了春華樓一句，得到焦家女公子誇獎，就中得利，不要說三日酒席，就是三十日，都抵得過的。還問少爺何時有閒，掌櫃的要過來磕頭謝恩呢！」

眾人不禁面面相覷，連楊太太都回過神來，聽得住了。

少奶奶並不如何吃驚，只是感慨萬千，不禁嘆了口氣。「三年前就是這樣，沒想到三年後，她這塊金字招牌，還是這麼好使……」

楊太太也不由得有點不平衡了。「一樣都是公侯人家，怎麼她焦清蕙過的就是神仙般的日子？我就不信了，難道他們家連淨房都是香的？都值得一般人跟風一學？」

少奶奶不禁苦笑。「您這還真說著了，她家啊，還真是連淨房都顯出了富貴來呢！」

焦家的淨房，還真是香氣撲鼻，沒有一點異味，甚至連恭桶都沒見著。淨房角落裡一個小隔間，端端正正地安了個青瓷抽水桶，隨時一拉，穢物便隨水而下，從地下管子裡流出屋外，哪有絲毫痕跡？當時清蕙屋裡這一個淨房，便惹得諸多千金小姐背地裡跺著腳羨妒，只這事卻沒那麼好學了。焦家自己在地下是挖出了無數管道，所有污水全匯到一起，一路順著管道排到高梁河裡去。這份工程，還不是有錢、有人力就能做成的，沒有焦閣老的身分，能一路打牆動土，把管子鋪過小半個京城？連焦閣老自己有時候都感慨「我們家最值錢的不是古玩，不是字畫，其實還是屋裡這一個個青瓷馬桶」。

焦清蕙從淨房裡出來時，她的幾個大丫鬟已經在屋裡等著她了——都是練就了的套路，即使蕙娘三年守孝難得出門，此時做來也是熟極而流，毫無澀滯。瑪瑙上前為清蕙解衣；孔雀給她卸了首飾；石英拿了胭脂盒候在一旁，給她抹油膏；雄黃給她拆了頭打起辮子；專管她飲食的石墨已經奉上一杯溫涼可口的桐山茶——在焦清蕙的自雨堂裡，四季一向如春，縱使三九天，家常穿著一件夾衣也盡夠了，更不必預備熱茶。文娘說楊家西花廳冷，還要特意預備一件漳絨披風，倒也實在不是她故作嬌弱。

以焦家豪富，單單清蕙一人，用著的丫鬟就何止幾十，可能夠登堂入室的也不過這麼十幾人罷了。可以時常近身服侍蕙娘的人，那更是五根指頭數得過來，雖是奴籍，但能脫穎而出，沒一個是省油的燈。見清蕙的精神似乎還好，便你一言我一語，不是問楊家的酒，就是問楊家的客，鶯聲燕語，倒把屋子裝點得分外熱鬧。清蕙半合著眼似聽非聽，脣邊漸漸蓄上微微的笑，直到聽見綠松輕輕一咳，方才睜開眼來。

屋裡幾個丫鬟，誰不是爭著服侍清蕙？唯獨綠松動也不動，只垂著手站在桌邊，可她這麼一咳，眾丫鬟一下子全都散開，給她讓出了一條道兒來，倒顯得這個細條身材的矮個子分外霸道。她迎著主子的眼神，輕輕踱到清蕙身邊，第一句話就一鳴驚人。

「那對和闐玉硬紅鐲子的事，奴婢已經問過雲母了。」

從蕙娘的轎子進門到這會兒，滿打滿算也就是小半個時辰，消息不靈通一點的人，恐怕根本都還沒聽說硬紅鐲子究竟是什麼事呢，畢竟文娘巴不得藏著掖著，也不會主動去說，蕙娘又才從淨房裡洗浴出來，根本沒和綠松打過照面，她就已經把這件事去問過文娘身邊的大丫鬟了……

「太太對這事怎麼看？」蕙娘用了一口茶，擺擺手，吩咐雄黃。「別打辮子了，梳個小髻吧。」主僕默契，無須多言，以蕙娘腦筋，不必細問，也能猜到肯定是焦太太在席間已經收到消息，聽說了這麼一齣熱鬧。既然不是文娘放出的消息，那綠松肯定是從太太身邊人那裡，收到了口風。

「太太只說了一句話，說十四小姐做得有點過了。」綠松恭恭敬敬地道。「不過，聽綠柱的口氣，老太爺今晚得閒，想必不多久，這事也該傳到他的耳朵裡了。」

綠柱是焦太太身邊最得力的大丫鬟，人以群分，她和綠松、雲母，一直都是很投緣的。

蕙娘點了點頭，並不說話。

綠松頓了頓，又道：「雲母知道消息後，慌得很，立刻就回去告訴了十四小姐，十四小姐自然命我來向您求求情——」

「妳該不會應了吧？」蕙娘打斷了綠松的話，她的笑意一下子濃重了起來。

「沒得姑娘示下，我哪敢隨便說話呢？」綠松眼裡也出現了一點笑的影子。「看十四小姐的樣子，她是又和您鬧彆扭了。」

「我都懶得提她了。」蕙娘笑著擺了擺手。「就說我的話，『妳不是問我憑什麼管妳嗎？現在我也問妳，我憑什麼管妳？妳要能答得上來，我就管，答不上來，這件事就別來找我』。」

一屋子人都笑開了。「姑娘就是愛逗十四小姐。」

「不是我愛逗她，是她愛鬥我。」清蕙慢吞吞地和丫頭們抬槓。「這一點要分清楚，若不然，我難道閒著沒事，還拿捏親生妹妹取樂，我不成壞人了？」

屋內頓時又是笑聲洋溢。

不久，大丫頭們一個、兩個，各忙各的去了。

蕙娘往椅背上一靠，唇邊的笑意慢慢地斂去，最終，連那一點客套的笑影子都不見了，只留下一對寒光四射的雙眸，射向屋樑。

「會是她嗎？」她自言自語。「難道是她？」

第四章

冬日天亮得遲，天邊才露出一線曙光，蕙娘就已經翻身起床，掀開了一泓格外柔軟輕薄、水一樣柔和的床帳子，趿了雙大紅色軟便鞋，這就懶洋洋地進了淨房。待得從淨房出來，頭臉也都稍微揩拭過了，才拿起案邊銀錘，敲了一記金磬。

一般大戶人家姑娘，身邊十二個時辰都是不離人的。拔步床本來就安排了給丫鬟睡的小床，如若不然，冬天屋裡燒炕，暖閣上哪裡不能睡人？但蕙娘從小主意正，她愛安靜，東裡間晚上就是不設人守夜的，只每日早上聽磬聲一響，丫鬟們方才開門魚貫而入。幾個人默不作聲，有條不紊，捧水的捧水、擦面的擦面、梳頭的梳頭，全是做慣了的套路。不消一炷香時分，已是給蕙娘套上一身胡裝，換了厚底皮靴，又簇擁著她從裡間出去，披了一件極輕極暖的貂皮大氅，送她出了屋子，一頂暖轎，已經在廊下備著了。

蕙娘身分特殊，焦家人口少，從前沒有弟弟的時候，她是做承嗣女養起來的。女兒家慣學的《女誡》、《女經》，她從小連翻都沒有翻過，反而從五、六歲記事起，家裡便從滄州物色了女供奉來，又翻修了一間習拳廳，不論三九三伏，早起早飯前，她是一定要打一套拳的。練了這十幾年，拳腳上也算有小成了，傷敵未必有這個本事，但強身自保，倒是綽綽有餘。文娘在楊家掙不開她的掌握，實屬常事。

她點兒掐得準，多少年了，自鳴鐘一過六響，人就站在習拳廳裡，等王供奉背著手悠悠哉哉地進來了，便躬身抱拳請安。「師父。」

王供奉是習武之人，雖然也有五十多歲了，望之竟青春如三十許，慈眉善目的，一點都看不出一身的功夫。她笑咪咪地點了點頭。「今兒同妳練練推手吧。」

這一套拳練下來，筋骨活動開了，也出了一身的汗，蕙娘一回屋又梳洗了一遍，這一次才是真正梳妝。幾個專管她梳妝的丫頭端著大盤子，蕙娘一回頭，就把蓋子揭開了給她看：象牙管裝的口脂、五彩玻璃瓶裝的西洋香水、海外買方子回來自己磨的螺黛、和闐玉盒裡盛著的胭脂……哪一樣沒有四、五種花色，給她挑剔揀選？

再往左一看，孔雀已經捧來了一小匣首飾——她首飾多，孔雀平時除了空閒時候也在她跟前爭爭寵，其餘時間在自雨堂裡，那是橫針不動豎線不拈，專管給蕙娘的首飾登記造冊，每天早上把金釵插上蕙娘髮裡，晚上把首飾鎖回匣子裡，她一天的活計就算是完了。

就這樣的丫鬟，自雨堂裡養了有二十多個，專管蕙娘梳頭的、管著她的脂粉香水的、管著她家常衣裳的、管著她的薰香的，甚至還有一個專管調教貓狗的。大丫鬟下頭則還有小丫鬟，僅僅一個自雨堂，裡裡外外的丫頭婆子，都快上百了。

「昨兒寶慶銀又送了首飾來，太太吩咐先給姑娘送來看看，您要是喜歡，就留下來玩吧，如不喜歡，我們再退回去。」孔雀見蕙娘看來，就拈起一對耳環給她看。「我挑了一挑，就覺得這一套最好，南邊來的海珠，不比合浦珠光澤好，但勝在帶了彩。您瞧，這一眼看著，倒像是閃了藍光。」

到焦家這樣的身分地步，金銀財寶自然是應有盡有，凡事只取「舉世難尋、工藝奇巧」兩點。蕙娘本來無可無不可，聽孔雀這一說，倒來了興致，自己拿在手中瞧了，也笑道：「嗯，是泛著藍，大小也不差。不過這樣的珠子，我記得我們也有的？」

她自己的首飾何止成百，簡直上千。有些壓箱底的成套首飾，孔雀自己都記不清楚了，蕙娘心底卻是門兒清，連樣子都還能記得起來。她聽主子這麼一說，一時還真沒想起來，面上遲疑之色才露，蕙娘便道——

「妳不記得了？金玉梅花鳳頭的那一套。那年正月進宮，我戴過一次的。」

孔雀恍然大悟。「那套珍珠也好，比這個又大又有光采，您要是不喜歡這個，我就把那一套給您取來，還更好呢！這套像是聽說十四姑娘誇了好的，就給她也無妨。」

要給清蕙先挑的首飾，文娘如何能看到？可孔雀能說出這番話來，那文娘肯定也是看過的，只不知怎麼，被她知道了而已。蕙娘身邊的大丫鬟，真是各有各的本事。

「那套太沈了，也就是出門戴戴。」蕙娘隨手便把耳環戴上了，又瞥一眼其餘簪環。「這耳環也不錯，簪子就差一點了，珍珠還是小……且留著吧。」忽然想起來，便又笑道：「瑪瑙呢？讓她過來。昨兒穿新衣服出去，又得了幾句好話。她可要小心些了，就是這幾日，文娘不打發人過來才怪。」

「只是十四姑娘打發人來，那還好了。」幾個丫頭異口同聲。「就怕她爹不過幾天，又要被逼上門來，背地裡求她把模子帶出去呢！」

蕙娘穿一身衣服，這身衣服在京城就賣得出去。沒門路的裁縫自己仿，有門路的多半都要求到焦家自己的布莊打模子。一家一戶都是達官貴人，掌櫃的也不敢回絕，就只好一趟趟地往閣老府跑，來求蕙娘身邊專管為她做衣服的瑪瑙。這要不是親父女，只怕瑪瑙還不肯應承他。現在一頭是主子，一頭是老父，送模子出去，這身衣服蕙娘幾乎就不再穿了，她還要挖空心思裁新衣；如不送，自己能清閒幾日，掌櫃的在布莊裡就吃力了。

蕙娘也笑了。「這三年沒怎麼出門，閒得她，做了起碼上百個模子在那裡。我抻著穿，她抻著給，就沒那麼為難上火了。」

大家說說笑笑，伺候著蕙娘再次出門。這一回，她是往謝羅居去，給焦太太請安，陪母親用早飯的。

焦四太太有年紀的人了，起得沒年輕人那樣早，蕙娘辰初一刻過來，剛好趕上她洗漱過了，披上一件薄棉衫出來用早飯。見到女兒，焦太太笑了。「我還當今天文娘要同妳一起過來呢！」

蕙娘、文娘雖是庶女，但焦家上下熙和，姨娘們老實，焦太太也是個慈和人，清蕙從小到大都是她貼身在帶，兩人同親母女也差不了多少。蕙娘在焦太太跟前，口氣都嬌起來了。「我一早也等她呢，挑耳環都挑了半天，誰知她脾氣倔，昨兒我說她幾句，她就不過來了。」

「那她也該到了。」焦太太和女兒一道坐了，半開玩笑道：「難道怕我數落她，她就不來了？」

昨天文娘在楊家發威，因是在外作客，也不是什麼大事，不論是焦太太還是蕙娘都沒說什麼，回了家天色已晚，焦太太也不至於就著急上火地把她叫過來數落，可今兒早上，一頓說教那是免不了的。文娘向蕙娘求助，被她噎回來了，今天早上竟還不過自雨堂向姊姊服軟，已經有些出奇，眼看就到焦太太吃早飯的時辰，卻還沒見她人影，這就太不合常理了。

焦太太朝丫頭一擺手，也不再揪著這話不放。「三年沒出門了，外頭的天是什麼顏色的都快鬧不清啦！妳昨兒在姑娘堆裡瞧著，這幾年間，人情世故，可和從前還一樣不一樣？」

這種事，文娘根本就不會留意，家裡人也不會指望她。蕙娘才開了個頭。「覺得吳家和秦家，不像是從前那樣親密了——」屋外忽然就傳來了一陣孩童的笑聲。

緊跟著，一位高大健壯的北方婦人抱進了一個粉妝玉琢的男娃娃。「十少爺給太太請安來了。」這「十少爺」三個字，胡養娘說得特別清晰。焦子喬在焦家男丁中排行是第十，雖然焦家人丁凋零，但排行是不能含糊的，再說，聽起來也熱鬧不是？

焦太太放下手中天水碧鈞窯杯，笑得更溫和了。「子喬來了？來，到娘這邊來坐。」

焦子喬在胡養娘懷裡掙扎著下了地，笑意早沒了，小臉繃得緊緊的，圓滾滾的手握在一起，胖嘟嘟的小身子往前一撲，算是作揖過了，這才甩掉一臉肅穆，重又露出笑來，甜甜地道：「娘好。」說著，又給蕙娘作揖。「十三姊好。」

蕙娘笑著摸了摸焦子喬的頭。「喬哥也好。」

喬哥嘴巴一嘟，笑意又沒了，偎到焦太太懷裡告狀。「娘，十三姊摸我！」

焦太太今年望四十的人了，一般大戶人家女眷，在她這個年紀，孫子孫女都有焦子喬的歲數了。有個兩、三歲的小囡囡在身邊偎著，她心裡自然舒坦，便拂著喬哥的肩頭。「你十三姊、十四姊，不是一見你就摸你的腦門兒嗎？怎麼你今兒告狀，從前就不告狀了呢？」

焦子喬氣鼓鼓地瞪了清蕙一眼，理直氣壯，還真生姊姊的氣了。「養娘說……摸多了腦門兒，我就長不高了！」

童言童語，逗得焦太太笑得前仰後合。「你這孩子，養娘逗你玩呢！」

喬哥得不到母親支持，眼圈兒立刻就紅了，他倔強地咬著下唇，只不作聲。

焦太太看著倒心疼起來，她息事寧人，忙吩咐蕙娘。「以後就別摸妳弟弟腦門了，喬哥不喜歡，咱們就不摸，啊？」

今年才兩歲多，根本就還是個孩子，話才能說個囫圇，當然是養娘說什麼，他就是什麼了。蕙娘瞅了低眉順眼、垂手而立的養娘一眼，微微一笑。「好，喬哥不喜歡，咱們就不摸。」

喬哥頓時破涕為笑，也不要焦太太抱，自己爬到椅子上坐了，一副小大人的樣子，還關心起文娘。「十四姊怎麼沒來？」

焦太太也道：「是啊，她怎麼沒來呢？咱們不等她，先吃吧。」

果然，粥飯才端上桌，文娘的花月山房就來人報信了：昨兒十四姑娘在楊家受了風，今早微微有些發熱，就不來請安了。

這個焦令文，還真和自己槓上了。蕙娘好氣又好笑，主動向母親解釋。「她和吳姑娘鬥得和烏眼雞似的，我看再鬧下去也不像話，屋裡也找不到說話的地方，索性就把她提溜出去訓了幾句。沒想到令文身體弱，那麼一小會兒也給凍病了，是女兒沒想周全。」

焦太太哪裡還有不明白的道理？可架不住心好，略帶病容的清瘦臉龐上，頓時就有些不忍。「既是這樣，就讓她好好歇著，妳祖父那兒要問起來，也有個回話。」

除了清蕙時常被老太爺帶在身邊，由老太爺親自過問她的教養之外，令文和子喬的脾氣，十分裡有九分都是被焦太太慣出來的。

蕙娘眉頭一皺。「娘，這要真凍病了，也是耽誤不得的，還是請個太醫來切切脈，有事沒事的，也開個方子吃吃為好。」

焦家人有個頭疼腦熱，多半是請焦老太爺身邊隨時跟從的兩名太醫出面切脈，人家那是吃皇糧當皇差的人，服侍老太爺是領了皇上鈞旨，對焦家內眷是一點面子都不必給。文娘要是裝病，被蕙娘這一安排就有點難堪了。焦太太性子軟，聽蕙娘這麼一說，又不忍心，又也怕文娘是真病了，索性嘆一口氣，遷怒起吳興嘉。「吳家那個嘉娘也真是，從小就愛和妳比，自己的事兒還煩不完呢，倒有閒心挑妳的刺！」

「您是聽……」畢竟也算是「宿敵」了，清蕙眼神一閃。

「還是想著送她進宮呢！」焦太太啜了一口杏仁茶。「妳何伯母同我說的……先吃飯吧，吃完了再同妳說。」

別看焦家富貴，越是富貴的人家，起居飲食就越有一定的規矩。蕙娘一天起居，準到連一刻都錯不了，早起練完拳，辰初一定要吃早飯。被文娘這小插曲一耽擱，早飯晚了一會兒，她也是有點犯餓了。喝了一碗粥，用了半個饅首，竟還不免多吃了一塊蜜橘糕。

焦太太見了就想起來。「今早黃岩那兒送來幾簍蜜橘，妳回去就能吃上了，吃著好就給宜春票號傳話，讓他們再送。」

焦家豪富，豪富得坦坦蕩蕩。焦閣老沒中舉之前，焦家已經是當地有名的富戶，已去世的老太太嫁妝也豐厚，兩人又善於經營，三十幾年前，宜春票號還只在京城一帶經營時，焦家就有入股，現如今，有大秦人的地方就有宜春票號，焦家又焉能不富？非但富，並且借助票號各地掌櫃同京城的往來，天下所有上等物事，都能方便地匯入焦家人手中。比如黃岩蜜橘，就是宮中享用的貢品，從浙江運到宮中，也都早熟過頭了，就是拿生石灰捂著，也總有股怪味，哪裡比得上焦家。現在是年底，宜春票號每天都有人來京送消息，這筐橘子從黃岩山上下來，到擺上焦家餐桌，其中時間，不會超過五天。

有焦子喬在，很多話也不方便說，蕙娘提不起興致，連文娘都懶得拿捏，陪四太太吃了飯就回自雨堂。想一想，又吩咐綠松。「去把蜜橘挑一挑，選一盤妳們吃的小個子放在桌上。」

蕙娘做事，從來不習慣解釋用意，底下人也從來都不敢問。綠松一個眼色，不久，桌上那盤拳頭大小的蜜橘就變得小了。

還沒過辰時，自雨堂就來了客人，文娘派黃玉來問蕙娘。「我們姑娘問，十三姑娘這裡還有西洋膏藥嗎？她起來就鬧著頭疼。」

就為了和她賭氣，文娘看來是要把病給裝下去了。蕙娘讓綠松去找，自己則問黃玉。「吃蜜橘嗎？拿一個？」

文娘身邊幾個得意的大丫頭，就數黃玉最會看人臉色，這丫頭一雙眼精靈得很，沒等蕙娘發話，一雙眼早就轉到了金盤上。

聽了這個話縫，巴不得一句話，就走到桌前挑了一個橘子，笑道：「我托姑娘的福了。」

蕙娘只是笑，等綠松尋出膏藥來，打發走了黃玉，她便拉綠松和她下棋。「這幾年閒了，不找些事做也不好。」

綠松一邊排棋盤，一邊軟軟地勸蕙娘。「得了閒，也該做些女紅……」

像蕙娘這個年紀，一般的女兒家，再嬌貴也能做一、兩個荷包了，那都是七、八年一針一線練出來的功夫。可蕙娘從前根本不學這個，自從子喬落地，家裡才給安排了繡娘。縱使那也曾是奪天工的供奉，可蕙娘態度疏懶，焦太太脾氣好得一天世界，哪裡捨得說她，老爺子也不發話，到如今竟是三天打魚兩天曬網，連早上的刺繡課，她都多半懶得去上了。她身邊人，也就是綠松三不五時還勸勸蕙娘了。「女紅可不能落下。」

這份心意，蕙娘是領情的，她一撇嘴，難得發嬌嗔。「就妳愛管我，囉嗦！」

綠松也就這麼一說而已，她排出棋盤來，在蕙娘跟前坐了，兩人便不再說話，一時屋內只有零星落子聲，同屋角銅爐內那香灰落地的簌簌聲。

「十四姑娘都病了，您還這麼鬧她……」過了一會兒，綠松開口了。「要我說，這件事老太爺不發話，太太看著也沒打算認真數落她，您就別摻和了唄？現在，可比不得從前了……」

一屋子十多個丫鬟，能把話說得這麼直的，那也就只有綠松了。蕙娘有意逗她。「比不得從前？什麼比不得？哪裡比不得？」

「姑娘！」綠松鳳眼一睇，多少帶了些嗔怪，她輕輕地又摁下了一枚棋子……到底還是順著蕙娘的意，把話挑明了。「從前您是守灶大閨女，管教妹妹，那是分所應當，也沒人說您什麼。現在有了弟弟了，家裡的事，咱們就管不著那麼多了……」一邊說，她一邊不禁也嘆了口氣，擦了蕙娘一眼，又垂下了頭去。

從姑娘臉上，那是看不出什麼端倪來的，從小跟在首輔身邊，城府功夫，早就學了個十成十。可朝夕相處，姑娘心裡怎麼樣，最清楚的還是她這個把總大丫鬟。從前焦家沒有男丁，定了焦清蕙承產招夫，焦家萬貫家財、如雲僕從，誰不把她當作未來的太子女，打起十二萬分精神服侍？她一句話，比四太太說話都還好使，不論是管教文娘也好，盤點家中生意也罷，家裡誰也都沒個「不」字。可自從焦四爺喪期內，遺腹子焦子喬出生後，這兩、三年來，姑娘是一天比一天更空閒，自雨堂儘管奢華依舊，可甜苦自知，有些事，底下人能感覺得出來，上頭的十三姑娘，難道就感覺不出來？

可身分變了，心情一時難變，蕙娘對文娘還是那樣居高臨下、理所當然，以前文娘還不好多說什麼——出嫁了，得指著姊姊給撐腰呢。現在就不一樣了，要不然，她早就過來認錯了，還能裝神弄鬼、借題發揮，想反過來把蕙娘扳倒？

還是那句話，這些事，綠松能想明白，蕙娘肯定也能想得明白，只是姑娘性子倔得很，自己要不勸，她一口氣頂上去了……

「妳的擔心，我心裡也明白。」蕙娘也落了一子，輕輕地嘆了口氣。「妳就只管放心吧，妳姑娘心底有數呢。」

「可您這一個月，心事眼看就重了。」綠松禁不住輕聲嘀咕，又和蕙娘頂嘴。「就從出孝擺酒那天起，我就覺得您變了個人似的。說不出哪兒不一樣，可又覺得哪兒都不一樣了……」

焦清蕙眼神一凝，一瞬間周身氣勢竟有些沈重，過了一會兒，她才漸漸放鬆下來，數著棋子兒低聲說：「我不是為了太和塢的事煩心，煩的那是別的事兒，說了妳也不明白。」

太和塢是焦子喬的住處。

綠松咬住嘴唇，不和清蕙爭辯了。她仔細地審視著棋局，過了一會兒，便小心地在邊路落了一子。「今早，十少爺那番話，現在怕也傳到花月山房了。」

這十年來，自雨堂從來都是焦家最核心的院落，自雨堂裡的大丫頭，哪個人面不廣、能耐不大？四太太的謝羅居裡，大事小情只怕都還瞞不過綠松，要往花月山房送句把話，自然也是易如反掌。

蕙娘不禁失笑。「妳還勸我別逗文娘，那妳往她院子送什麼話？真是只許妳綠松放火，不許我這個主子點燈了。」

「那不一樣。」綠松罕見地執拗。「事有輕重緩急，這件事，當然應該令十四姑娘也知道知道。」

主僕倆不約而同都抬起了眼來，眼神在棋盤上空一碰，兩人都不禁微笑。

綠松若無其事地拍下一子。「姑娘留意，邊路我要打劫了。」她語帶玄機。「您棋力雖好，可一旦分心，也有照顧不到的地方。」

蕙娘馭下甚嚴，唯獨對這個自己親自從民間簡拔上來、從小一起長大的大丫鬟沒有半點辦法，她根本不去搭理綠松的話茬兒，免得又惹來連番勸諫，只是自己托著腮，想想都好笑。「這幾個消息送回去，我看她這病，也病不了多久了！」

第五章

文娘果然沒能忍得多久，當天下午，她就氣勢洶洶地從花月山房進了蕙娘的自雨堂，把那枚小嬰兒拳頭一般大小的蜜橘拍到了蕙娘跟前。

「妳欺負我就沒個完！」她額角還頂了蕙娘給的一塊藥膏，倒顯得分外俏皮。現在在自雨堂裡，不比出門在外還要顧忌形象，小姑娘的腳就跺得震天響了。「撮弄了太醫到我屋裡不說，還這樣戲弄我！」

蕙娘才午睡起來，人還有幾分慵懶，歪在榻上，手裡拿著一本書在看，懷裡抱了一隻貓在拍，聽文娘這樣一說，她打了個呵欠，慢慢地伸了個懶腰。

文娘看在眼裡，心裡就更不舒服了。一樣是家常穿的姑絨布衣裳，淺紅色在焦清蕙身上就顯得這樣好看、這樣襯身，連一根金簪在她頭上都是好的。雖只薄薄地上了一層粉，可這欠伸之間，眼波流轉，就是落在自己這個妹妹眼裡，都覺得美姿驚人……

但凡是女孩子，就沒有不愛比美的，因此文娘又添了三分委屈，氣鼓鼓地往桌邊一坐，命綠松。「把妳們屋裡的蜜橘端出來！」

「這可不能怪我。」蕙娘終於被妹妹給逗樂了。「歸根到底，還是妳不會使人。黃玉機靈是機靈，可有眼無珠……只懂得看，卻不懂得瞧。」

看誰不會？但瞧眼色、瞧場面、瞧態度，這就要一點功夫了。文娘從小事事愛和姊姊比較，尤其是家裡分東西，一雙眼總是盯著蕙娘，蕙娘掐了尖兒，她就要把第二段掐走。什麼東西越是從外地千辛萬苦運過來、費了功夫的，她就越是看重。焦太太一說蜜橘，蕙娘心領神會，立刻就想到了文娘。

可文娘派來的黃玉，卻絕不算什麼機靈人，看著了就是看著了，拿到了就是拿到了，也不多加思索，就這麼回去覆命。文娘把這橘子拿到手上一瞧，哪裡還不明白自己又被姊姊戲弄了？她屋裡的蜜橘都要比這個大了一倍，蕙娘就只享用這個？

「我想使人，那也要有人給我使啊！」她酸溜溜地掃了綠松一眼。「家裡的能人就這麼幾個，全都削尖了腦袋往妳屋裡鑽，我還不就只能挑妳揀剩的了？」

「妳倒還真抱怨起來了。」蕙娘把茶杯一擱，也看了綠松一眼。

綠松站起身來，默默地就出了屋子，餘下幾個丫鬟，自然都跟了出去。

老式房屋，屋樑極高，隔間再多，上頭也是相通的，要說私話就很不方便，還得瞻前顧後，派心腹在左近把守。蕙娘哪裡耐得住這番折騰？自雨堂別的地方還好，在東裡間說話，是絕不必擔心傳到外頭去的。這一點，文娘自然也清楚，因此門一關，她就迫不及待地站起來東翻翻、西找找。「到底被妳收到哪兒去了？」

話音剛落，綠松又推門進來，將大銀盤放到桌上，笑道：「我們屋裡新得的橘子，姑娘嚐嚐。」

對比蕙娘和綠松的淡然，文娘自己都覺得自己有些浮躁，她紅了臉，卻還是不肯收斂，在這一大盤橘子裡挑挑揀揀，選了個最大、最無瑕的出來，又從自己袖子裡再掏了個蜜橘，把兩個橘子往蕙娘跟前一放。「妳不是挺會瞧的嗎？那妳自己瞧！」

「我瞧都不用瞧。」蕙娘淡淡地說。「還能猜不出來嗎？這肯定是太和塢裡的那一份了。」

文娘把兩個橘子排在一塊兒，瞅了姊姊一眼，忽然有幾分沮喪。這個家裡到底還有沒有姊姊不知道、猜不出的事？「就是我不來，妳怕也吃出來了吧……往年在妳這裡看到的黃岩蜜橘，那可都有海碗口一樣大小。」

今年，蕙娘這裡的蜜橘，最大的，也不過就是她自己日常用的楚窯黑瓷碗口一樣大。最是大而無瑕的那一份，當然也就歸了太和塢。

「年年送蜜橘，年年有花頭。」文娘一邊打量蕙娘的臉色，一邊試探著說。「去年是怎麼一回事，妳該還沒忘吧？」

去年臘月前送來的蜜橘，最好最精的那一份，自雨堂得了一半，太和塢得了一半，兩邊都挑得出極大極好的。文娘的意思，昭然若揭：自雨堂在焦家的地位，那是王小二過年，一年不如一年了。

連文娘都瞧出來了，蕙娘這個自雨堂主人，心裡哪會沒數？她掃了文娘一眼，不緊不慢地教訓。「和妳說了多少次了，我們一家就這麼幾個人，這是頭等，那也是頭等。妳非要在頭等裡分出三六九等來，那是自己給自己找不痛快。從前我拿最上尖一份時，我這麼說，現在我也還是這麼說。倒是妳，從前我說，妳聽不進去，現在我說，妳還是聽不進去……」

「娘是從來都不管這些事的。」姊姊這一通官腔，文娘理都不理，她繼續往下說：「這肯定是林嬤嬤安排著分的。我記得林嬤嬤和妳養娘不是最要好的嗎？兩家就恨不得互認乾親了。怎麼，現在連她也倒戈到太和塢那邊去了？人還沒走呢，茶就涼啦？」

文娘的性子，蕙娘還不清楚？今天不把話攤開來說，妹妹是肯定不會善罷干休的。她吐了口氣，點撥文娘。「去年那時候，祖父不是還說嗎？家裡人口少，喬哥年紀更小，家裡留個守灶女，起碼能照顧弟弟……」可這話過了去年，漸漸地也就無人提起了。今年出了孝，焦太太就帶著蕙娘出外應酬，底下人心裡自然都有一本帳的。

只一枚橘子，真是都能看出無限文章，文娘自己也悵然了。「唉，也未必是林嬤嬤，說不定就是挑橘子的人自己的主意……」

她又一下子憤憤了起來。「可他們太和塢也不能那樣欺負人啊！養娘什麼東西？不過就是個下人，還敢挑唆著子喬疏遠我們?!姊，別的事妳不說話，這件事，妳不能不管了吧？」

其實，按從前本心來說，蕙娘還真不想管。沒幾個月，她就要說親出嫁了。子喬年紀那樣小，等他長到能給自己撐腰的年紀，她孩子都不知生了幾個了。指望娘家，實在是無從指望，既然如此，親近不親近，又何必多在乎？這些勢利嘴臉，還掀不起她的逆鱗。

只是……從前是從前，本心是本心，從前的路再走一次，很多時候，態度也許就不一樣了。從前想著以和為貴，很多小事，放過去也就放過去了，可重來一次，蕙娘就想要和太和塢鬥一鬥，起碼也要激起一點波瀾，也好撥雲見日，探探五姨娘的底子。

「這件事我倒是想管。」和文娘說話，不能太彎彎繞繞，這孩子從小被寵到大，不是沒有心計，是沒有這份沈靜。「可打狗看主人，別說是喬哥的養娘，就是一般的下人，那也不是我能隨便插手的。」

「那妳從前還不是見天地發作藍銅、黃玉？」文娘更不服氣了。「也沒見妳給我留面子啊！」

「妳也知道那是從前。」蕙娘白了文娘一眼。「今時不同往日，這話不還是妳說的？」

從前焦清蕙是承嗣女，將來坐產招夫，整個家都是她的。未來女主人，管教哪個下人不是分所應當？黃玉性子輕狂，老挑唆文娘和姊姊攀比，蕙娘就沒少敲打她。如今姊姊這麼一說，文娘才恍然大悟：一年多了，姊姊雖然還是看不慣黃玉，但從子喬過了週歲生日之後，她再也沒派人到花月山房去數落自己的丫頭了……

她本該幸災樂禍，可又的確有些心酸，不知怎麼的，一時眼圈都紅了。「姊！難道咱們就合該被她一個奴才欺負？這還是焦家的主子呢，受了氣都只能往肚裡吞……難道就他焦子喬姓焦，我們不姓焦嗎？」

「妳將來還真不姓焦……」蕙娘淡淡地說。「再說，妳真以為這是他養娘教的？」

文娘眉眼一凝。「妳是說……」

「沒有主子點頭，她一個下人，敢挑著喬哥和姊姊們生分？」蕙娘垂下頭，輕輕地撥弄著懷裡那隻大貓的耳朵——就是這隻雪裡拖槍的簡州貓，當時從四川送到焦家，還惹得文娘一陣眼熱，要和她搶呢！「妳也老大不小的人了，怎麼就不知道想事兒呢？記住我一句話，妳回頭仔細想想，五姨娘當面雖然從來不說，可私底下，那是巴不得把喬哥密密實實地藏在太和塢裡，別讓我們兩個瞧見了，那才是最好呢！」

文娘一驚、一怔，想了半天，又是一瞪眼，拍桌子就要站起來。

蕙娘掃她一眼，眉尖微蹙。「行了妳，慌慌張張的，半點都不知道含蓄。」

她這才不甘心地又一屁股坐了下來。「還當我們立心要害喬哥一樣……什麼東西！」她對蕙娘倒是很信任的。「妳要弄她，早不能下手？非得要等喬哥生出來了再說？呸！就喬哥發高燒那次，娘、祖父都不在家，要不是妳派人去權家死活請了權神醫過來，她現在還不知在哪兒哭呢！麻雀成了精，還真當自己成鳳凰了！」說著立刻就攛掇蕙娘。「這事妳必須和祖父告一狀！娘脾性好，什麼事都不管，妳可不能讓咱們這麼被欺負了！」

「這沒憑沒據只是誅心的狀，妳倒是去告一個試試。」蕙娘捏了捏貓咪的爪子，換來了一聲咪嗚，見文娘氣得滿面通紅、抓耳撓腮，她不禁真心一笑。「行了，這事妳別管，要下太和塢的臉面，有的是辦法。」

這還真不是大話，她焦清蕙好歹也當了十年的承嗣女，在府裡的能耐，當然遠比五姨娘母子要大得多。只是蕙娘自重身分，平時從來不和太和塢一系爭風吃醋，倒是時常拿捏花月山房的人，文娘心裡早就不服氣了。這一次她親自過來，終於得了蕙娘一個準話，一時只覺得身輕如燕，險些歡呼起來。「姊，妳終於肯出手了！」

「瞎嚷嚷什麼？」蕙娘就是看不上文娘這輕狂勁兒，她不輕不重，戳了文娘一下。「晚上去給娘請安的時候，態度軟一點，自己認個錯。不就是和吳興嘉衝了一記嗎？什麼大事？有膽做沒膽認，還裝病——德行！」

文娘一下子又扁了下去，借著氣氛，她扭扭捏捏地就賴到了蕙娘身上。「妳也不幫我說幾句好話……」

「不是妳的話嗎，我憑什麼管妳？」蕙娘合上眼，被文娘揉搓得晃來晃去的。「我也不知道我憑什麼管妳，妳告訴我呀！」

文娘對著蕙娘，真是如個麵團子，心裡再不服氣，蕙娘稍施手段，她就軟得提不起來了。她咬著牙服了軟。「就憑妳是我姊……我錯了還不行嗎？以後妳說話，我一定聽，比聖旨還當真……」

見蕙娘神色漸霽，唇邊似乎含了笑，她心下一寬，越發大膽了，撲在蕙娘腿上，就軟綿綿地說：「姊——祖父要是問起這事，妳可得給我說句好話。」

「那也得妳知道錯了再說。」蕙娘不置可否。「知道自己錯在哪兒嗎？」

文娘心不甘情不願地說：「那鐲子，我戴著沒什麼，不過是小姊妹鬥氣。給丫頭戴，那就是當面打人耳光，下的不但是她的面子，還、還是吳家的面子……」

「這也就算了。」蕙娘說。「吳興嘉那對鐲子，寶慶銀才買的，那天肯定是第一次亮相，妳怎麼知道的？還不是寶慶銀的人跟我們家管事嚼舌根，管事媳婦回頭就給妳吹風。他們是知道妳討厭吳興嘉，討妳的好兒呢。可妳想過沒有，就為了和吳興嘉鬥氣，妳費這麼大功夫，不知道的人，真以為我們家就這麼奢華，丫頭戴的都是那麼好的鐲子……這也就算了。知道的人怎麼看妳？妳這簡直就是無聊。祖父再不會為得罪吳家罰妳的，可這後一層肯定要招致老人家不快……看我怎麼說吧。就為了妳愛攀比，生出這麼些事來，要是吳興嘉想明白了，遷怒於寶慶銀，咱們家還得花功夫再安撫一番呢！妳瞧妳做的好事。」

見文娘頭低成那樣，下巴都快戳進心口了，她不禁嘆了口氣。「老大不小的人了，妳這個樣子，怎麼放心妳出嫁？何芝生是個深沈人，妳要是還這麼咋咋呼呼的，肯定不得他的喜歡——」

「我也看不上他！」文娘猛地一抬頭。「十九歲的人，三十九歲的作派，不喜歡、不喜歡！再說，親事還沒定呢，誰知道能不能成？」

她眼珠子一轉，又有些酸溜溜的。「從前提這事的時候，妳身分還沒變。現在嘛，在情在理，妳都是姊姊，何家也許就改提妳了呢！我看何太太也更中意妳些。妳別拿他來說我，倒是先想想妳過門了怎麼辦吧！」

蕙娘微微一怔。從前這個時候，因為沒打算和太和塢爭風吃醋，養娘挑唆喬哥的事，她根本沒暗示綠松往文娘那兒送消息，文娘自然也就沒來找她，還是挺著裝了幾天病的，也就沒了此時這番對話了。

文娘不喜歡何芝生，她倒是看出來了，只沒想到她連何太太更中意誰都心裡有數，這孩子說聰明也聰明，說的都在點子上。何家在這時候，的確是已經改談起了自己，就是她自己，也以為可能何家終於能達成心願，和焦家結親，只沒想到後來又橫著殺出了別人家罷了……文娘不能前知，和她說這話，是有點不大妥當。

「沒影子的事。」她嘆了口氣。「這婚事不是妳我可以作主的，多談也沒用處。現在有了喬哥，什麼事都得為喬哥考慮，我們說話，沒以前那麼管用了。」

文娘悵然嘆了一口長氣，她伏在姊姊膝上，輕輕地撫著臉側的貓兒，又去捏牠的爪子，神思似乎已經飄到了遠處，半天都沒有作聲。

蕙娘也出了神，她望著妹妹秀美的側臉，忽然有一股衝動，令她輕輕地問：「從前被我壓著，現在被喬哥壓著，一樣是被人壓制，妳更恨我，還是更恨喬哥？」

上等人說話，一般不把潛臺詞說明，這社交圈裡的習慣，不知不覺也就都帶到了家裡。清蕙私底下和妹妹說話，已經算是很直接了，可像現在這樣赤裸裸的發問，那也還是頭一次。

文娘反倒答不上來，沈吟了半日，賭氣地道：「恨妳！恨妳，恨死妳了！」

「那……」蕙娘輕輕地說：「妳有沒有想過要我死呀？」

這一問是如此突然，突然得文娘只能愕然以對。她直起身子望著蕙娘，卻發覺姊姊也正望著她。和從前不一樣，這雙且亮且冷、寒冰一樣的眼睛，竟忽然突出了鋒銳，好像一把出鞘的刀，要直直地刺進她心底去，挖出文娘心中最不堪的秘密來。

綠松來敲門的時候，正好就趕上文娘氣沖沖地往外走——十四姑娘臉上的怒火還沒收呢，見到綠松，彼此都是一怔。文娘壓根兒就沒理她，門一甩，憤然而去，出了門，臉上才又恢復了一片寧靜，在丫頭們的攙扶下，上了候在庭中的暖轎。

綠松站在清蕙身邊，隔著玻璃窗子，同清蕙一道目送文娘放下了轎簾子，這才問蕙娘。「怎麼又和妹妹拌嘴了呢？還把姑娘氣成那個樣子……」

從小到大，清蕙不知有多少次關起門來數落文娘，焦令文在自雨堂裡，哭也哭過、罵也罵過，可出了門，臉上就是雲淡風輕，叫人看不出一點端倪。這一次，她是直到踏出大門才又戴上了這張面具，可見是動了情緒的。

蕙娘命人往花月山房送消息，是為了讓妹妹過來，統一立場針對太和塢的，怎麼兩姊妹不和和氣氣地說話，反而文娘又氣成這個樣子……綠松小心地望了姑娘一眼，輕輕地嘆了口氣。

「您最近，看著是真和從前大不一樣了。行事手段，連我都捉摸不透……」見蕙娘沒有搭理她的意思，她便又換了話題。「老太爺剛傳話過來，令您去小書房陪他說話。」

第六章

焦家人口少、地方大，幾個主子都住得很開，尤其是焦老太爺，在焦家都是狡兔三窟，二門裡有他平時靜心修道打坐的玉虛觀，二門外單是書房就有幾個，有他日常和幕僚商議軍國大事的正書房，日常接待一般門生的外書房，還有焦閣老平時真正時常起居的小書房。滿朝的「焦系」門人誰不知道，哪個門生能進這小書房和老太爺說話，那恭喜您，距離老爺子接班人的身分，就又近了一步啦！

即使以清蕙的身分，在書房院外也下了暖轎，連一個丫頭都不帶，輕輕巧巧地跟著閣老府大管家焦鶴進了小書房院子，一路穿花拂柳——老太爺的小書房外頭，到了冬日就是個暖房，任何奇珍異種，但凡只要閣老說過一個「好」字，不分四季，焦家的能工巧匠都能給調教得常開不敗，令老人家一抬頭就能歇歇眼，什麼時候想聞花香、想在日頭底下走走了，也不用費上腳步。

這是間口袋房，入口在迴廊左側，順著牆根站了好幾個管事等著回事，見到清蕙進來，都露出笑來給清蕙請安。「十三小姐。」

能進小書房，就如同能進自雨堂一般，在焦家下人中，地位自然不同一般。清蕙對他們也算得上客氣，她露出笑來，一一點了點頭後，眼神又落到了領頭的二管家焦梅身上。「祖父還在吩咐家務嗎？」
「是阿勳在裡頭回事。」焦梅話一向不多，說完這句話便閉嘴不言。
清蕙「哦」了一聲，竟絲毫不以為忤，態度比起和吳家嘉娘說話時，軟了不知多少。
「梅叔家裡人都還好嗎？」
這句話問出來，幾個管事都有些納罕，焦梅頓時成了焦點，幾個人明裡暗裡都遞了眼色過來。宰相門人七品官，焦家下人不少，能耐人多得是，這個二管家，焦梅要幹不了了，多得是人想幹。除了老管家焦鶴是跟著老太爺風裡雨裡一路走上來的，老太爺親自給他張羅著養老，早已經跳出這個圈子之外，焦家幾個管事，再沒有不喜歡看同僚出醜的。蕙娘一句話，似乎是閒談，可這幾個有心人，倒巴不得她是要找焦梅的麻煩。
焦梅卻很鎮定，他甚至還微微一笑。「是石英託姑娘問的？謝姑娘關心，家裡人都好。」
他女兒石英在自雨堂裡，一直也挺有臉面的，算是綠松之下的第二人了，蕙娘幫她帶句話也不算出奇。她「嗯」了一聲，若有所思。「她還問她叔叔嬸嬸好呢。」
也巧也不巧，子喬身邊的胡養娘，就是焦梅的弟媳婦。
焦梅眼神一閃，恭恭敬敬地說：「石英不懂事，煩勞姑娘傳話——」
謝羅居裡的事，畢竟不可能在幾天內就傳遍府內，這些男管事們怕還都不清楚究竟發生了什麼事，連焦梅看似都被蒙在鼓裡，恐怕回去是少不得要琢磨蕙娘的意思了。

他一句話還沒說完，便被屋內的動靜打斷。

一位青年管事推門而出，見到蕙娘，他竟沒有行禮，只是點了點頭。「十三姑娘。」以他的年紀，按說只該在外院打雜，但這位眉清目秀、氣質溫和的青年人卻能和閣老在別室密談，可見能耐之大。

蕙娘見到他，心情也很複雜，她輕輕點了點頭，幾乎是微不可聞地稱呼道：「阿勳哥。」

只見焦勳眼神一沈，她也就沒再看下去，而是推門而入，進了焦老太爺的小書房。

小書房外間空著，內間也空著，清蕙絲毫不曾訝異，她推門進了三進口袋房的最後一進，焦老太爺人就在裡頭，正對著一桌子牌位點香。

焦家原本人丁興旺，焦老太爺和髮妻一輩子感情甚篤，雖然後來也有兩個妾，但頭四個兒子都是嫡出，到了年紀娶妻生子，興發了一大家子幾十個人，老太爺的官路也是越走越順。昭明十一年，老太爺的母親八十大壽，滿族人聚在一塊兒，光是老太爺一系就占了五十九人之多，連上四太太肚子裡那一個，恰好合了老太爺的歲數，又合了當年的干支，正是甲子年、甲子壽，在當時還蔚為美談。老太爺又是孝子，母親在老家辦壽，除了他自己在京城不能回去，餘下人等，都憑著他一聲令下，全匯聚到了老家，一家子大大小小專為老壽星賀壽。

恰好就是大壽當天，黃河改道，老家一座鎮子全被沖沒了，焦家全族數百人，連著專程過去致賀的各路大小官員，全化作了魚肚食！水鄉澤國中，連一具屍體都沒能找到，留給焦家人的只有數百座牌位！要不是四爺焦奇帶著太太出門辦事，緊趕慢趕地趕回來，還是晚了半步，沒能及時回去，反而恰好避過此劫，焦家險些就全被沖沒了，只留閣老一個活口。

焦老太爺一聽到消息就吐了血。四爺、四太太硬生生被洪水攔在山上，眼見著一整座鎮子就這樣慢慢化作一池黃湯，掩在了黃河底下——長輩不論、親眷不論，四太太一對嫡親兒女就還放在老家，因此四太太悲痛得差一點也跟著去了，雖然到底是被救回來了，但肚子裡的孩子就沒保住。從此四老爺的身體也不好，連年累月地睡不著覺，一閉眼就是大水漫過來，漸漸地就生出百病，縱有名醫把脈開方，三年前到底還是撒手人寰。這十幾年間，掙命一樣地，也就是生了清蕙、令文並子喬這一兒兩女，焦子喬還是遺腹子。四老爺到死都很歉疚，握著父親的手，斷斷續續地說「到底還是沒能給您留個孫子……」。

滿朝文武，誰不是兒女滿堂？就是子嗣上再艱難，也沒有焦家人這樣孤單的。焦家一族幾乎全都聚居附近，就是有住得遠的，誰不湊閣老家的趣呢？竟是幾乎全都聚在了村內，那一場大水，沖走的是整一族人，就是想過繼個族人來，都無處過繼去……沒了家族，真正是只有一家人相依為命了。家業再豪富、官位再顯赫又如何？還不是比不過黃河、比不過天意？

自那以後，焦老太爺倒是看開了，當時四老爺臨終榻前，清蕙親耳聽見他安慰四老爺「有個蕙娘也是一樣，從小教到大，她哪裡比孫子差？等過了孝期，尋個女婿……」，後頭的話，她當時已經沒心思聽了。只記得父親當時把她叫到身邊，握住她的肩頭，斷斷續續地交代了好一番話，清蕙全都一一應下。又過了幾天，父親也化作了這案頭的一面牌位。自己摔盆帶孝，一路跪一路磕，把父親送到京郊去了，就是當晚回來時，五姨娘摸出了身孕……

「妳也來給妳祖母上一炷香。」老太爺頭也不回，彎下腰把幾炷線香插進爐內，淡淡地開了口。

清蕙立刻收斂思緒，輕聲應了。「誒。」

她拎起裙擺，借著老太爺的香火，也燃起了一把香。從曾祖、曾祖母開始，祖母、大伯、二伯、三伯、父親……一併大伯母、二伯母、三伯母，再往下，堂哥堂姊、親哥親姊……這麼一輪香插下來，起起落落的，可不是什麼輕省活計，清蕙卻從頭到尾，每一炷香都插得很認真。

老太爺望著孫女，見她身形在夕陽下彷彿鑲了一層金邊，臉背著光藏在陰影裡，倒更顯得輪廓秀麗無倫，直是一身貴氣——這是自己到了年紀，又是親孫女，如換作一般少年見了，豈不是又不敢逼視，又捨不得不看？

畢竟是到了年紀，焦家蕙娘，也漸漸地綻成一朵嬌豔的花了。

他輕輕地嘆了口氣，同清蕙一道出了這小小的祠堂，又拿起金錘輕輕一敲小磬，自然有人捧了水來，給祖孫兩個洗去了一手的香屑。

清蕙自小被祖父、父親帶在身邊，耳濡目染，很多習慣都脫胎自老人家一言一行。

「文娘這次，可闖禍了。」老人家日理萬機，和孫女說話，也就不費那個精神微言大義了。「今早吳尚書過來內閣辦事，態度異樣冷淡，和我說話夾槍帶棒的。他素來疼愛那個小女兒，看來這一次，是動了真怒。」

吳家和焦家本來就算不上友好，清蕙並不大當一回事，她輕聲細語地道：「那樣疼女兒，還想著送到宮裡去？是疼女兒，還是自己面子下不去呀？」

老太爺今年已經近八十高壽了，因修行了二十多年的養生術，年近耄耋卻仍是耳聰目明，鬚髮皆白，望之卻並無半點衰敗之氣，更不像是個位高權重的帝國首輔。他身穿青布道袍，看上去竟像是個精於世故的老道士，笑裡像是永遠帶了三分狡黠。聽孫女兒這麼一針見血，他呵呵一笑，笑裡終究也透出了傲慢：吳尚書這幾年再紅、戶部尚書再位高權重，和自己這個入閣二、三十年的三朝老臣，始終也不是一個層次上的對手。

「罷了，不提別人家的事。」他朝蕙娘擠了擠眼睛，像是在暗示她，自己對兩個小姑娘間的恩恩怨怨，心中是有數的。「就說咱們家自己的事吧，聽說妳娘也是一個意思，文娘這一次，做得是有些過分了。」

蕙娘自己拿捏文娘，是把她當作一塊抹布，恨不得把水全擰出來。可當著爺爺的面，卻很維護妹妹。「我已經說過她了，這事也賴我，沒能早一步發覺端倪……您也知道，她最要面子，要被您叫來當面數落，羞都能羞死……」

老人家一邊聽孫女兒說話，一邊就拈起了一個淡黃色的大蜜橘，自己掰開嚐了一片，也就撂在一邊了。「洞子貨始終是少了那份味兒……那妳的意思，就這麼算啦？」

焦子喬再金貴，那也比不過焦閣老，這份蜜橘，最好的一份，估計太和塢能得了四成，剩下的六成，都送進了小書房裡。老太爺不動嘴，那就是爛了，也得爛在小書房裡。可就是這麼好的蜜橘，在老太爺嘴巴裡，也不過就是一句「洞子貨始終是少了那份味兒」……

「那對硬紅鐲子，既然她給了丫頭，那就是她賞過去的了。」蕙娘自己也拿了一個蜜橘，漫不經心地端詳了一陣，這才掰開來，一片接一片地吃了。「賞給人的東西，就不能再要回來啦！」

老太爺「唔」了一聲。「我記得那是閩越王從南邊託老麒麟的人帶過來的？」寶慶銀的生意在南邊做得大，在北邊，卻要和老麒麟分庭抗禮。閩越王和焦家，在老麒麟都是有股份的。

老爺子年紀雖然大了，但腦子還是好得驚人，每天要處理那麼多軍國大事，和全天下的官員鬥心眼子，可連這麼一點兒家中小事都還記得清清楚楚的。蕙娘笑著說：「嗯，那對硬紅顏色好，在國內可不是那麼好見到的。」

事實上，這金鑲玉硬紅寶石鐲子，不只吳姑娘當寶，在文娘那裡，也算是有數的好東西了。

「嘶——妳可真夠狠的，妳妹妹知道是妳的主意，怕不要找妳拚命？」焦閣老一縮肩膀，又露出了頑童般的笑來。「也好，不狠狠剜一剜她的肉，她也不知道厲害。」

蕙娘又摸起了一個蜜橘。「不過，主子賞賜下這樣貴重的東西，又令她帶在手上出去作客，她就是不問娘身邊的綠柱，也該來問問我的綠松……這丫頭行事，也實在是有幾分粗疏，鬧出這樣大的事，不發作個人也不大好。」

她咬了一片橘子，徵詢地望了祖父一眼。「我看，以後就別讓她在文娘身邊服侍了吧？」

一、兩個丫頭的去留，老人家哪裡會放在心上？他更看重的還是蕙娘的能力，不過在這一方面，蕙娘總是很少讓他失望的。這一番舉措，狠狠地敲打了文娘，又給被攆出去的丫頭留了一對名貴的鐲子，也算是有所補償，卻又和風細雨的，不至於喊打喊殺——要說親、快出門子的女兒，面子金貴著呢，能少下一點，還是少下一點。蕙娘從小經過她爹和老太爺的精心調教，這一年多來，她行事是越發妥當了。

老太爺不禁笑了。「我一和妳說話呀，就覺得老骨頭老腿都鬆快了。妳要是個男孩，祖父現在就可以告老還鄉了，哪裡還用得著在宦海裡苦苦掙扎，受這份罪呢？」

蕙娘神色一動。「江南那邊，又寫信來了？」

老爺子雖然是文臣之首，地位崇高，但也不是沒有自己的煩惱。如今朝廷雖然看似只有焦黨、楊黨兩黨，但其實二十多年來，什麼時候少過紛爭？沒有一個強而有力的集團支持，怎麼能在首輔位置上長久安坐下去？但這麼一個強勢的團隊，有時候對首腦也有一種無形的壓力，逼得人是只能朝前，不能後退。蕙娘長期跟在祖父身邊服侍，對焦家幾處煩惱，心裡也不是沒數。

「這事妳不必操心了。」老太爺卻沒說太多，他別有深意地望了蕙娘一眼，剛說了一句。「何家又提起親事了——」卻忽然間注意到，蕙娘手底下已經散了三張橘皮！老人家嘴碎，免不得就嘮叨了一句。「何必吃那麼多！小心晚上妳又吃不下飯了。」

孫女兒這也就住了嘴，她像是也沒想到自己吃了這麼多，一掃手底下，倒尷尬地笑了。「蜜橘還是大個兒好吃，皮薄肉多，吃起來就沒夠……您剛才說，何家又提起親事了？」

老人家是何等人也？一看蕙娘臉色，心頭一動，縱有多年養氣功夫，也免不得有些淡淡的不快了。

人還沒出門子呢，底下人竟勢利至此！

焦子喬的確是焦家的承重孫，可伴著老太爺、四老爺，作為繼承人長大的，卻是焦清蕙。作為昭明十一年甲子慘案後，家裡第一個降生的第三代，她在老太爺心裡的分量有多重，除了老人家，別人心裡誰都沒數。要把蕙娘嫁出門，他難道就捨得了？可女子承嗣，在他們這樣的人家，畢竟驚世駭俗，從前那是沒有辦法，但凡有一點辦法，老人家也捨不得孫女兒走這條路……卻沒想到，人心勢利起來，真是再沒盡頭！清蕙懂事從不曾開口，這幾年間，私底下還不知受了多少委屈……

「他們的意思，芝生、雲生兄弟隨妳挑。」他又把思緒拉了回來。「妳也知道，何冬熊瞅準了妳爺爺屁股底下這塊位置，已經不是一年、兩年的事了。」

雲貴總督何冬熊也的確是焦老太爺這些門生中比較起來最出息的一個了，雖然比不上如今的楊閣老，但才四十出頭，就已經是地方重臣，想要接過老太爺的擔子，也是人之常情。而要接收焦家在官場上的種種人脈資源，最好的辦法，當然莫過於和焦家結一門親事了。從前子喬沒出生的時候，何家想提的就是文娘，為了這事，何太太和少爺、小姐都沒到任上去，幾年來不斷和焦家走動，就是想用誠意打動老太爺。子喬出生之後，自從出孝，已經提起了兩、三次，姊妹有序，想要改提清蕙——當然，若是老太爺捨得，姊妹配兄弟，那就更是一段佳話了。

重生前的此時，蕙娘也是考慮過這門婚事的。何芝生、何雲生兩兄弟從小經常到焦家走動，就是長大了，因為清蕙身分特殊，將來必定要時常拋頭露面，家裡對她的限制沒那樣嚴格，跟在祖父、父親身邊，她也能經常見到這兩兄弟。何芝生劍眉星目、儀表堂堂，雖然年紀不大，但沈穩矜持，已有威嚴在身。文娘則嫌他少年老成、談吐乏味。

她暗嘆了口氣，就算現在吐口答應，也根本都沒有用處。祖父固然疼她，但也要為焦家偌大的產業考慮。何家現在看是個不錯的選擇，但不久之後，便會在另一家巨鱷跟前黯然失色。這裡面的交易，並不是她的意願能夠左右的，甚至……也與另外一位當事人的心思沒有半點關係。

就只是不知道，那戶人家究竟是怎麼看上了她……

「何總督想要從雲貴回來入閣，怎麼也要做出一點成績，只從聯姻上下功夫，那肯定是不成的。」她迴避了祖父的詢問。「尤其現在，朝中爭得這麼厲害，您太抬舉他了，倒寒了別人的心。」

老太爺唇角一動，一個微笑很快又消失在了唇邊。他也沒逼著孫女現在就給答覆，只同蕙娘談天說地，祖孫兩個消遣了小半日辰光，又留清蕙陪他一道用過了晚飯——卻是清茶淡飯，只吃了個半飽，這也是焦閣老的養生之道——接著便到了老太爺做晚課的時間。

清蕙從屋子裡掀簾子出來的時候，庭下已有管事等著帶她出去了，她一抬眼，焦勳就和她解釋——

「養父年紀大了，天黑路滑，腿腳不便，我送姑娘出院子。」

焦府大管家焦鶴，就是焦勳的養父。他跟隨老太爺已有四十多年，自己一家也死於甲子水災，如今也是七十往上的年紀了，雖然跟隨老太爺修行，身子骨也還矍鑠，但老太爺還是怕他無人養老送終，十年前便作主給他挑了好些養子，焦勳就是其中最有出息的一個。

十年前，也是一個很耐人琢磨的時間點。

蕙娘看了焦勳一眼，她忽然想到了重生前的此時即將發生的一幕——

在昏暗的暖房裡，什麼都發生得那樣快。第一次有男人攥住了她的手，焦勳低低啞啞、潤得像玉的聲音響起。

「佩蘭……」

佩蘭是蕙娘作為守灶女在打理生意的時候，因在外人面前不方便用閨名而取的名字，知道的人不多。

蕙娘現在還能記得那一聲呼喚的餘音……

其實，在不知情的人眼裡，焦勳看來也和個公子少爺沒有什麼兩樣了。不論是學識、見識，還是氣質、打扮，他都沒有一點下人的樣子，在焦府管事們那華服遮掩不去的奴才氣裡，他一直是有些格格不入的。

可出身到底是雲泥之別，現在蕙娘身分轉換，有些事就更是不能去想了。她生前那一次，他也就只說了那麼兩個字，就像是想起了自己的身分，蕙娘還什麼都沒做呢，他就像被雷劈中了一樣，一下子又把手鬆開了。

這事之後，不要說見到他，連他的消息，她都再也沒有聽到了……

蕙娘輕輕地嘆了口氣，擺了擺手。「我有些頭暈，你讓他們把轎子抬到廊下來吧。」

焦勳微微一怔，便已經回復了正常。他彎身施了一禮，一言不發地退出了院子。

蕙娘站在廊下，目送他挺拔的背影消失在花木之中，她的神色，就像是被籠在了雲裡的月亮，就是想看，也看不分明……

又過了幾天，老太爺親自過問，府裡的人事有了小小的變動——

花月山房有一個丫頭被放出去成親了；謝羅居裡，也有兩個婆子被攆回了自家。

第七章

進了臘月，各府都忙著預備年事，今年是焦家出孝後第一個新年，往常在年節裡，雖然也有官員上門給老太爺拜年，但焦家女眷都要守孝，按例是不見客的。

彷彿是為了彌補從前的遺憾，今年焦家就很熱鬧，即使是臘月裡也沒斷了客人。蕙娘、文娘都不得閒——哪家的太太、奶奶過來了，也都心心念念，非得同這一對如花似玉的寶貝疙瘩說過話了、誇獎一番了，才肯告辭離去。過了臘月初八，家裡才安寧下來沒有幾天，何蓮娘又來找蕙娘、文娘說話。

因文娘連日應酬，這幾天身上不好，就沒出來招呼何蓮娘。小姑娘也不在乎，進了自雨堂，先衝到淨房裡見識過了焦家的富貴，又跑出來上看下看，一臉的納悶。「也沒見燒炕啊，和宮裡的暖又不一樣，沒那股煙燻火燎、被火烤著的味道。從前年紀小，好像還沒覺得，蕙姊姊，你們這到底是怎麼弄的？我一進門，竟都不想出去了！回頭我和我娘說去，我們也這麼辦！」

蓮娘小，三年前才十歲，還是剛懂得人事的年紀，雖然享用著富貴，卻並不知道鑑賞富貴，對於自雨堂的難得，她確實也很難體會出來。

「這個還不大好學，就是借了我們家自己鋪陳這些管道的便利。」蕙娘笑著說。「妳也知道，在夏天，屋頂有溝回走水，滴滴答答的，彷彿永遠都在下雨，比較清涼。到了冬天就從地下走水，這些熱水從地下上來，正好給丫頭們洗這洗那的，也免得她們大冬天的受罪。其實就是一開始鋪管道最麻煩了，現在這樣，也不比別家燒炕要昂貴多少。」

話雖如此，可這一套巧妙工程，那也不是有錢就能造出來的。沒有人給畫圖紙，真是有錢有勢都無用。蓮娘並不妒忌，卻很羨慕，她嘆了口氣。「可惜，你們家喬哥那樣小，不然，我就和我娘說，以後我誰也不嫁，只嫁焦家的喬哥！」

這個小姑娘，真是什麼話都敢說！十三歲也到快說親的年紀了，哪個女兒家不是諱莫如深，一提起親事就燒紅了臉？蓮娘卻是大大方方的，還拿親事來開玩笑……

蕙娘也不禁絕倒，她笑了。「妳要想嫁，現在嫁來做個童養媳也不錯，把妳打發在小屋子裡住，成天洗喬哥的髒衣服！」

兩人相視一笑，蓮娘藉著這個話口就往下講。「現在妳出了孝，來提親的媒婆，都要把門檻給踏破了吧？」

一家有女百家求，焦閣老的門生，哪個不知道他最疼愛的還是蕙娘？再說，蕙娘本身條件也夠硬，想要娶到她的人家絕不止何家一戶。不過，不論是從年紀，還是男方本身的條件來說，何家兩兄弟，在可能的求娶者中，也算是上上之選了。

就知道這小丫頭鬼靈鬼精的，這一次過來，多半還是為了探自己的口風——不過，她很會看人眼色，從前那一次，因為自己和文娘沒提起何芝生的事，文娘就沒鬧彆扭，也一樣出來招待蓮娘，蓮娘根本就沒提親事……

重活一次，很多事和從前發展已經不大一樣，可有這麼前後一映襯，看人倒能看得更透一些。蓮娘看似嬌憨無知，其實玲瓏剔透心機內蘊，年紀雖小，卻也不是簡單角色。

蕙娘只是笑。「這事妳不該問我，問我娘都比我更清楚一些。」

蓮娘又哪會被蕙娘幾句話敷衍過去？她纏著蕙娘撒嬌。「妳好歹透個口氣嘛，蕙姊姊！要不然，我回了家也不好交代。」

這話大有玄機，蕙娘心底，不禁輕輕一動：是何太太要蓮娘來問的，還是家裡另有其人，想要知道這個消息？

她免不得含糊其辭。「這種事，我們女孩子說了也不算數的……」

蓮娘很懂得看人臉色，她壓低了聲音。「那妳知不知道，我娘可喜歡妳了，大哥、二哥是隨妳來挑……可不像原來那樣，其實還是想把令文姊姊說給二哥。」

這個蕙娘倒不大清楚，因文娘畢竟還是妹妹，姊姊沒成親，也不好很具體地談起她的親事。她一直以為何家說的是何芝生，這樣看，多半還是嫌文娘家裡人丁單薄，又終究是庶出，害怕她這個宗婦，壓不住底下的妯娌。

她不言不語的，臉上神色似乎是默認。蓮娘看在眼裡，又把聲音壓低了一點。「別的話，我也不說了。我就說一句，要是看中了我們家，妳可別挑二哥。妳以前要坐產招夫的，有些事大哥就沒開口，現在才稍微露出來一點兒……」

露出來什麼，蕙娘就不用問了，這種事也不能說得太明顯。她想到長大以後幾次見面，何芝生都是規規矩矩的，連眼珠子都不肯亂動一下，倒有幾分吃驚的。沒想到他居然還能看明白自己的長相，她還以為他根本就沒敢正眼瞧自己呢！心事藏得這麼深，外頭真是一點都看不出端倪。

不論是焦勳也好，何芝生也罷，都說得上是自己階層裡的佼佼者了。何芝生今年才十九歲，已經是舉人身分，如能考中進士，以他的家世來說，一輩子榮華富貴那是打底，再往上走，能走到哪一步，那都是不好說的事。可在蕙娘看來，這些都是虛的，她更看重的還是何芝生的這份沈穩，能把心事藏住了不露出來，又私底下這麼爭取，就手法來說，是要比焦勳好一些的。

有那麼一瞬，她幾乎有幾分心動，想要給蓮娘一點口風、一點暗示。可蕙娘畢竟是蕙娘，她笑著擺了擺手，把話題給帶開了。「妳上回不是說，想要一對簡州貓嗎？知道妳要過來，特地給妳挑了一對，還是一公一母。以後下了小貓，妳也能送人了。」

簡州貓遠在四川，從宋代一路紅到如今，真正血統純正的一對公母，價值何止千金？蓮娘熟知清蕙有一個院子養的都是各種馴熟了的貓狗鳥兒，供她無聊時取樂的，裡頭全是真正名種的貓狗。她也是愛貓之人，只拉不下臉來討要，現在蕙娘主動給預備了一對，哪有不歡喜的道理？也就不再同清蕙說這尷尷尬尬的婚事了，轉而笑道：「好姊姊，我真沒白和妳好！石家的翠姊姊，有了一頭鞭打繡球，就寶貝得什麼似的，我也不說，下回她到我家來，我再給她看看我的那一對貓兒！」

又壓低了聲音，同蕙娘說起別家的事情。「聽說某家有對雪白的臨清獅子貓，本來家裡人都愛得不行的，忽然有一天一對全死了，又過一、兩天，家裡一個姨娘也嚥了氣。都說這貓兒去世是不祥之兆，就應在了這事上。其實是怎麼樣，誰心底清楚呢。」

蕙娘心底不禁一動，幾種想法同時飛快地掠過心頭，她眉頭一皺。「妳是說韓家吧？他們家那對貓也的確好看，一般連臨清當地都很難找到那麼好的種了……」

雖三年沒出門，蕙娘對外頭的局勢卻是一點都不生疏。蓮娘點了點頭。「雖然家下人沒說，但既然全家人都愛得不行，那姨娘據說又是老太爺的抱貓丫頭出身……」

有的貓狗寵得厲害，主人常把自己的飲食賞給牠們吃了，那也是有的……蕙娘若有所思。「還真不知道，原來對人有用的藥，對貓狗也都是有用的。」

大戶人家，除非和焦家這樣人口簡單，爭無可爭的，不然，門戶裡的骯髒事那還能少了嗎？當主母的作踐小妾，當小妾的作踐下人。死一、兩個人，連蓮娘都不當回事，她主要還是惋惜那兩隻貓。

「真是漂亮極了，也沒配種，要不然，我都想討幾隻……」

送走了抱著兩隻貓兒、心滿意足的蓮娘後，蕙娘歪在榻上想了半天心事，連文娘過來都沒起身。

「都和妳說什麼了？」文娘也有些好奇。「瞧妳這神思不屬的樣子，難道是和妳提起親事了？」

蕙娘掃了她一眼，似笑非笑。「妳不是身上不好嗎？怎麼人家一走，妳就又活蹦亂跳的了？」

「我那是同蓮娘要好，故意給她空了這麼一間屋子出來。」文娘一撇嘴，有些沒好氣。「何家為了和我們家結親，這些年來費了多少心思？現在眼看娘和祖父還不給準話，肯定著急。都知道祖父聽妳的話……豈不就是給妳灌迷湯來了？」她眼珠子一轉。「她同何雲生更好，是幫著何雲生說好話來的吧？」

聽文娘的意思，從前蓮娘也沒少在她耳邊說何雲生的好話——兩姊妹也都是見過他的，他人要比哥哥開朗多了，愛笑得很，就是長相不那麼俊俏，頂多只是中人之姿。

「和我說誰都沒用。」蕙娘不置可否。「這事真輪不到我來作主，還要看祖父心裡怎麼想的。」

「這可是妳的一輩子。」文娘很不理解。「祖父又那麼疼妳，難道妳就不為自己爭一爭？」

她似乎真的對何家兄弟都缺乏興趣，因此攛掇蕙娘是很努力的。

「照我看，妳自己要是立心要嫁了，祖父也沒什麼好拖著不答應的，何家也算良配了。我要是妳，我就不矜持了，這種事夜長夢多，拖一天沒準兒就生出變化來了呢！」

她說的其實也很在理，但蕙娘卻深知之後事態將有的變化，除非現在就過了三媒六證，不然，對何家表現出越多好感，將來只會令母親和祖父更難收場。她輕輕搖了搖頭，笑而不語。

文娘看了更是不高興，她氣鼓鼓地坐在一旁，過了一會兒，自己也嘆了口氣。「要找到比何家更好的，那倒也難了。只是……」

只是縱使舉案齊眉，到底意難平。文娘嫌何芝生太老氣，又嫌何雲生太輕佻，說來說去，就是因為這兩兄弟，哪一個她都不喜歡。

「將來的事，自有緣分。」蕙娘把一個金絲蜜柚放到文娘跟前。「吃不吃？」

這個柚子，論大小、論色澤，才是蕙娘一向享用的那一份：精中選精，最好中的最好。

文娘把大柚子捧在手裡，聞了聞香味，又不滿起來。「讓妳給太和塢一點顏色看，祖父卻只發作了謝羅居的人……妳倒是好，就一心想著自己吃喝玩樂，將來的事，一點都不放在心上！」

的確，她和姊姊不同，沒有清蕙的自信和手腕，出嫁後，肯定還是要多靠娘家一點，因此對太和塢的舉動，自然也就更不舒服。

「急什麼？」蕙娘慢慢地說：「太和塢的正主兒，都還沒有回來呢！」

這天下午，兩姊妹一道去謝羅居請安，才一進屋，就見到三個姨娘站在四太太身邊，四太太正笑著和她們嘮家常。
焦四爺雖然身體孱弱，但身邊一直沒有斷了通房丫頭，這些年來放出去的放出去、嫁人的嫁人，餘下一些，在焦四爺過世後，多半也都被打發走了。唯獨留下了三位姨娘，這三年來跟隨焦家主子們一道守孝，也頗吃了苦頭，前陣子出了孝，四太太要應酬，分不得身，她體貼姨娘們也悶了三年了，便打發她們去城郊別業小住了一段時間，眼下到了年邊，這才派人接回來過年。原本以為還要幾天才回來，沒想到這麼快就到了。
「三姨娘、四姨娘、五姨娘。」文娘生母難產去世，四姨娘是她的慈母，從小帶大，和親生的也差不了多少，她給四太太行了禮，便拉著四姨娘的手，一長一短地同她說家常。
蕙娘卻沒她那麼放縱，她和幾個姨娘都打過了招呼，便在四太太身邊坐下。
四太太笑著說：「妳和妳生母也有一個月沒見了，還不同她說幾句話？」
蕙娘還沒開口，三姨娘就搶著說：「姊姊跟前，哪有我們說話的地方呢。」她和四太太關係親密，從三姨娘還不是三姨娘時起，就一直是姊妹相稱。又問四太太：「一個月沒見，您的咳嗽好些了嗎？今年冬天冷……」
四太太笑得就更舒心了，令三姨娘在她跟前的小几子上坐了，和她一來一往說得很歡。
蕙娘就空出來了，她遊目四顧，正好和五姨娘對了一眼。
五姨娘也算是有福之人了，焦家規矩，沒生育的通房一般不抬姨娘，焦四爺過世後全被打發了出去。她是小戶人家的良家閨女，因為出了名的長相宜男，算命先生也算了她是個生子的福相——她一家男丁也的確不少，上頭有七、八個哥哥——家裡心大，知道焦家的情況，就送進來做了通房丫頭。雖然沒幾個月焦四爺就去世了，但就去世前的幾夜溫存，居然還給她留了種，使得她在四爺去世之後，還得了個姨娘的名分。

她生了一張圓臉，一笑就是兩個深深的酒窩，雖然說不上有多好看，但的確是挺有福氣的。

見蕙娘望過來，五姨娘臉上的酒窩頓時又深了，她笑咪咪地和蕙娘嘮嗑。「這個月同太太出門去，怕是招來了不少說親的媒婆吧？」

的確，就是這大半個月間，焦家比什麼時候都要熱鬧，各色太太、奶奶，凡是能和焦家扯上一點關係的，差不多都來看過了她。按京裡行事的節奏來說，恐怕真正提親的高峰，還要在年後了。這個時間段，有意提親的人，多半還在給老太爺寫信探口風呢！

清蕙也笑了。「沒有的事，雖然來客多些，可都是來看母親的。」

正說著，四太太見三姨娘露出聆聽之色，便也笑著說：「那倒是的，有好些國公夫人、侯夫人，兒子大了，孫子又小。偏系子孫諒來也不敢說親，無非是幾年沒有來往了，現在我們出孝，多走動走動而已，估計還不是為了親事來的。」

這是為了安三姨娘的心：清蕙這個情況，出色是夠出色了，棘手卻也很棘手。太多人家上門相看卻沒有下文，三姨娘心裡只會更焦急。

不過，有句話四太太沒說出口：焦家門第，不是一般的高，身分也不是一般的敏感。在兩黨黨爭風頭火勢的時候，有很多人不敢貿然站隊，就是太太也約束了不叫她們隨意上門。又或者有些人家行事一向就謹慎，上門的這些貴婦人，也很有可能是受人所託，過來相看清蕙的。

權夫人就正是個謹慎人。

快到年邊，各家事情都多，阜陽侯夫人雖然和權夫人一向友好，但也沒有久坐。頭天去過焦家，這天又到權家盤桓了一個多時辰，便直接去大報國寺進香了。權夫人親自將她送上了轎子，目送暖轎順著甬道走遠了，這才捶著腰回了裡屋，又思忖了片刻，便吩咐底下人。「去問問國公爺在忙什麼。」

良國公年輕時頗為忙過幾年，現如今年紀到了，雖然已有多年不再過問俗務，但不論是他本人也好，還是權家也罷，在老牌勳戚間的威望都還是如日中天。要不是年邊大家都忙，他一般也是不得閒的，總有些老兄弟同他來往，也總有些從前的門生要來拜訪，權夫人想要在白日裡見到丈夫，還沒那麼容易。

「怎麼，阜陽侯家那位這麼快就回去了？」良國公有點吃驚。「她一向是個話簍子，還以為這一次又能叨咕上幾個時辰了。」

「她倒也想。」權夫人笑著親手給丈夫上了茶後，上了炕，在良國公對面盤膝坐下。

「可家裡還有事兒呢！」

良國公端起清茶啜了一口，望了權夫人一眼——夫妻二十年，很多事情，已經無須言語。

「也是滿口誇好。」權夫人不禁嘆了口氣。「也和前頭幾個老親老友一樣，一開始以為是給叔墨、季青說親，所以話裡話外，都是一個意思：我們家門第雖然是夠高了，但恐怕兒子自己不夠爭氣，壓不住她。」

其實說壓不住，還是等於配不上。焦清蕙那個身分、那個長相、那個才情、那份必然是豪奢得令人驚嘆的嫁妝，對她未來的夫婿無形間都是個挑戰。要不是別有所求，誰家的公婆也不樂見自己的兒子被媳婦壓制得死死的，尤其阜陽侯和良國公兩家是幾輩子的交情，阜陽侯夫人又是權仲白的親姨母，話說得更直接。「她和焦家往來得也算多的，據她說，蕙娘在外人跟前表現嫻靜少言，實際上從小主意正、性子強，家裡的大事小情，很少有她不曾過問的，就在焦四爺去世之前，她才十四歲，全家人都被管得服服貼貼的。焦家那些管事，在外架子大，到了十三姑娘跟前，連個屁都不敢放……你還記得原來有個焦福，在他們家也算是得意的了？就因為在外過分顯擺架子，被她知道了，一句話就給攆出去了。就這樣還一句怨言都不敢有……手段厲害得很！她覺得，伯紅的媳婦，怕是壓不住她的。」

對於一般的大家族來說，如此強勢的女兒家，如果不是長子嫡媳，那最好是成親後兄弟們就長期分居兩地，免得妯娌失和，一家人鬧得過不了日子。尤其清蕙的籌碼實在太沈，不說給長子，只怕親事一定，長媳心裡就要犯嘀咕了。而要說給豪門世族為長媳世婦嘛，一個她家族人丁單薄，現在顯赫，可將來焦閣老一去，頓時是人走茶涼，還有一個，她畢竟不是嫡出……

「要不是因為這些緣由，阜陽侯夫人自己都恨不得要搶回去。」權夫人一邊說，一邊看丈夫的臉色。「她自己為人處事，的確是滴水不漏，再沒什麼能嫌棄的地方。」

良國公微微一哼。「那也要人家看得上他才行，阜陽侯家現在還沒成婚的，也就是幼子了吧？成天就知道吃喝玩樂、票戲會文，焦家看得上才怪！」

他徵詢地望了妻子一眼，見權夫人神色溫和、口角含笑，便道：「還好，這幾個顧慮，在我們家也都不算顧慮。她再好，仲白壓她那也是穩穩的……她要能把仲白那死小子給壓住了，我們也是求之不得！現在還沒幾戶人家上焦府提親吧？」

「快過年了，有想法的人家是不少，先後請動的幾個老姊妹回來都說了，現在焦太太一天要見幾撥客人。恐怕都是等著過了年，看看今年宮中對她有沒有什麼表示，如沒有，就要請人上門了。」權夫人什麼都給打聽好了，她輕輕地捏緊了拳頭。「這可是個寶貝呢，老爺，咱們要是看中了，那可就得趕緊了。這要是被人橫插一桿子去，我怕是要噎得吃都吃不下、睡也睡不著了。這樣好的人才，錯過這一個，可就再難找了。」

「妳這句話算是說對了。」良國公唇角一動。「既然看上了，那就別改啦！我回頭和娘打聲招呼，妳進宮探探娘娘的口風，明年若不辦選秀，一切好說，即使是要辦選秀，妳也得打好招呼，這塊寶，我們權家要了！」

到底是名門世族，一開口語氣都不一樣。想提親的人多了去了，焦家也未必就選權家，從來提親低一頭，說的就是這個道理。可看良國公的意思，竟是信心十足，絲毫都沒有考慮過被回絕的可能性。

就連權夫人，也都是安之若素，不以這過分的信心為異，她更擔心的還是另一點。「仲白那裡……」

「怎麼，他還真想一輩子獨善其身、斷子絕孫不成？」良國公一瞪眼，鬍子都要翹起來了。「妳先說，妳要說了不聽，那就是動了家法，這一次我也得把他給打服了！」

權夫人雖然是繼室，可權仲白在襁褓間就被抱到她屋裡養了，是她帶的第一個孩子，說起疼寵，甚至比她親生的叔墨、季青還甚些，一聽權老爺這樣的口氣，她忙搶著就白了丈夫一眼。「動不動就喊打喊殺的！從前線下來都多少年了，還是這改不掉的性子！」

想一想，也覺出了丈夫的無奈，自己嘆了口氣，便加強了語氣強調。「你就放心吧，這一次，我可一定把他給按服了，讓他把這根斷了的弦，重再續上！」

第八章

生母回來，總是要擇時過去請安問好的，因此在謝羅居吃過晚飯，蕙娘就沒回自雨堂，而是讓轎娘們把她抬到了南岩軒裡——除了五姨娘陪著子喬在太和塢住之外，三姨娘、四姨娘都在這裡居住，兩個人彼此作伴，也就不那麼寂寞了。

姨娘們不用伺候太太晚飯，現在已經都吃過飯了。四姨娘那一側裡隱隱也能聽到文娘說話的聲氣——吃過飯後，蕙娘還陪母親說了幾句閒話，文娘要比她早到一步。三姨娘也沒做晚課，而是歪在炕上等蕙娘進來說話。

在嫡母跟前，三姨娘不過是個下人，這個面容秀麗、性子溫和的婦人，一輩子堅持「主僕有別」，蕙娘身為主子，也不便和她多說多笑的，免得四太太看見了，又勾動情腸。這一點，兩人心底都是有數的，三姨娘私底下也再三和蕙娘強調「妳母親命苦，這輩子兒女是她的傷心事，連喬哥都不放在身邊帶，妳就知道她心裡苦了。非但妳自己在謝羅居裡不要多搭理我，就連文娘妳也要約束好了，別令她和四姨娘過於親近」。

誰肚子裡爬出來的，天生就和誰親近，即使所有子女的嫡母都是正太太，但私底下，多得是庶子、庶女管自己的生母叫「娘」的。只有三姨娘，十幾年來，就是私底下和清蕙說話，也自稱為「姨娘」，對四太太更是死心塌地，從來沒有一個「不」字，就是前些年清蕙身分最高的時候，她在四太太跟前也從沒有擺過架子。也許就是因為這份尊重，四太太對她也很特別，三姨娘屋裡的陳設富貴就不說了，從前每逢節慶，她還能穿著主母賞下來的正紅裙子……五姨娘就沒這個福分了，子喬落地的時候，她已經是個未亡人。現在焦家的太太、姨娘，都只能穿些灰青、茶褐衣服。

「聽說這幾天，十四姑娘又闖禍了。」三姨娘和清蕙說話，一般總是開門見山的。「妳沒有胡亂插手，說些不該說的話吧？」

「倒還好，教她幾句，也是難免的，卻並沒有管得太過分。」蕙娘一語帶過，又問三姨娘。「在承德住得還安心嗎？那裡幾年沒有住人了，恐怕不如家裡舒服呢。」

三姨娘也是一語帶過。「反正就是那樣，換個地方過日子而已。出去玩了幾次，看了看風景，天色一冷，我們也就縮起來了。唯一比城裡強的，就是不必在太太跟前立規矩。」

她嘆了口氣，有些惆悵。「只是太太自己，最該歇著的，卻沒能一塊兒過去，真是苦了她了。妳隨常在她身邊服侍，也要多說些笑話兒，逗得太太多笑一笑，那就是妳盡到孝心了。」

私底下提到四太太，還是沒有一句不好，只有無盡的體貼和感激。蕙娘聽了將近十七年，真是耳油都要聽出來了，她幾乎是機械地應著。「那是肯定的。」

三姨娘又哪裡看不出來她的敷衍？她立即老調重彈。「要不是太太，現在妳還不知道在哪兒呢！她的深恩，我是還不完了，只有著落在妳身上……這麼大一個家，太太思慮有限，肯定管不過來，妳也要多為她出出主意，免得她太勞累了。」

有幾個主子在前頭插手，三姨娘沒能管著多少清蕙的教育，從小到大，她只強調了一件事，那就是知恩圖報。

當年甲子水患，一縣的人活下來的沒上百個。三姨娘那時候才十三歲，家業一夜間被沖沒了，只留下她一個人坐在腳盆裡，一路划出了鎮子，卻也是又累又餓又渴。划到岸邊時，她伏在盆裡，連爬出來的力氣都沒有，眼看就要嚥氣時，是四太太眼尖，在樓上一指就把她給認出來了：那是焦家鄰居的女兒，街頭巷尾中，曾和四太太撞過幾面！

四爺當時立刻找人，把她從河裡給鈎上了岸，細問之下，當時災女迷迷糊糊的，哪顧得了那麼多，立刻就說了實話：焦家當時正是開席時候，全家人都在場院裡，地勢低窪，大水捲進鎮子裡時衝垮了焦家牌坊，堵住了唯一的出口，連著去吃喜酒的左鄰右舍，一個都沒有跑掉！

四老爺、四太太當時不眠不休地趕到下游不斷救人，本來還指望能救上一、兩個族人，卻等來了這麼一句話。四太太當時一聽就暈過去了，醒來的時候，肚子裡的孩子就沒保住……當時缺醫少藥的，鬧了一場大病，等回京了找御醫一扶脈：這一輩子，要生育是難了。

可話雖如此，焦家卻沒有誰怪罪災女。知道她全家毀於水患，孤苦無依，還將她帶進京中安置，教她讀書寫字。甚至在焦家為四爺物色通房的時候，四太太立刻就想到了她：她沒親沒眷，就算焦家肯出陪嫁，將來出嫁了也容易為人欺負。再說，天下又有哪戶人家能比得上焦家的富貴呢？這麼一戶人家的姨娘，可要比殺豬戶、跑堂夥計家的主婦享福得多了。小孤女也到了懂人事的年紀，知道這是太太憐惜她命苦，磕頭謝過太太，便開了臉，被抬做了焦家的姨娘，享用起了數之不盡的榮華富貴。

也因為這一番經歷，說不上是感激還是愧疚，三姨娘一輩子，對太太還比對蕙娘更上心。再加上四姨娘也是太太身邊僅剩的陪嫁丫頭——當時陪著四太太一道出門辦事——自己又沒有兒女，因此焦家的妻妾關係，一直都是非常和諧的。三姨娘同女兒講知恩圖報，四姨娘更務實一點，同女兒講投資回報。蕙娘和文娘都把嫡母擺在姨娘前面，四太太總算有所寬慰。

不過，很多事情，也還是只有親母女之間，才說得出口。

「身分變了，態度也要跟著變。」清蕙就從來不會這麼直接地和四太太抬槓。「這不是您教給我的嗎？現在又要我多為太太分憂……就現在這樣，太和塢還嫌我礙眼呢，我要敢重新管起家裡的事，她還睡得著覺嗎？」

三姨娘神色一動。「怎麼，她不是和我們一道去承德了，難道還給了妳氣受嗎？」竟是只聽清蕙的語氣，便猜了個八九不離十。

蕙娘的城府，即使有七分是教的，沒有三姨娘生給她的這三分底子，也始終難成氣候。

「她人是不在，可胡養娘還在嘛。」清蕙稍微說了些府裡的事情。「還有文娘、蓮娘……」

三姨娘聽得大皺其眉。「妳就不該提這個橘子的事，妳自己說文娘一套一套的，怎麼到自己頭上就看不明白了？都是尖子，非要分三六九等，爭個閒氣，只能壞了一家人的和氣。」

這是正理，清蕙明白，她自己曾幾何時也是這樣想的。要出嫁的人了，和娘家無謂計較那樣多，有些事情能忍就忍了，忍一時風平浪靜。

但，她能忍別人，並不意味著別人能夠忍她。自從重活一次，焦清蕙無時無刻不用血淋淋的事實提醒自己：妳不步步主動，占盡先機，就永遠都鬥不過藏在暗處的小人！潑天的富貴也好，傲人的容貌也罷，過人的手腕、牢固的寵愛，有時候，還比不上一帖不明不白的毒藥。有人想對付妳的時候，她根本都不會在意妳能忍不能忍。

當然，這也不是說下毒害死她的人就一定是五姨娘。但不管怎麼說，眼下看來，還是她的嫌疑最大。

就不知道她為什麼會挑在那時候下手？那時候親事早定，自己展眼就要出嫁，按理來說，是不會再礙她的眼了……

「人都有賤骨。」她淡淡地說。「不懲一儆百，將來自雨堂的處境只有更艱難。與其到時候再來大開殺戒，不如現在輕輕巧巧，就把人給發落了。大家心裡存個畏懼，行事沒那麼難看，倒都能保存體面。」

這也是正理，三姨娘沒再吭聲了。她也知道自己不能約束蕙娘，正經約束、管教蕙娘，那是老太爺、四太太的事，輪不到一個姨娘來多嘴多舌。「蓮娘怎麼和妳說的？妳細細地和我說一說。眼下，妳還是要多關心妳的婚事，如何能說個妥妥當當的好人家，那才是最要緊的事。」

蕙娘只好把蓮娘的幾句話給複述出來。

三姨娘聽得很入神，又問她。「妳是見過何芝生的吧？這個小郎君，人怎麼樣？」

蕙娘默然片刻後，艱辛地憋出了兩個字。「還成。」也就不說什麼了。

即使是這樣，三姨娘也很滿意。「能讓妳這麼說，這個人想必是極好的。」

她看了女兒一眼，不覺地嘆了口氣，便壓低了聲音。「太太性子軟，太和塢的那位也算是有些本事。趁著老太爺身體還好，親事能辦就早辦了，妳不至於受太多委屈……」

以三姨娘的性子，這已經是她對五姨娘能說出的最重的話了。清蕙心中一暖，輕輕地點了點頭。「我知道的，姨娘，我心裡有數呢，您不必為我擔心。」

既然說到了親事，她不覺地就又想到了焦勳。

從前那一世，在書房前的事她沒有和任何人說過，當時四周似乎也沒有誰能看到，可焦勳之後立刻就從府中消失了。清蕙思前想後，只能猜測是祖父透過窗戶恰好望見了那一幕，因此這一世，她沒犯那樣的錯誤，但如何安置焦勳，始終也是件麻煩事。

兩個人自小經常見面，也不是沒有情誼。從前她對焦勳也還算得上是滿意的……一個贅婿，用不著他太有雄心、太有能耐，能把家業守住，安心地開枝散葉，就已經相當不錯了。可現在身分變化，再反過來看，就覺得作為一個管事來講，焦勳實在是太有能耐了一點。自己出嫁後，恐怕宅子裡很少有人能鎮得住他……

「還有件事，想和您說呢。」思前想後，清蕙還是開了口。「阿勳哥——」

這三個字才出口，三姨娘頓時便坐直了身子，一臉的警覺，好像清蕙要說什麼大逆不道的事兒一樣。蕙娘看在眼底，不禁有幾分好笑。「阿勳哥今年也二十多歲了，您也知道他的情況，是沒有賣身進來的，仍算是個良籍，不過是鶴先生的養子罷了。現在還在府裡幫忙，好像也不大像話……我想，他反正知書達禮的，倒不如令他回原籍去，用回原來的姓試著考一考，能考上，也算是有了出身，不能考上，給他買個出身來，將來在官場要能進步，對子喬，甚至是文娘，都是有幫助的。」

這思慮正大光明，考慮入微，三姨娘還有什麼可說的？她嘆了口氣。「也好，再讓他待在京城，對誰都不好……這件事，妳不方便說的，還是我對太太開口好些。」

兩人說話，真是絲絲合縫，不必多費精神。因時日晚了，也快到蕙娘休息的時辰，因此再說了幾句話後，蕙娘便起身告辭。

三姨娘送她到門口，一路殷殷叮囑。「還是以妳的婚事為重……這件事，妳千萬不要小看，也不要放鬆。」

千叮嚀萬囑咐，終於是忍不住嘆了口氣。「我就是擔心妳這個性子，太要強了，誰能令妳服氣？妳要抱著這個心思去看人，自然是這也不好、那也不好……」

蕙娘現在擔心的還真不是這個，這個她擔心了也沒用，因此她一邊敷衍著生母，一邊就披衣出了迴廊。

上轎時偶然回望，卻見三姨娘一手撩著簾子，就站在門檻裡望著她，同清蕙極為相似的臉盤上掛了一絲微笑——兩人雖然在一塊兒住，但清蕙回自雨堂，三姨娘竟似乎還有些不捨。

不知為何，這一笑就像是一把刀子，狠狠地戳進了蕙娘的心窩，她用了好大的力氣，才止住了心頭翻湧的情緒，只是對三姨娘微微一笑，便鑽進轎內，由得經過精心培育的女轎娘們，將轎子穩穩當當地抬了起來。

她望著窗外移動著的景色，在心底一遍又一遍地告訴自己：這一回，妳要是再死了，對得起誰，妳也都對不起她！

回到自雨堂裡，她罕見地沒有立刻洗梳，而是站在窗前默默地出了一回神，將心頭幾大疑問都理清了頭緒，這才敲一聲磬，喚來綠松。「妳親自去南岩軒，找符山說幾句話。」

符山是三姨娘身邊的大丫頭，對自雨堂，她從來都恨不得把一顆心掏出來，比起一向與世無爭、與人為善的三姨娘，她更聽蕙娘的話。

綠松不動聲色。「這麼晚了，也不好漫無邊際地瞎聊吧？」

「誰讓妳瞎聊了？」蕙娘白了她一眼。「妳問問她，五姨娘在承德住的時候……有沒有什麼異樣的舉動？問得小心一點，別讓人捉住了話柄。」

會這麼問，似乎是打算要對付五姨娘了。綠松有些不以為然，一個姨娘而已，但看蕙娘神色，也不好多說什麼，便默默地退出了屋子。

窗外不知什麼時候，已經飄起了點點滴滴的細雪，比起溫暖如春的自雨堂，外頭似乎是另一個世界。這潔白的雪花落在泥地上，很快就化得一乾二淨，蕙娘隔著窗子，出神地凝視著這一幕，她的臉透過晶瑩的玻璃窗來看，就像是一張畫，美得竟有些非人的凜冽與淒清。

綠松沒有多久，就踏著新雪回了自雨堂。

「我一問，符山就竹筒倒豆子了。」她眉頭微蹙，顯然也有點不快。「她竟猜姑娘是從三姨娘臉上看出了端倪——據說，五姨娘在承德，性子比較大。有一天晚上，和三姨娘閒聊的時候，也不知說了什麼，三姨娘回到屋子裡，還掉了一夜的眼淚。那丫頭心底正不服氣呢！」

從前想著要忍，也就沒多過問太和塢的事，自然不會派綠松去和符山說話。三姨娘受了這麼大的委屈，居然瞞得滴水不漏，自己是一點都沒有察覺……

清蕙久久都沒有說話，可她周身氣氛，竟似乎比屋外還冷。綠松望著她的背影，多少有幾分心驚膽顫，過了一會兒，她才囁嚅著說：「姑娘……」

「五姨娘這個人……」蕙娘卻開了口，她慢慢地轉過身來，唇邊竟似乎掛上了笑，聲調還是那樣輕盈矜貴。「真、有、意、思。」

沒等綠松回話，她就走向桌邊。「把她們都打發出去吧，妳把文房四寶取來，我有一些話要對妳說。」又掃了綠松一眼。「只能妳一個人聽。」

綠松心頭一緊。看來這一次，太和塢是真正觸動了十三姑娘的逆鱗！

第九章

已經快到清蕙休息的時候，因今晚綠松要親自在西裡間上夜，眾位丫頭便都退出了主屋。綠松很快就從小櫃子裡取出了文房四寶，又親自拉下了蜀錦做的簾子，密密實實地擋掉了室內往外的所有光線。她闔上門，小心地撥亮了油燈，便將頭頂的玻璃宮燈給罩滅了，令室內一下子昏暗下來，散發出了些許詭秘的氣息。

蕙娘倒被她逗笑了。「也不是什麼見不得人的事，倒鬧出這深夜密議的樣子來，妳也是小心得過分了。」

綠松哪裡會被這輕飄飄的一句話騙到？她服侍蕙娘，也不是一年、兩年了。「姑娘等閒從不錯亂作息，今天寧可熬夜也要這樣，必定是有要事吩咐。」她低眉順眼地說。「再小心，也都不過分的。」

就是因為她從來如此謹慎，才能力壓石英，穩穩地坐在這首席大丫鬟的位置上。蕙娘望著綠松，眼底也不禁閃過一絲欣賞。她點了點頭，慢慢地說：「妳跟著我多久了？」

「十二年了。」綠松毫不考慮地回答。「打從姑娘在路邊把我買下帶進府中，已經過了十二年了。」

綠松的經歷，和三姨娘是有相似之處的。當時蕙娘陪著父親去京郊散心，車遇大雨，停在廟前，見她在廊下啼哭，身邊還擺了兩具由草蓆草草一裹的屍體。她年紀小，不懂就中文章，便問父親「怎麼義莊不曾出面收納這兩個路死者？」。

焦四爺是何等人物？眼睛一掃，就指點給女兒看。「義莊人做事，一向是最謹小慎微的，這女孩容貌秀麗，是個美人胚子，恐怕附近的秦樓楚館，已經是有人看上她了。」

秦樓楚館裡，少不了的是地痞無賴，義莊人就是想管又怎麼管？清蕙當時還小，說話也直。「真可憐，同姨娘當年一樣，都是孤苦伶仃，舉目無親了。」

被這麼一說，焦四爺倒笑了。「遇上妳，也是她的緣分。」

只清蕙一句話，綠松一生的命運就發生了改變。她進了府中當差，三姨娘最憐惜她，將她收在身邊教養，沒有幾年，就進了自雨堂做小丫頭。憑著三姨娘這一份同病相憐的飄渺好感，和她自己逐漸養成的謹慎作風，清蕙十歲的時候，她已經是自雨堂裡的大丫頭。當時清蕙已經有了城府，從此刻意提拔綠松，令她做了自己身邊的大丫鬟。從此主僕兩人相伴至今，已有七年了。

「在我身邊這些千伶百俐的小妮子裡，我一向特別抬舉妳。」蕙娘淡淡地說。「除了妳本身資質好，還有一點緣由，想必妳也是清楚的。」

這些事，平時大家心照，蕙娘從來不曾說穿，如今特別提出來，當然是有用意的。綠松便直言：「姑娘身邊的丫頭們，一個個都是有來頭的。唯獨我沒親沒戚、孑然一身，有什麼事，我心底想的只是姑娘和三姨娘，再沒有別的顧慮。」

蕙娘身邊這些大丫頭，石英是二管事焦梅之女，瑪瑙是布莊掌櫃之女，孔雀是蕙娘養娘的女兒，雄黃是帳房的女兒，石墨就更別說了，在府裡她哪裡沒有關係？姜家算是府裡最大的一個使喚人家族了，她和文娘手下的黃玉、太和塢裡的堇青，說起來都是很近的親戚。

就算人才再好，沒有主子的特別關注，又或者是很硬的後臺，想進自雨堂打雜，那都是難的。

「嗯。」蕙娘點了點頭。「就因為妳沒有別的親戚，一輩子都著落在我身上，我對妳，自然也要比別人都放心一些……」她輕輕地嘆了口氣，竟親自拈起墨條，在硯池中添了些清水，自己磨起墨來。

綠松又等了一會兒，終於等到了主子的下文。

「妳說我最近有心事，也足證妳觀察入微。我是有心事……出孝擺酒那天，我收到消息，有人欲不利於我的性命。」

蕙娘口吻雖淡，但以綠松的沈穩，亦不由得倒吸了一口冷氣，她怔怔地道：「姑娘——這可不是可以開玩笑的事……」

「我也沒有和妳玩笑的意思。」蕙娘淡淡地說。「如今妳是明白了吧？知道了這消息，沒有心事，也要變得有心事了。」

難怪，難怪姑娘作風大改。一改從前息事寧人、能忍則忍的態度，太和塢那邊稍有表示，她就立刻殺雞給猴看，狠狠地打了幾個下人的臉……綠松這下是真的恍然大悟了！在這個家裡，想要姑娘命的人，恐怕除了太和塢，也沒有誰了吧？

可仔細一想，卻又實在是不合情理。綠松乍著膽子望了蕙娘一眼，見蕙娘神色寧靜，似乎已經完全接受事實，並沒動情緒，她便疑問：「可都有人上門提親了，五姨娘她還有什麼好擔心的呢？她總不是擔心您的陪嫁吧？老太爺再疼您，也不可能把焦家家產全給您陪走了。」

是啊，五姨娘又有什麼動機一定要她的命呢？焦家家財億萬，清蕙即使拿走了一半作為陪嫁，這剩下的一半，也足夠焦子喬和五姨娘花天酒地揮霍上十輩子了。再說，她能陪走家裡十分之一的錢財，對於一般富戶來說，這份嫁妝也已經是多得駭人聽聞了，要陪再多，只怕夫家人都不敢承受。為了錢，似乎有些牽強。

至於為了勢，那就更沒什麼好說的了，出嫁女怎好管娘家事？有子喬在的一天，蕙娘頂多也就是多幫襯著娘家一點，難道她還能強行把子喬奪過來養育，順便把家產一併謀奪了不成？真要有這份心思，她也就不會令焦子喬活到現在了。五姨娘就算一開始有這樣的擔心，現在焦子喬都兩歲多了，自雨堂半點動靜也沒有，她忙著恭送清蕙出嫁都來不及呢，又怎麼會在這個節骨眼上多添是非？

但若不是她，又還有誰呢？

老太爺、四太太同三姨娘，這三個人是肯定不會要她的命。老太爺疼她都還來不及呢；四太太是個老好人，對庶子女也沒得說，一輩子都善心；三姨娘更別說了，那是自己親娘，蕙娘一去，她下半輩子還有什麼念想？剩下的主子，也就只有四姨娘和文娘了。

這兩個人，又有什麼好害自己的呢？四姨娘本來就是個可憐人，害死了自己，她的處境也不會好上一分；至於文娘，兩姊妹的確有不和的時候，文娘心底就算對她有幾分恨意，蕙娘也不會吃驚，但先且不說她哪來這份城府和能耐，這都到姊妹分手的時候了，她至於嗎？

要是文娘對何芝生情根深種，那倒還好說了。也許為了嫁給何芝生，她在不知道事態變化的時候，會鋌而走險，生出恨意，布置出對付她的手段。可蕙娘自從出孝擺酒那天以來，處處留意、幾番試探，文娘是真的對何芝生、何雲生都半點不熱心，十四姑娘的眼界，要比這兩兄弟更高。

再說，姊妹兩個從小一起長大，雖說知人知面不知心，可對文娘，她自認是摸透了妹妹的脾性……要不是實在找不到懷疑的物件了，她真是都不願去懷疑自己的親妹妹。

焦家人口少，就這麼幾個主子和半主子，下人們也被管束得嚴格，再說，自己的死，對貼身下人來說，幾乎只有負面影響，再起不到什麼正面的作用……思來想去，除了五姨娘鬧鬼，那還有誰？

要不是知道自己確確實實即將在未來的某日忽然毫無徵兆地中毒身亡，清蕙自己都很難相信這個說法。說得俗氣點，焦家的錢就和海一樣多，這海裡不過游了五條魚，就這樣還能磕著碰著？

可事實俱在，沒什麼好不承認的：在從前那段曾經發生過的歷史中，她就是棋差一著，連死了都沒鬧明白，自己究竟是怎麼死的。

說人蠢，就常用這句話：被害死了都不知怎麼回事。

焦清蕙自負一世聰明，她是怎麼也沒想到，自己不是輸給天意、輸給上意、輸給任何自己無法違逆的力量，而居然是輸給了……輸給了一個不知名的對手，一雙未露過任何行跡的透明手！

她又怎麼能服氣呢？

「這世上沒有誰會嫌錢多的。」她淡淡地說。「五姨娘和子喬是只有兩個人沒錯，可她一家人生養都強，麻家一大家子，上百人總是有的。」

要擺脫嫌疑，有時候難得「跳到黃河洗不清」，可要給人安上一點嫌疑，卻要簡單得多了。綠松眼神一閃，頓時有了些聯想，她雖然還有幾分懷疑，但語氣已經鬆動了不少。「嫁出去的女兒潑出去的水，五姨娘想要提拔娘家也是人之常情，但卻未必要……」

「太太好性子。」清蕙慢慢地說。「祖父去世後，能鎮住場面的，也就只有我了。不趁我還在家的時候出手，我一出門，她就真是鞭長莫及啦。」

其實，這藉口還是有不合理的地方。到時候五姨娘要真掌握了家中大權，給清蕙送東西的時候下點毒藥，也有很大的成功機率，不過，這畢竟已經是一個有力的猜測。

綠松當即就信了八成，她呼吸都急促了起來。「姑娘的意思，是暫時不打算把此事鬧大？」

「沒憑沒據。」蕙娘不置可否。「就是鬧大了，難道還憑一句話就定罪？就連這一句話，也是上不得檯面的。妳也不要問此人是誰了……她能跟我說這一句話，已經很有勇氣。」

見綠松眼神閃爍，蕙娘心底也是明白的：以這丫頭的性子，肯定還是要不斷去猜、去想。只是這一次，她的懷疑，卻永遠都不會有一個結果了。

「既然如此，為今之計，還是我們這裡先從內部防起。」綠松卻沒把自己的心思表露出來，她不過沈吟片刻，就為蕙娘奉上了幾條思路。「姑娘吃的、用的，都要防得滴水不漏，私底下再在府中明察暗訪。」

有個貼心人，辦事都舒服得多了。蕙娘唇邊現出一絲微笑，她朝著桌上的小書冊抬了抬下巴。

「這件事，我也就只放心妳做了。」她說。「從今天起，我平時哪怕是吃一口茶，妳也要記下來。但凡我吃了什麼，妳都留下一點……去挑一隻貓來，我吃什麼，牠也吃什麼。我聽說貓狗這樣的小東西，對毒藥要比人更敏感得多，即使是慢性毒藥，牠們的反應，也會比人來得更快。」

這就是試毒了，只是以貓狗來試毒，畢竟沒有以人試毒那麼穩妥。綠松囁嚅了一下，到底還是沒對此做什麼評論。她手按書冊，輕輕點了點頭。「奴婢自然會辦得不著痕跡的。」

「能者多勞。」清蕙嘆了口氣。「悠閒了三年，現在妳要忙起來了。除了這件事之外，妳隨常在家，也要留意留意我們身邊這些丫頭。我看，就先從石墨開始查起吧，不論誰要下毒，沒個內應總是不行的。就算想要我命的人不是五姨娘……那人也得從石墨下手。」

焦家幾個主子都有自己的小廚房，清蕙的廚房裡更是名廚雲集，她和老太爺事實上是共用一批廚師。這些大師傅，都是天下名館招攬來的，本身就有豐厚家業，毒害主子這樣的傻事，自然不會去做。她的吃食真要出什麼問題，這問題也就只能是出在石墨身上了——這丫頭一天別的事不管，就專管清蕙的三餐點心，負責在小廚房和自雨堂之間跑腿傳話，看著婆子把食盒送到自雨堂來。

而偏偏石墨就出身於姜家，和太和塢，也不算是沒有關係。焦子喬身邊的大丫鬟堇青，就和她沾親帶故……

知道有人要對蕙娘不利，綠松看世界的眼光都變了，只覺得四周簡直是鬼影幢幢，想起誰，都覺得她的面目上似乎籠罩了一層陰霾，她再也不為蕙娘的異樣表現而疑惑了，反而很欽佩姑娘的城府——雖然在談的是這樣事關生死的大事，但焦清蕙臉上，卻依然是雲淡風輕，彷彿這世上沒有什麼事，能夠令她變色。

至少在人前，她始終都維持了這樣的一層體面。至於在人後嘛……

綠松忽然明白，為什麼姑娘這麼愛靜了，也許只有私下獨處時，姑娘才會讓一點心事流露出來，也許，她也會望著帳頂出神，也會隱隱有幾分恐懼吧？同一個想要害死妳的人住在一塊兒，對誰來說，都是個沈重的負擔。

但她又哪裡能完全摸透清蕙的心思呢？當她望著清蕙的時候，清蕙也正望著她。十三姑娘心裡始終還是有幾分不得勁：可以絕對信任的幾個長輩，對她的幫助都極為有限，不把自己的心事告訴綠松，這丫頭就不能完全幫上她的忙，有時候，更會無意間成為她的阻礙。畢竟，雖然身分有別，綠松只能聽從她的吩咐做事，但情願去做與不情願去做，結果可能截然不同。尤其綠松一直很有自己的主意，雖然出發點幾乎都是為了她好，但她有時也會自作主張，替自己作主。

可，綠松真的值得自己的這份信任嗎？或者這個深受自己信重的大丫頭，也有一個不得不除去自己的理由呢？畢竟，知人知面不知心，這可是最難說的一件事……

清蕙不禁蹙緊了眉頭，她又一次告訴自己：一來，妳也沒有別的選擇了；二來，也不能因為死過一次，就看誰都是壞人了。害死她的人，也許就那麼一個。

她身邊所有人之中，也就只有那麼一個壞人，餘下所有人對她來說，都是她的助力、她的夥伴，她不能自己把自己整垮，把自己所有的助力，都往外推。

話是這麼說，可一想到那一天的情景……

蕙娘閉上眼，她忽然有幾分輕輕的顫慄，竟險些激起綠松的注意。但好在焦清蕙並非常人，她很快又控制住了自己，當綠松結束沈思，抬起頭時，她已經又擺出了一副無可挑剔的淡然表情。

第十章

主僕兩個都是藏得住事的心思，這一席長談，不過給蕙娘留下了一雙淡淡的黑眼圈，心思不細，都很難發現得了。

闔家上下，也就是教拳的王供奉問了清蕙一聲。「有心事？」

王供奉平時笑咪咪的，似乎什麼都不在意，其實她練武的人，眼力又好，心思且細，真正是明察秋毫。蕙娘平時身體有一點異狀都瞞不過她，被這麼一問，只好敷衍著笑道：「昨晚貪吃一口冷茶，倒是起了幾次夜……」

王供奉也就沒有追問，手底下拳勢不停，口中淡淡地說：「妳這個年紀的姑娘了，有點心事，也是人之常情。不過，妳一向是很有打算的人，想來，也是很懂得為自己打算的。」

要不是焦家權傾天下，恐怕也請不到王供奉坐鎮。她出身滄州武學名家，家境富裕，因少年守寡，一輩子潛心武學，在行外人中雖籍籍無名，但據行家推舉，即使在滄州當地，身手也是排得上號的。會到焦家坐館，其實還是為族裡將來前途著想而已。雖在焦家居住，平日裡待遇有如上賓，但王供奉平時惜言如金，除了武學上的事，其餘事情幾乎從不開口，會說出這樣的話來，已經是對蕙娘的提點。

清蕙心中一暖，低聲道：「多謝先生指點，我心裡有數的。」

王供奉瞅了她一眼，似笑非笑。「有數就好。女人這一輩子，還是看男人。要不然，縱使家財萬貫，活著又有什麼趣兒呢？」

這話帶了武學人家特有的直率粗俗，可卻令人沒法反駁：王供奉本身就是這句話最好的注腳。清蕙想到自己將來那門親事，以及將來那位夫君，一時間倒對未來少了三分期望。她輕輕地吁了一口氣，搖了搖頭，卻沒接王供奉的話茬子。要是沒有焦子喬，自己還能挑肥揀瘦的，在親事上多幾句說話。現在這種情況，家裡人固然也不會給她說一門極差的親事，但要說「可心」兩字，那卻難了。

從習拳廳回來後，她去了謝羅居。這一次，謝羅居裡就比較熱鬧了。按焦家的作息，三位姨娘也都已經吃過了早飯，到了謝羅居，給四太太請安。

昨天才剛回來，五姨娘一時怕還不知道家裡的事兒，今天看到蕙娘，她的臉色就要淡了一分，連招呼都不那麼熱絡。清蕙雖然沒有直接為難太和塢，但底下人在處事上稍微有點偏向，就被老太爺老大耳刮子打得血流滿面，作為太和塢的話事人，五姨娘心裡肯定也不是滋味。

小戶出身、少年得意……清蕙從來都懶得拿正眼看五姨娘，就是現在，她也不打算給她這個體面，五姨娘對她熱絡也好、冷淡也好，她總歸是還以一個客套的微笑。就同三姨娘，也不過是眼神打個招呼。

三姨娘欲言又止，眼神裡內容豐富——昨日蕙娘派綠松盤問符山，這是瞞不過她的——

說完了？」

蕙娘只作不知道，她在四太太下首坐了，笑著同四太太說了幾句家常話，四太太倒是沒注意到她的黑眼圈，逕自和女兒叨咕。「宮中召見，也不知為了何事。眼看都要進臘月二十了，還這麼著著忙忙的，令我明天務必進去。按說就是有事，正月覲見時稍微一留，什麼話不都說完了？」

宮中召見為的是何事，從前蕙娘不清楚，這一次，她心裡是比什麼都明白了。只是連四太太都不明白呢，她有什麼明白的緣由？只好也跟著不明白了。「想來也不是什麼要緊事兒，也許就是聽說咱們出孝了，想和您敘敘舊吧？」

四太太忝為焦家唯一內眷，自然受到宮中眾位妃嬪的垂青——這也都是面子上的事，朝中重臣，有不少人家曾在宮中為妃，焦家雖然和宮中並不沾親帶故，但連繫一向也還算得上緊密。尤其是清蕙剛長成的那幾年，先帝很喜愛她的琴藝，曾多次奉詔入宮面聖，現在焦家出了孝，宮中有所表示，也是很自然的事。

「若只是敘舊，也不會這麼著急。」四太太看了蕙娘一眼，若有所思，卻也沒再說什麼，只是笑著同剛進來的文娘打了招呼，又問五姨娘：「今兒怎麼沒把子喬帶來？」

「昨晚大半夜的，鬧著要吃橘子。」五姨娘嘆了口氣。「也不知是不是因為奴婢回來了，小祖宗鬧得厲害，後半夜才哄睡了，今早就沒給叫起來。」

清蕙、令文兩姊妹，從小起居定時，家裡人養得嬌貴，什麼都揀好的給，但管得卻也嚴格。休說打滾放賴，就是稍微一挑食，焦四爺眉頭一挑，下一頓就是「姑娘最近胃口不好，清清淨淨地餓一頓，也算是休息脾胃了」。那時候四太太對孩子們的管教，也要更上心一點兒。哪裡像現在這樣，焦子喬就被放在太和塢裡，由五姨娘一個小戶出身的下人管著，倒是養得分外嬌貴。四太太就是一早一晚和他親近親近，彷彿逗狗一樣地逗一逗，就算完了。

蕙娘見嫡母漫不經心的樣子，不禁在心底嘆了口氣。父親的病拖了這些年，到去世前半年，每天都像是從地府手裡搶來一樣，說句老實話，大家對他的去世也都有了準備，連老太爺，雖然悲痛，卻也看得很開。唯獨母親，先失子女，到如今連丈夫都已經失去，即使已經過了三年了，卻似乎依然沒有從陰影裡走出來。別說整個焦家內院了，就是她自己的謝羅居，似乎都沒什麼心思去管。什麼事，都是兩邊和和稀泥，也就算是盡過心了。

這一次自然也不例外，四太太不大在意。「不就是蜜橘嗎？傳話下去，從浙江上來那也就是幾天的事。我這裡還有大半盤呢，先送過去給子喬嚐嚐。只別吃多了，那畢竟是生冷之物，由著他吃，他容易腹瀉。」

焦子喬沒來請安，或者的確是因為昨天沒有睡好，但沒有睡好，是否因為纏著五姨娘要蜜橘吃，那就實實在在是未解之謎了。

四太太看來絲毫都不介意自己屋裡的下人被老太爺打發出去，五姨娘一擊不中，也就不再糾纏。「他小孩子一個，可別慣著他了。大過年的，打牆動土地從浙江送，可是份人情，就為了他貪嘴，那可不值當……」

文娘心底是不喜歡五姨娘的，可當著她的面倒並不表現出來，她眼神裡的鄙夷只有蕙娘看得出來。「這說得也是，弟弟難得喜歡成這樣，橫豎我也不大愛吃蜜橘，回頭姨娘派人到花月山房去要吧。幾斤橘子，大年下無謂麻煩別人，弄個千里送荔枝的典故就不好了。我們姊妹從前也是這樣，底下人送來的東西，就是喜歡，輕易也都不再索要的。不過家裡還多著呢，也不必委屈了子喬。」

這擺明了是在諷刺五姨娘拿了子喬當令箭，也不知五姨娘聽出來沒有，只見她略帶尷尬地笑了。

焦太太擺擺手。「好啦，既然子喬不來，那咱們就先吃飯吧。」

幾個姨娘頓時都不吭聲了，一個個全都站起身來，又給焦太太行了一禮，這才退出了屋子。

從謝羅居出來後，文娘就跟著蕙娘回了自雨堂。「瞧她那樣，才回來就找場子——呸！也不照照鏡子！她是哪兒來的信心，還真以為自己是個主子了？」

她又向姊姊撒嬌。「姊，我今天說的那幾句話好不好？」

「前頭都還好。」文娘難得求教，蕙娘也就教她。「最後那句話，意思露得太明顯，也沒有必要。咱們怎麼做的，娘看著咱們自然能想起來，她要想不起來，妳這麼一提，她也還是想不起來。」

文娘若有所思，垂下頭不說話了。

蕙娘也不理她，令石英去專管她那些名琴保養的方解那裡搬了天風環佩來，自己在那裡細細地調弦，過了一會兒，文娘東摸摸西摸摸地，也尋了她屋裡的小巧器皿來玩，一邊和蕙娘說些閒話。「我今天過來，怎麼沒見綠松？」

「她前幾天咳嗽了幾聲，這兩、三個月她也累得慌，我便令她在下處休息幾日，等大年下，又有好忙的了。」蕙娘說。「非但她，連石墨、孔雀她們，都能輪著休息休息。今年大年，那肯定是最忙的了，人家年節不能跟著休息，年前休休、年後休休，心裡也就念主子的好了。」順便又教妹妹。「家裡怎麼管人，那是家裡的事。花月山房是妳的一畝三分地，底下人最近風貌如何，對上頭有沒有怨言，妳心底都要有數。妳能把她們安頓好了，她們服侍妳自然也就更精心。」

文娘吃虧就在沒有親娘，四太太又是不在這些事上用心的。老太爺和焦四爺精力有限，只能管得了蕙娘一個，她雖也聰明，但這些事上只能依靠蕙娘得閒時教她一點。平時家裡延請來的管教嬤嬤只教禮儀，哪裡會管這個？聽蕙娘這麼一說，她倒沒和從前一樣不服氣，大抵是也知道丫頭服侍得精心不精心，同自己的生活品質很有關係。

一句句地聽了後，她又尋出別的話來和蕙娘說。「明日娘進宮去，也不知道為的是什麼事兒？」一邊說，一邊就偷看蕙娘。

一切重來一次，很多事都和以前有所不同了。就好比自己，如不多嘴說何芝生一句，文娘就不至於不肯見何蓮娘，她也就不會不知道何芝生對自己有一定的好感。很多事都是這樣，差之毫釐，繆以千里。就好比從前，自己沒下太和塢的臉面，五姨娘不說蜜橘的事，文娘也就不跟回自雨堂來了。蕙娘嗯了一聲，往手上塗香膏，一邊敷衍妹妹。「我也不知道，妳猜是為了什麼事？」

正如她猜測，文娘被她一語提醒，現在恐怕是真的惦記上了姊姊的婚事。她既然不喜何家兄弟，當然希望姊姊能成其好事，自己就又能從容挑人了。

小姑娘在姊姊跟前，從來不拿腔作勢，她立刻趴在桌上，一邊斜著眼打量蕙娘的眼色，一邊神神秘秘地道：「我看大家都費猜疑呢，我也就沒說話了。其實我看啊……這事也簡單，來年也許就要選秀，宮裡肯定也心急呢，這一次進宮，肯定是問妳的婚事去的。」

這個小丫頭，說她深沈，她有時候輕浮得讓人恨不得一巴掌刮過去；可說她淺薄，她眼神有時還真挺毒辣。蕙娘不置可否，哼了一聲，輕輕地撥了撥琴弦。「妳聽不聽？若不聽，我也就不對牛彈琴了。」

「我知道妳不好意思自吹自擂，往自己臉上貼金。」文娘當沒聽到，自顧自地往下說。「其實也簡單得很，宮裡選秀，按理是在直隸京畿一帶甄選名門閨秀，充實後宮，要不然也就是往江南一帶找……三年一選，皇上登基後已經有一次沒選了，誰也拿不準這次選不選？要選，沒有不選妳的道理。」

她的語氣又有點酸了。「先帝誇了妳那麼多次，要不是當時子喬沒有出生，現在妳說不定連貴妃位分都有了……不是宮中還說，連皇上都覺得妳琴彈得好？妳要進宮，我看沒有兩年，別人的腳都沒地兒放了。皇后的性子妳也清楚，提拔楊寧妃，那是因為那時候她爹還沒太起來，現在她爹入閣了，她又生了兒子，那位對她也是又拉又打的了。咱們這樣的身分，她哪會放心讓妳進宮呀？就是別人，也巴不得妳快點說個人家算了。說不定，這一次進宮，就是為妳說媒的呢！」

皇上當年還是太子的時候，的確在簾子後頭，和先帝一起聽過一曲清蕙彈的琴曲。

「那時候妳還小，根本就不懂事。」清蕙嘆了口氣。「先帝多番說我，也不是就為了我的人品，裡頭文章複雜得很……」

「我不懂事？」文娘嘿然道：「宮裡那些娘娘們肯定也和我一樣不懂事，妳瞧著好了，等明兒娘回來，妳瞧我猜得對不對！」

她又是酸溜溜，又有點幸災樂禍，還有一點淡淡的擔心，語氣倒狠起來。「要是硬要保媒，把妳說給阜陽侯、永寧伯家裡那些紈袴子弟，出身是夠了，為人也挑不出大毛病，娘耳根子又軟，要給了個準話，連祖父都不好插手……到時候，我看妳怎麼辦！」

蕙娘又好氣又好笑，這個文娘，恐怕是很擔心自己嫁不成何家，她就要同何芝生過一輩子，所以自己不急，她倒是著急上火得很。「妳以為人家是傻子呀？說這麼一門親，以後她們家和我們家還怎麼見面？大家都是場面上的人，她們自己也不是鐵板一塊。牛家剛和桂家鬧翻了，把桂統領家那個寶貝一樣的姑奶奶給得罪得透透的，她們敢再得罪我們焦家？」

「可皇后又沒得罪桂家——」文娘有點不服氣，囁嚅著就說，話出了口，自己也就跟著明白了過來。「喔，她現在就更不敢給太后留個話口子來對付她了……太后這會兒心氣不順，正看她不順眼呢！」

「再說，就妳剛才說的那兩戶人家，平時和我們沒什麼往來，又是當紅的軍中勳戚。」蕙娘淡淡地說。「軍政貿然結親，不犯皇上的忌諱才怪，她們不會那麼傻的，要說親，也一定會說一戶極妥當、極合適的親事。」

這其實已經是側面承認了文娘的猜測，文娘立刻就動起了腦筋。「又要身分高，又要和妳人才匹配，又要不介意咱們家人口少……這，我可想不出來了，還能有誰呀？」

要在從前，蕙娘自己其實也沒想出來，祖父和她說起時，她還嚇了一大跳。現在她面上就能保持淡定了，只在心底狠狠地嘆了口氣，才幾乎是咬牙切齒地道：「我也不知道，我還巴不得她們想不出來呢！」

即使明知道這感慨一點作用都沒有，她還是在心底補了一句：要我自己說，我寧願嫁何芝生，都好過嫁他！

第十一章

蕙娘能想到的，四太太也許還想不到，可文娘能想到的，她要都想不到，那這個豪門主母，也的確就當得太失職了一些。

進宮一路上她都在想著：宮裡在臘月裡忽然來人，肯定是有用意的，沒準兒就是為了蕙娘的親事。

究竟是哪家的面子這麼大，還能請動宮裡的娘娘出面保媒呢？

自然，以焦家的身分地位來說，後宮妃嬪見了她，從來都是客客氣氣的，但這卻並不代表一般官宦人家，也能令寧壽宮、坤寧宮同時傳話過來，將她請去相見。

宮中地方寬敞，按例道邊又不允許植樹，因此從車裡一出來，四太太就覺得風直往骨頭縫裡鑽。兩宮客氣，派了暖轎來，要將她接到寧壽宮，四太太猶豫了一下，也沒有回絕。

還在轎子裡，她就犯起了沈吟，待到進宮，一眼見到權夫人、孫夫人、牛太太等人笑吟吟地在眾位妃嬪下首陪坐，牛淑妃、楊寧妃都到了不說，連這幾年很少露面的太妃都被邀出來，即使四太太見慣了場面，也不禁有幾分受寵若驚，更是又好氣、又好笑：就為了防備清蕙進宮，這些妃嬪們鬧出這麼大的陣仗，也實在是太給面子了吧！

按焦閣老的輩分，四太太在皇后跟前還算得上是半個長輩，同太后那都是平輩相交。她作勢才要行禮，太后、太妃都笑道——

「幾年沒進來，倒是都生分了！還是免了吧！」

四太太堅持跪下來，把禮給行完了，這才笑道：「臣妾見了娘娘們，哪有連禮都不行的道理。」

她又給皇后等人行禮，皇后卻並不謙讓，只微微側著身子受了，眾人倒有幾分詫異。餘下牛淑妃、楊寧妃，都不敢受四太太的禮，紛紛站起來笑道：「您不必這麼客氣！」就這麼客套了一陣，彼此這才安坐說話，也無非說些當年如何給焦四爺治病下葬的事。連太后都嘆息道：「四爺是極好的人才，他不出仕，先帝心裡是很遺憾的。只可惜被這病耽誤了，也是命薄。」

即使明知道都是社交場上的客氣話，四太太還是紅了眼圈。「他沒福分也就算了，其實我們心裡最對不起的還是公爹。又讓他老人家，白髮人送黑髮人……」

眾人都嘆息了一番，皇后要說話，卻被她娘家嫂子孫夫人——也是楊閣老家的二姑奶奶，以眼神止住。四太太看在眼裡，心底自然有幾分詫異：都說皇后這大半年來，思緒有幾分恍惚，平時說話做事，漸漸地沒那麼得體了，今天一眼看去，她人還是收拾得一絲不苟的，還當終究不過是謠言。不過，看孫夫人的表現，難道……

「也還是有福分！究竟是留了個男丁。」太后卻顯得很精神，甚至有幾分興致勃勃。她今年也有五十歲了，可鬢邊頭髮，竟沒一絲斑白，看著說是四十歲的人，也一點都不過分。

「叫什麼名字來著?今年也三歲多了吧?」

「小名子喬,剛才兩歲多一、兩個月。」四太太說。

太后和太妃對視了一眼,太妃忽然嘆了口氣。「可惜了,要是早生幾年,蕙娘就不至於耽擱到這個年紀了。翻過年也十七歲了吧?從小就得先帝的喜歡,還沒桌子高的時候,就時常進來了。小小年紀,就彈得一手好琴……怎麼樣,四太太?明年選秀,妳可別捨不得蕙娘,該是咱們宮裡的,遲早是咱們宮裡的人,也該讓她進來,再耽擱不得嘍!」

其實,按一般選秀的條件來說,蕙娘過年十七歲,已經算是有點超齡了。選秀稍微一限制年紀,不選她也是很自然的事。不過,該怎麼選,那就是宗人府的事了。現在宮中女眷不在宗人府那裡下功夫,恐怕還是因為皇上那邊,有不一樣的看法……

這種種思慮,在四太太腦中一閃即逝,她卻也沒有往深裡想——自從夫君去世,已經很少有什麼事情能引起她的興趣了。她按公公的吩咐,笑著推拒了一句。「她那個性子,哪裡適合入宮?再說,家裡人口少,她祖父也就最寵著她了,要是進了宮,終究不便相見。老人家性子執拗,早就發了話,就算要選秀,他拚了多少年的老面子,也要和宗人府打聲招呼,放過蕙娘去呢!」

楊寧妃和牛淑妃對視一眼,就連皇后,神色都微微放鬆了。不管蕙娘進宮後會不會受寵,後宮的一畝三分地裡,已經有夠多大神了,再來一位,挨挨擠擠的,誰都不會太舒服……

「既然這麼說……」太后也笑了，她看了權夫人一眼。「我就冒昧保個媒了。也是我老婆子多事，見到這落單的金童玉女，就忍不住想唱一齣〈訂婚店〉，把個月老來當。今早良國公夫人進來看我，正好大家都在，一說起來，也都覺得小倆口般配得很呢！媳婦，妳說是不是？」

皇后也笑得很真誠。「您說的，那還有假？我心裡也犯嘀咕呢，權神醫這都打了多久的光棍了，怎麼良國公夫人還不給物色媳婦，敢情是太忙，又或者是太偏心，竟把這茬給忘了？被您這一提，我才明白了，原來天生的緣分，耽擱到了現在，是在等她呢！確確實實，不是權神醫，也配不上蕙娘這樣的人品，不是蕙娘這樣的人品呀，也配不上他權子殷！」

即使早在太后那一眼時，心裡多少就已經猜出了端倪，但直到皇后這麼一開口，四太太才終於肯定了權家提的是次子權仲白，並且更是請動了這一宮的女眷來為她壯聲勢，太后親自做保山。權家人還是這樣，不行事則已，一出手，就是震驚四座的大手筆啊……

不過，權家也不是誰都有這個面子的，即使換作長子伯紅，能否請動這一宮人也不好說。四太太環視一圈，心裡早打起了算盤，面上卻顯得很吃驚、很謙虛。「不是我妄自菲薄，蕙娘條件是不錯，可要配國公府的寶貝仲白，恐怕還差了那麼一截吧？」

這是謙虛，也不是謙虛。良國公是開國至今唯一的一品國公封爵，世襲罔替的鐵帽子，在二品國公、伯爵、侯爵等勳戚中，他們家一向是隱然有領袖架勢的。這一、兩代雖然沒有女兒在宮中為妃，但也沒停過和天家結親的腳步。不論是皇后娘家孫家、太后娘家牛家又或者是太妃娘家許家、寧妃娘家楊家，在權家跟前，都還輸了三分底蘊，就更別說焦家這樣崛起不過三代，連五十年都沒過、人丁又很單薄的門戶了。從門第來說，即使焦閣老權傾天下，但焦家還是輸給權家一籌。

從人品來說，蕙娘是夠出挑的了，容貌才情無一不是萬裡挑一，可權家次子仲白也是人中龍鳳。他是良國公元配所生，外婆是義寧大長公主——四太太恍然大悟，這才明白為什麼阜陽侯夫人日前特地上門來看清蕙了，那可是權仲白的姨母啊——也有皇家血脈，雖然不入文武之道，也沒在朝廷供職，可上自宮中妃嬪，下到文武百官，沒有誰不爭著和他結交。權家本來就高貴不錯，可這些年來卻是因為他而變得更加吃香。

就是皇上對他，也都是哄著拍著。他不進太醫院，好，從先帝開始，兩代皇帝特旨可以隨時入宮面聖，任何人不得阻攔；他不受一般金銀賞賜，好，香山腳底下給他劃了一片藥圃，說是藥圃，卻比一般公侯府邸都大。這種種超卓待遇，全憑的是他的本事、他的能耐——生死人、肉白骨，全天下的人都知道，這病只要還能治，權神醫就能把他給治好。

偏偏就是這樣的人，夫妻緣上卻很坎坷，當年為了給先帝治病，耽誤了自己元配的病情，只能匆匆過門沖喜，可據說成親時女方已經昏迷不醒，才成親三天，元配夫人就黯然去世了。一般妻子去世，丈夫只用服約一年的喪，可權仲白卻硬生生服了三年斬衰喪。從出喪開始，說親的媒婆就沒斷過往國公府的腳步，沒承想，就是前兩年，焦家還在孝中的時候，權家給他物色的續弦，才訂親不多久，又染了時疫，一病就那樣去了。權仲白當時人還在外地，收到消息時自然已經來不及。這都三十歲的人了，膝下猶虛。說實話，要不是這樣，恐怕權家也不至於來說清蕙。蕙娘雖然樣樣好，但要做他權家媳婦，身世上的硬傷真是個問題。焦閣老望八十的人了，還能再活幾年？可良國公的爵位卻是一代傳一代，世襲罔替。按權仲白的搶眼表現，還有些事，可很不好說呢！

不過，這門親事也的確太有誘惑力了。不論是對蕙娘本人，還是對焦家來說，都要比原本的選擇好上幾倍。何家固然還算不錯，可和權家比，簡直就是黯然失色……

畢竟是自己看大的，能把蕙娘嫁個好人家，四太太如何不做？忽然間，她有些慶幸：還好蕙娘本人還沒對何家親事吐口，不然，對何家就有點交代不過去了。她還是很熟悉老太爺的性子的，為了抓住權家這個盟友，別說何冬熊是他門生了，就是他的老師，恐怕老太爺都不會顧這個情面。

權夫人自然是回了幾句客氣話，把蕙娘誇得和一朵花似的。

事實上她能特地把這群人撮弄起來，已經證明了權家的誠意，四太太也就沒有再斟酌言辭，卻也沒給準話，只是笑著推說：「蕙娘的事，還要她爺爺點頭，老人家太疼愛孫女了，連我都作不了她的主。」

這種事情，也不可能當場給個答覆的。看四太太神色，便知道她自己對權仲白肯定是滿意的。權夫人和她眼神一對，彼此一笑，其餘人等也都很滿意。太后掃了皇后一眼，便開口把話題給扯開了。

「今年，吳家的嘉娘也有十六歲了吧？她這幾年倒是少進宮來，聽說也是生得國色天香的，可有這麼一回事嗎？」

太妃笑著說：「我們幽居宮裡，自然說不出所以然來，還是請幾位誥命說說吧！應該都有見過她的？」

次次選秀，自然都要挑選名門淑女。像蕙娘這樣，條件好得令所有人都感到危機的，終究只是少數。吳家的嘉娘生得相對沒那麼美，家世沒那麼顯赫，反倒得到長輩的喜歡。尤其是太后、太妃身邊，都有容貌出眾的妃嬪，再抬舉一個，也不覺得多麼過分。

不過，對焦家來說，吳家出個娘娘可不是什麼好事。四太太笑而不語，便拿眼神望向了權夫人、孫夫人。

權家究竟有沒有誠心想結這門親，就要看權夫人的表現了。

每次從宮裡回來，權夫人都累得太陽穴突突地跳。這一回自然也不例外，在炕上歪了半天她都沒緩過來，甚至還覺得後腰有些痠楚，左翻右翻都不得勁，正好她女兒瑞雨過來請安，便主動跪在炕邊給她捶著，權夫人便打發丫頭小黃山去喚人。「去香山把二少爺請來，就說我的腰又犯疼了。」她猶豫了一下，還添了一句話。「貼了他給的藥膏，也都還不管用。」

等小黃山出了屋子，權瑞雨便細聲細氣地衝著母親抱怨。「二哥也是，一句腰痛，怕是請不來他，非得您添了後一句，他才會當回事吧？就是這樣，從不從香山回來，我看也都還是沒準兒的事。」

她是權夫人的老生女兒，一貫比較受寵，和權夫人咬耳朵、告刁狀也不是一次、兩次了，這一次，權夫人卻沒慣著她的脾氣，她一擰眉。「妳當妳二哥在香山是成日裡遊山玩水嗎？他平時多忙妳也不是不知道……成天沒事就會告哥哥們的狀，他又怎麼得罪妳了？是上回回來沒來看妳，還是又不肯給妳買什麼金貴的小玩意兒了？」

瑞雨嘴巴一嘟。「我想去探姊姊，剛好這不是二哥也要過去給姊姊扶脈嗎？讓他把我捎帶過去，完事了再送回來，能費他多少事？他就硬是不肯！」

權夫人的大女兒權瑞雲，就是楊閣老的獨子媳婦。權家這一代，就這兩個女兒，姊妹倆的感情一直是很好的。

「妳也快到說親的年紀了，想見妳姊，月子裡我自然會帶妳過去。沒個長輩領著，就這麼登楊家的門，傳出去了難道很好聽嗎？」權夫人掃了權瑞雨一眼。

小姑娘不說話了，過了一會兒，又嘀咕著問：「這一回進宮，您事兒辦得如何？」

「還成。」權夫人不禁挺直了身子，又囑咐了女兒一遍。「妳哥這一陣子都沒過來，應該是還沒聽到風聲，等他回來了……妳該怎麼做，心裡可有數了？」

權瑞雨咬著下唇，眼珠子骨碌碌地轉，過了一會兒，她才輕輕地道：「您就放心吧，我知道該怎麼做的……唉，就為了焦家那個姑娘，您這樣費力巴哈地，又是進宮請人情，又是這麼拉我唱雙簧的，值當嗎您——」

話音剛落，院門一推，院子裡多了一抹青影，權夫人猛地掐了女兒一把，權瑞雨眼裡頓時蓄起了一泡淚，她拿手背一抹，眼圈兒這一塊的粉就有些糊了。權夫人剛把一塊手絹撂過去，權仲白就進了屋子，他關切地給權夫人行了禮。

「聽說您腰眼又犯疼了？」

「才要給你送信呢，怎麼就回來了？」權夫人也不急著讓兒子問診了。「是皇上又叫你？」

權仲白平時雖然在香山住，但因為皇上身子骨不大好的關係，他在宮中留宿的日子也不少。

「那倒不是，是定國侯老太太又不吃飯了。」權仲白捏一捏眉心，輕輕地嘆了口氣。「水米不進，已經三天啦！」

在他少年時期，京中就曾傳說他是「魏晉佳公子再世」，這一、兩年來，這樣的說法倒是漸漸未聽人提起，卻並非因為他丰姿稍減，而是人人一聽「權仲白」三個字，心底自然而然便能想到魏晉風流。這三個字已經取代了許多形容，從前京裡誇人生得好，都說生得「俊朗溫潤、朗然照人」，現在嘛，往往只誇一句話——「令郎生得好，有三分似權家的仲白神醫」。似乎只這一句話，便抵得過無數溢美。

權夫人自己是時常能見到兒子的，從小帶大，再美的容貌也都能看厭了，可就是這輕輕一口氣嘆出來，那被風吹皺了的一硯水一般，永遠在他周身動盪流轉的風流，竟似乎也隨之四濺而出，灑了一牆一地。休說身邊丫鬟，就是她心底，也不由得有幾分感慨：可惜叔墨、季青，生得雖然也不錯，但卻沒有一個，能比得上哥哥！

「那的確是得上門看看了。」權夫人也長吁一口氣。「可憐孫夫人，自己家裡事情這樣多，還要進宮給皇后撐場面……她的失眠症，現在還沒好？」

以權仲白的醫術，自然是後宮女眷們求醫問藥的不二人選，他對後宮密事，知道得也一向都比誰還要清楚。皇后自從年初就開始鬧失眠症，最嚴重的時候，幾天幾夜地睡不著，連人都是恍惚的，說出口的話又怎麼可能滴水不漏？現在雖然比從前好些了，但要和幾個寵妃、長輩短兵相接，一併接見幾個重量級的誥命夫人，恐怕還是心有餘而力不足，不能思慮得太周全。身為娘家嫂子，孫夫人是肯定要進宮給她撐場面的。

權仲白未有答話，他似乎已經意識到了不對，一邊眉毛向上一挑——風流便儼然跟著這動作往上跑。「您才從宮中回來？」

一家人，無謂玩心計、弄城府，她從宮裡回來最愛犯腰疼，權仲白是知道的；現在臘月深處，無事不進宮，進宮必有文章，這也是瞞不過他的。因此，權夫人也答得很坦然。「可不是？說起來，孫夫人還是我請進宮的呢，為了給你說個媳婦，可還真是費了不少心思。」

只這一句話，屋內溫情的氣氛頓時不翼而飛，權神醫的反應很激烈，他猛地站起了身子。「你們怎麼又自作主張——」

或許是意識到了這樣的語氣不大合適，他閉上眼，深深吸了一口氣，俊容上的怒意漸斂，再開口時，已經是一片冰冷，甚至是端出了對外人的態度——雖然無一語鄙薄，但只是眉宇之間，就已經透出了拒人於千里之外的清高與尊貴。

「我也不是個孩子了。」權仲白淡淡地說。「從一開始，您們就沒能在這件事上作了我的主，眼下自然也不能例外。不論說的是誰，我看，您還是算了吧。」

只看他的神色，權夫人心底就能明白：這個桀驁不馴的二兒子，已經是動了真怒。這番經過極度克制後不容分說的通牒，自然也在她的意料之中。她看了權瑞雨一眼，也是分毫不讓。「婚姻大事，自然是父母之命、媒妁之言，哪有你耍性子的餘地？不說別的，只說你大哥，現在已經是三十往上了，膝下還沒有男丁。你到現在還不肯娶妻，誰來傳承你母親的血脈？到了地下，我怎麼和姊姊交代？」

沒等權仲白回話，她又搶著加了一句。「更別說你沒有妻室，底下的弟妹們能夠說親嗎？你父親的意思，叔墨、季青的媳婦，絕不能越過了你的媳婦去，說親得按序齒——」幾句話，就把氣氛給逼得間不容髮。權夫人看了女兒一眼，一時間語氣竟又軟了下來，多少帶了些感傷。「瑞雨今年也是十四歲的人了，還能再陪你耗幾年……」

瑞雨眼底本來就是紅了的，不知何時，珠淚已是盈盈欲滴，越發顯得眼周脂粉狼藉，想必先前是在母親身邊哭了一遍的。見權仲白向她望來，她便垂下頭去，使勁地把眼淚往肚裡嚥，又拿手絹抹臉。這點倔強，倒襯得她格外的可憐。

權夫人看了兒子一眼，長長地嘆了口氣。「你當我願意逼你嗎？你還不知道你爹的性子？叔墨、季青，耽誤幾年是幾年，我也都隨他去了。可瑞雨就不一樣了，女兒家一耽擱，那就不值錢啦……」

第十二章

才清靜了幾年，焦家的這個新年就又忙碌了起來。從初一到初十，焦四太太忙得是腳不沾地。焦老太爺就更別說了，來見他的各地官員，從初一起就把焦家二院坐得滿滿的，論資排輩地往下排，最後連門房裡都全是人候著——這幾年朝廷裡不太平，楊閣老府上也是一般的熱鬧。

要在往年，蕙娘還能幫著母親招待客人，可現在她是沒出閣的姑娘，正是議親的時候，就不大方便拋頭露面了。即使如此，等應付完了來拜年的各色人等，到了要吃春酒的時候，四太太還是令蕙娘白日裡在謝羅居坐鎮。

「我光是四處吃酒就忙不過來了，這段日子，底下人要有什麼事往上報，就讓他們給妳回話吧。」

曾經是要接過家業的人，對這個家是怎麼運轉的，蕙娘自然心裡有數。她從容答應下來，並不去看五姨娘的臉色。焦家行事，自然有一定的規矩，將來四太太就是忙不過來，把事情交給身邊的大丫頭綠柱，那也輪不到一個姨娘出頭管事。就是要管，三姨娘還在前頭呢……

但四太太這樣想，五姨娘未必這樣想，她的臉色有些不好看，咬著下唇並不說話。

四姨娘掃了五姨娘一眼，又和文娘對了個眼色，兩個人都偷偷地抿著嘴笑。

四太太不是沒看見，是懶得管。她留蕙娘下來和她單獨說話。「這一次進宮，太后問起了吳家的興嘉，我和權夫人都沒說什麼好話，對她的選秀，那肯定是有妨礙的……正月裡要是有什麼場合和她碰面，妳心裡可要有數。」

吳興嘉過年十六歲，在京城也算是大閨女了。之所以遲遲沒有訂親，就是因為有意選秀入宮，這一點，幾家都心知肚明。也就是因為這一點，她才特別討厭蕙娘，現在蕙娘自己不進宮，卻還要來阻她的青雲路，以她的性子，對焦家的恨意自然再上了一層樓。

蕙娘微微一笑。「她愛冷嘲熱諷，由得她去，娘就放心吧，我和文娘都不會搭理她的。」

「妳父親在世的時候，就很看不慣吳家人的作派。」四太太淡淡地說。「不搭理歸不搭理，可也不能弱了我們焦家的面子。」

這就是在給清蕙定調子了，蕙娘不禁莞爾。「您一輩子也就是看不慣吳家了。」

「我看著她們母女盛氣凌人的樣子就生氣。」四太太想到宮中場面，唇角不禁微微上翹。「就讓妳知道也無妨，吳家其實也是打了進退兩便的主意，若進宮不成，她們曾經和權家也是有一定的默契在的，現在卻怕要兩頭落空……看宮裡是怎麼傳這事的吧，要是保密功夫做得好，話傳得妙，只怕還有好戲看了。」

四太太口風其實很緊，進宮回來有十多天了，因老太爺沒開口，她也一直都沒提起權家的事，要不是清蕙已經把這幾個月的大小事情都經歷了一遍，她也不知道實際上此時權家已經對焦家拋出繡球，到四太太露口風的時候，可能祖父心意都已經定了。

蕙娘從前也沒追問，此時倒不禁低聲嘟囔了一句。「好像誰樂意搶她的意中人似的……」

看來，十三姑娘蕙質蘭心，已經悟出了自己的意思。

四太太眼神一閃，她笑咪咪地逗蕙娘。「怎麼，和他比起來，妳難道還更中意何家大少爺？這可是打著燈籠都找不到的好親事，妳還挑得出什麼不是不成？」

要挑不是，雞蛋裡都能挑出骨頭來，焦清蕙眼睛一閉，就能說出權仲白的千般不是：到底不是正經的文官武將，雖然現在風光，可卻不是什麼正路子，在良國公府，他有幾分話語權，那還是難說的事；雖說元配過門三天就去世了，說不定連房都沒圓，可自己過去就是繼室了，名分上始終差了一頭；權家財雄勢厚，在官場無所求，也就從來都無須對焦家服軟，比起嫁去何家，自己要更步步小心；還有，還有……

還有她心底最介意的一點，就是在有些刻薄人口中，權仲白是有剋妻命的——他從閻王爺手裡搶了太多人命，所以閻王爺也要從他手裡搶條命走。

第一個達氏是一場大病落下病根，病情反覆未能控制住，病死的，他在宮裡沒能趕上；第二個是藩王親自養大的外孫女，訂了親後偶然淋了雨，染上了時疫，發高燒沒能止住燒，燒死的，藩王封地在山東，等他收到消息，人都已經下葬了；自己更慘點，訂了親，離成親就幾個月的時候被毒死了。從毒性發作到死過去，說不定就只是半天的事——當時她痛得神志不清了，對時間的把握，也沒那麼分明，但可以肯定的是，絕沒有拖過十二個時辰。那時候權仲白又在廣州，估計知道消息的時候，自己也一樣是已經下葬了。雖說自己被毒死，畢竟是被害，也不關他的事，但不管怎麼說，意頭不好，這是肯定的事……

從前不說什麼，那是因為權家沒開口，她不可能未卜先知，給母親、祖父打預防針，那豈不是自作多情得可笑了？即使再被動，也得等長輩們詢問自己意見時再說話。這一世，自己在楊家已經極力收斂鋒芒，都沒和權夫人照面，沒想到該來的還是來了……

清蕙才要開口，望了母親一眼，卻又改了主意。

她從小和四太太在一塊兒，難道還不明白嫡母的心思嗎？說得難聽點，四太太挪一挪屁股，她都能知道母親是要拉屎還是放屁。只看母親的表情，便能知道，她固然是疼惜自己，有更好的機會送到手邊，也會為她略事爭取，但要四太太為了她去大費唇舌地說服老太爺，再重又為她物色一門婚事，那也就實在是太為難她了。

「我都有幾年沒和他打照面了，還能挑得出什麼不是嗎？」蕙娘不免有幾分悻悻然，極為難得地，這句話衝口而出，竟沒過腦子。

四太太頓時被逗笑了。「妳這個鬼靈精……行啦，娘知道妳的意思！」

清蕙一時不由得大急——前世她和權仲白的那次見面，可不大愉快，她幾乎被氣得七竅生煙。這一世要再被氣一氣，她可沒那份閒心！

剛想說些什麼打消母親的念頭，稍一尋思，卻又還是算了。

四太太拍了拍她的手，笑得很有涵義。「今天這事，妳還得先瞞著妳姨娘一陣子。等我們這邊定下來了，我和妳說，妳再親自同妳姨娘說去。雖說沒過媒證都不好宣揚，但我知道她的心事，早安心一天，也是一天。」

四太太雖然一輩子命苦，但也的確一輩子都心善。蕙娘的心，一下子又軟了幾分，她輕輕地點了點頭。「還是您疼她。」

還是這麼會說話。四太太望著清蕙笑了笑，她忽然很想說「母女天性，妳和她更親近些，其實也沒有什麼」，可這話到了嘴邊，卻又被嚥了下去。也是孩子的一片孝心，就不必掃她的興了。

她合上眼，往後一靠。「給我捏捏腿吧，這幾天周旋在賓客之間，連腿都走細了。何太太還一直要見妳，費了我好些心思，才把她給打發出去了……」

從正月初十開始，四太太便帶著文娘四處出門去吃春酒，文娘天天換了最時新的花色衣裳，還問蕙娘借瑪瑙。「妳攢了那麼多好衣服，就勻我一、兩件穿嘛！免得見了吳興嘉，我心底還發虛呢！」

事實上，由於年後就是選秀，嘉娘應該也不像年前那樣頻繁出來走動了。蕙娘懶得理妹妹，叫來瑪瑙吩咐了幾句話，把她打發到文娘那裡去，不到一天瑪瑙就又被打發回來了。

文娘氣鼓鼓地來找蕙娘告狀。「這個死丫頭，還是這麼沒心眼！一到我那裡就說『姑娘要穿姊姊的衣裳，先要餓幾天，把腰餓瘦了，才不顯得緊綳綳的』……她什麼意思?!」不過，因為蕙娘不出去，嘉娘也不出去，餘下的小姊妹裡，論容貌打扮，應當是以她最強，她也就是稍微一發作，便又喜孜孜地去挑蕙娘的首飾了。「這個給我……哎呀，那個也好看……」

蕙娘讓她去找孔雀。「妳知道我屋裡的規矩，孔雀說能借，就借給妳，說能給，就給了妳也行。」

孔雀是蕙娘的養娘之女，身分特別一些。要不是因為性子孤僻，一說話總是夾槍帶棒的，她肯定貼身在蕙娘身邊服侍，而不是同現在這樣，專管蕙娘屋裡的一切金銀首飾器皿。不過，正是因為她性子古怪，才最負責任。她這幾年休假的那幾天，連蕙娘頭上、身上都是光光的，任何人想從她手裡摳走一件首飾，簡直都難如登天。也就是因為如此，蕙娘的那些愛物，才沒被文娘死纏爛打地全劃拉到自己屋裡去。

她要對付個把文娘，簡直是手到擒來。因此文娘是氣鼓鼓地來的，也是氣鼓鼓地走的。一屋子丫頭都笑。「姑娘，您就別逗十四姑娘了，免得她回了花月山房，又偷著哭鼻子。」

蕙娘也笑了，她令石英。「去和孔雀說，我新得的那對藍珍珠頭面，就給了妹妹吧。那套我終究覺得輕浮了，她戴著倒也能更俏皮一些。」

石英輕輕巧巧地應了一聲，並無多餘言語，轉身就出了屋子。蕙娘望著她的背影，一時眼神微沈。

她身邊兩個大丫頭，一個綠松，話要多些，一個石英，話要少得多了。綠松多話，多是在嘮叨她，要多吃、早睡，平日裡少生是非……蕙娘覺得煩，但也聽著暖。這丫頭一輩子只能著落在她身上了，肯定是比任何人都更著緊她。

石英就不一樣了，這丫頭一向藏拙，就是自己，也都很難摸清她心裡的想法。年前發作焦梅那幾句話，他當時不懂，過幾天，內院的消息傳出去了，自然也就懂了。自己年前給石英放假，她是回了家的。到現在都寂然無聲、若無其事……鶴叔這些年來年紀大了，府裡的事，多半是焦梅在管，他這是不肯在太和塢和自雨堂中選邊站，還是已經站到了太和塢一邊呢？

今日焦梅可以縱容弟媳婦跟五姨娘沆瀣一氣，令焦子喬疏遠兩個姊姊，可以默許甚至是暗示太和塢對所有的好東西都多拿多占挑走了最好的那份去，來日，他會不會令女兒在自己的飲食裡動些手腳，把毒藥給擱進去呢？

蕙娘撐著下巴，隨手就拿起了一個精緻的黑漆紫檀木小盒子。

這是前朝僖宗做的木工活，僖宗的皇帝做得不大好，木工卻是一絕，他手製的這些器皿，一個個工藝奇巧，暗格裡還有暗格，光是摸索著這裡開開那裡開開，就能消耗掉老半天的時間。

這世上很多事情也都和這小盒子一樣，看來樸實無華，可內裡卻蘊含了無限心機，一格裡還有一格，沒有足夠的耐心和巧勁，是很難把每一個格子都拉出來檢查一遍的。

但，蕙娘的手一直就很巧，她也一直都很有耐心。

文娘難得從姊姊那裡得到好東西，這套藍珍珠頭面，又的確是她所鍾情之物。第二天一大早她就穿戴起來，去給四太太請安，順帶和她一道兒出去吃春酒。

幾個姨娘見她春風滿面的，也都笑道：「十四姑娘今日的笑，真是從心裡笑到了臉上來。」

文娘在自雨堂、花月山房外頭，一向是很矜持的，經長輩這麼一說，又得了蕙娘一眼，忙收斂笑意。「姊姊給了好東西，自然要笑得開心一些了。」

蕙娘瞅她一眼，淡笑不語。

送走了四太太母女，蕙娘也沒回自雨堂，而是在謝羅居後院坐了。她是管過家務的，不論男女管家都很熟悉，正月裡事情也不多，無非就是各地上門來拜年的官兒們送的新年禮，也就是各地特產一類。因不夠精細，主子們又都是不吃的，蕙娘稍微一過目，便即發落下去，底下一片寂然，無人敢回上第二句話。

如是不過半個時辰，便暫時無事了。蕙娘在窗前拿一本書看，還沒清靜多久，石英就到謝羅居裡來尋她。

「綠松妹妹令我過來傳個話。」石英其實要比綠松大了一歲，她生得比綠松平庸，皺起眉來也沒那麼好看。「說是太和塢剛才來了個丫頭，問姑娘最近怎麼沒戴那枚海棠如意長命鎖？要是姑娘不喜歡了，想給十少爺要去戴戴。」

蕙娘「嗯」了一聲，有些訝異。「這樣的事，等我回去再說還不行嗎？難道那邊是立等著就要？」

石英掃了屋內丫頭一眼，眉頭蹙得更緊了。她壓低了聲音道：「您也知道孔雀的性子……她立刻就和太和塢的人吵起來了，說了好些不中聽的話。綠松正好出去了，一時沒聽到，等我過去，話已經出口了，透輝走的時候，看起來可不大高興。」

透輝是五姨娘的貼身丫鬟，平時脾氣很好，幾乎很少生氣，會把不快露到面上，看來，是頗挨了幾句孔雀的硬話。

不過，五姨娘畢竟是小戶出身，也實在是太眼淺了一點。才看到文娘從自雨堂裡撬出了愛物來，她也就巴巴地跟了上去……好像多少年沒吃食的魚一樣，才放個空鈎，她就一口吞到了肚子裡去。

唉，這樣一個人，要不是生了子喬，不要說對付她了，簡直是眼尾都懶得往她那裡掃。

清蕙不免嘆了口氣，這才提醒自己：獅象搏兔，亦用全力。看不起五姨娘是一回事，自己也不能掉以輕心，免得又一次重演陰溝裡翻船的慘劇。「話出了口，也不能怎麼辦……不過，這事也不好讓娘跟著煩心，這個月她夠忙了。妳讓孔雀等我午睡起來找我，帶上那枚長命鎖，我們往太和塢走一趟。」

換作是綠松在，只怕又要反問蕙娘「是否對太和塢太客氣了點」，可石英卻淡眉淡眼，似乎對蕙娘的處理沒有一點意見。

她輕輕地行了個禮，退出了屋子。

第十三章

過了上午，家裡就不會有什麼大事了。蕙娘回自雨堂睡了午覺起來，見孔雀已經候在花廳裡，她稍微一整裝，便帶著一臉不情不願的大丫鬟往太和塢過去了。

焦家人口少，一樣大小的花園子，別家是發愁不夠住，在焦家，是發愁住不完。也許是為了添點人氣，幾個主子住得都很開。從自雨堂往謝羅居過去還好，要往太和塢，簡直要跋山涉水。因為清蕙愛靜，自雨堂僻處府內東南角，兩面都環了水，儼然是自成一派；當時五姨娘有孕在身，挑院子給她住的時候，她又偏巧挑了西北角的太和塢。這幾年來，清蕙居然還一次都沒踏進過太和塢的地兒。就連孔雀都很茫然——自雨堂的丫鬟管得嚴，平時沒有差事，是不許出來亂跑的，她平時又管著金銀首飾，無事絕不離開蕙娘專用來收藏珠寶的屋子一步。因此，這一主一僕在花園裡走了幾步，居然大有迷路的意思。

蕙娘有幾分啼笑皆非，她回頭望了一眼，便同孔雀商量。「謝羅居就在後頭呢，按埋說來，從這裡過太和塢去，應該是從這條甬道走更近些吧？要不然，咱們就只能繞到謝羅居，從迴廊裡過去了，那路可遠了些。」

要去太和塢賠禮道歉，孔雀清秀的面容上，老大的不樂意，因而半真半假地埋怨蕙娘。

「剛才我說帶個小丫頭，您又不聽我的話！」

養娘的女兒，自小一起長大的奶姊妹，整個自雨堂裡，論起敢和蕙娘抬槓回嘴的，綠松認了第一，孔雀就能認第二。不過，蕙娘對她，是要比對綠松更有辦法的。

「終究是沒臉的事，難道還要前呼後擁，讓小丫鬟們看著妳給太和塢賠罪？」她掃了孔雀一眼。「那起小蹄子們，心底還不知該怎麼稱願（注）呢！」

孔雀靠山硬、性子刁，嘴皮子還刻薄，自雨堂的小丫頭們，平時都是很怕她的。被蕙娘這麼一說，她也就收斂起脾氣，自己趕出幾步，隨意指了一個路過的執事婆子，同她說了幾句話後，連同手裡捧著的小首飾盒都交到她手上，她自己空著手昂首闊步，隨在蕙娘身邊，同她一道進了太和塢，這才把首飾盒接過來拿著，將那婆子給打發走了。

究竟是倨傲不改，蕙娘也懶得說她了，她笑著同迎出來的透輝點了點頭。「姨娘午睡起來了沒有？」

以清蕙的身分，親自到訪太和塢，五姨娘是不敢拿什麼架子的。她很快就在堂屋裡給蕙娘上了茶，笑盈盈地同清蕙寒暄。「十三姑娘今日貴腳踏賤地。」卻未令子喬出來見過姊姊。

聽著裡間傳出來的孩童笑聲，即使清蕙涵養功夫好，也不禁暗自皺眉。五姨娘的膽子，是越來越大了。姊姊親自過來，弟弟又沒有午睡，就是見一面又能怎麼？難道她還怕自己在一面之間，就能掐死子喬不成？

「姨娘客氣了。」她端起茶來，淺淺用了一口，眉尖不禁微微一蹙，便不動聲色地放下了茶盞。「聽說今早，孔雀不大懂事，說了些不恰當的話。是我這做主子的沒教好，我是來賠罪的，順帶為孔雀求求情，畢竟從小一塊兒長大，請姨娘發句話，就不重罰她了。」

焦清蕙在焦家，一向是金尊玉貴、高高在上，什麼時候看過別人的臉色？五姨娘剛進府那一、兩年，也是見識過她的作派的。那時候她還是個通房丫頭，不要說在蕙娘跟前有個坐地兒，見了她，還要跪下來磕頭呢……

她自然免不得有幾分飄飄然，卻還沒有失了理智。「姑娘這實在是言重了！我一個奴才身分，和孔雀其實也差不了多少。按理呢，本也不該去姑娘那兒討要東西的，奈何子喬實在是喜歡……冒昧一開口，的確是沒了分寸，還要多謝孔雀姑娘一言把我給喝醒了呢！」

亦算是有些城府，站起身，反而要向孔雀道謝。「多謝姑娘教我道理。」

依著清蕙的脾氣，她還真想令孔雀就受了這一禮，帶著自己人就這麼回去了。不過，孔雀在清蕙跟前，話說得很硬，當了五姨娘的面卻不曾讓她為難。

她撲通一聲就跪到地上，給五姨娘磕頭。「奴婢不懂事，冒犯了姨娘，請姨娘只管責罵，別再這樣說話，不然，奴婢無容身地了。」

其實就是賠不是，也都賠得很硬，聲音裡的不情願，是誰都聽得出來的。

她的脾氣，焦家上下誰不清楚？就連老太爺都有所耳聞。能得孔雀一個頭，比得綠松三個頭、四個頭，都更令五姨娘高興。

注：稱願，亦作「趁願」，意即如心所願。

她瞥了蕙娘擱在案邊的紫檀木首飾盒一眼，下顎更圓了，站起身親自把孔雀扶起來，親親熱熱地笑著說：「我就是開個玩笑，瞧妳嚇的！其實一個鎖頭，值什麼呢？老太爺也賞了子喬好些，就是小孩子嬌慣，見過一次便惦記著索要……」

一邊說一邊解釋，也算是把場面給圓過來了，又罵透輝。「怎麼辦事的？家常我自己喝的茶，也上了給姑娘喝？妳難道不知道，姑娘只喝惠泉水潑的桐山茶？還不快換了重沏！」

一個名工巧匠精製的金玉海棠如意鎖、一方前朝信宗親手打造，機關重重的紫檀木盒，終於換了一壺新鮮好茶。蕙娘雖不大想用太和塢裡的物事，但也不能不給五姨娘面子。

她輕輕地含了一口茶水，品過並無一絲異味，這才慢慢地嚥了下去。「的確不值得什麼，子喬喜歡，給他就是了。以後這家裡的東西，還不都是他的？我們這幾個姊妹出嫁之後，還得指著他支撐娘家門戶呢！」

這一番對話，句句幾乎都有機鋒。不論是五姨娘、清蕙，又或者是孔雀其實都清楚，這個如意鎖做得又大又沈，花色也很女性化，與其說是給子喬佩的，倒不如說是五姨娘看了眼熱，自己想要。她閨名海棠，一向是很喜歡海棠紋飾的。

可要說她是真的眼淺得就惦記著這一點東西，那又還是小看了五姨娘。

子喬出世之後，太和塢的待遇當然有了極大轉變，但比起自雨堂，始終是差了那麼一線，未能完全蓋過清蕙的鋒頭。本來今年出孝以後，隨著上層透露出來的傾向，太和塢大有地位急升的勢頭，可被老太爺這麼一壓……就算有焦家承重孫在手又如何？老太爺的意思擺在這裡，這家裡說話算數的人，始終還是焦清蕙，而不是她麻海棠。

雖說是小門小戶，可能成功邀得焦四爺的寵愛，五姨娘也不是沒有心機的。當年因為家裡多子多孫，本人看著又善生養，因此被接進府裡的女兒家，可不止她一個。她也很明白，自己能和清蕙鬥，能和令文鬥，卻絕不能和老太爺鬥。想要反踩清蕙，只可能觸怒老太爺，自討沒趣。不論是之前在謝羅居提起子喬要吃蜜橘，還是今日索要海棠鎖，為的都是給自己找回場子，找回一點面子。否則，東風壓倒西風，就算日後清蕙出嫁了，底下人對她的作風、她的分量心裡有數，恐怕清蕙在婆家一句話，分量還比五姨娘在太和塢裡的說話更足。

本來嘛，有令文在前頭，海棠鎖給了也就給了，沒想到孔雀仗勢欺人。五姨娘心裡正沒滋味呢，局勢一轉，蕙娘竟親自帶人上門道歉——還是走著來的，沒坐轎子！給了海棠鎖不說，還不言不語地送了這麼個稀罕的盒子，已經是給足了面子，這會兒再挑破了說一句，五姨娘也明白了就中的潛臺詞。

都是聰明人，都明白四太太前些時候進宮，是宮中貴人們提起了十三姑娘的親事。轉年就要出嫁的人了，和娘家人，自然是以和為貴、廣結善緣。蕙娘的確能屈能伸，變臉就和翻書一樣，從前看著自己，好似看著田間一個農婦，如今居然也要露著笑和自己說話……這才是真正看懂了局勢，明白了焦家的將來，究竟繫在誰身上，她該修好的又是誰呢！只怕從此之後，她對太和塢，也不會像從前那樣冷淡高傲了。

她左思右想，卻始終還有三分猶豫：焦清蕙這個人，看著得體柔和，其實鼻子都快翹到天上去了。以她的傲氣，真會放下架子來和太和塢修好？她的決心，有那樣堅定嗎？

索性又試探了一句。「子喬還小呢，怎麼就說到這兒了——透輝，妳怎麼和個死人似的！也不把孔雀姑娘帶出去坐坐，就光把人晾在那兒！」

語帶雙關，還是扣著孔雀……五姨娘心胸看來是不大寬廣，對孔雀幾句指桑罵槐的喪氣話，她是耿耿於懷。

「就讓她站著！」蕙娘板起臉說。「年紀越大，行事倒是越來越沒譜了。我打算令她回家住一段日子再進來，也算是下下她的火氣。」

孔雀委屈得咬住下唇，眼淚在眼眶裡亂轉。

五姨娘看在眼裡，心底自然爽快。這死丫頭，額角生得高，眼睛只曉得往上看。要不是她娘是十三姑娘的養娘，她能當上如今這個體面的閒差？教會她知道些規矩，也好！

她並未對孔雀的處罰多加置喙，不過還是堅持令透輝進來，把孔雀帶下去招待了，自己則把蕙娘讓到裡間說話。「子喬在他屋裡鬧得厲害，姑娘連喝口茶都不得清靜了。」

雖說也算是看得懂眼色，比文娘強點，見自己一直不走，便明白是有話要說，但發作孔雀幾句，就能登堂入室和五姨娘私話……雖然也足證五姨娘心胸還是淺薄，可反過來說，也似乎能說明她心底沒鬼，所以才這樣容易親近、這樣容易就看穿她的心思底細。

如果她真的想要害人，還會把自己讓進內室說話，又特地上了新茶來嗎？就是清蕙自己，揣想著若是易地而處，她要害一個人的話，那她肯定也會儘量迴避對方，免得招致懷疑。尤其像太和塢和自雨堂這樣的關係，忽然間來往密切，而後自雨堂主人立刻就遇害，太和塢不被懷疑才怪！

五姨娘雖然不聰明，但也沒有笨到這個地步吧？

但人都已經進了屋子了，繞了幾個圈子後，她還是揭開了自己的來意。「您也知道，太太年前、年後都進了宮，三姨娘這一向都沒從她口中探聽到什麼消息，我也不好問……」

五姨娘一下子笑得更開心了。「這有什麼不好問的？大姑娘到了年紀，惦記親事，那是天經地義。」

「就是問，那也未必能問出個結果。」蕙娘秀眉微蹙。「太太口風很緊，若非祖父那邊給了準話，她是一句話都不會多說的。可最近我也很少到祖父跟前去，就是去了，也更不好多問……您也知道祖父的性子，什麼事，都講個謀定而後動。他沒下決心，是不會把意思洩漏出來給我知道的。」

這話真真假假，說四太太是真，說老太爺是假。但五姨娘本人不可能太瞭解老太爺的性子，她也就囫圇聽進去了。「那姑娘的意思是……」

「如今不比從前，我畢竟也要些臉面。」蕙娘嘆了口氣。「由我這裡打探消息，在下人們口中傳來傳去的，還不知要傳得如何難聽呢。」

這倒是實話，可五姨娘也納悶。「太太雖然性子好，可我們當著她也不敢撒瘋賣味兒，難道您是想令我求太太？那……」她露出了難色。

焦四太太的口風一直也的確都是很緊的，像權家這門親事，她就是揀沒人的時候和蕙娘提的，連三姨娘都沒讓告訴。自雨堂裡的眾丫鬟，也沒誰收到一點風聲。

「求太太是沒有用的，」蕙娘搖了搖頭。「求祖父也沒用……可我明白祖父的性子，他縝密，人家有來提親的，兒郎人品如何、家裡有沒有什麼見不得人的事、坊間有什麼風言風語……他肯定都會預先打聽一番。」

她望了西裡間方向一眼，見五姨娘若有所悟，便壓低了聲音。「鶴叔這些年是不大管這些事了，多半都是梅叔在跑，石英雖然是梅叔的女兒，但我可實在沒臉讓她賣人情打聽這個。左思右想……也就只有您能幫這個忙了。」

子喬的養娘胡嬤嬤，非但是小總管焦梅的弟媳婦，和五姨娘也是肝膽相照，投緣得很。五姨娘一時沈吟未決，沒有回話。清蕙也沒催她，她垂下頭望著眼前的哥窯甜白瓷沈口杯，想到權家那位二公子，眉尖不禁就蹙了起來，雖說容色沈靜，可那隱隱的煩躁，卻也沒能瞞得滴水不漏。五姨娘一眼看見，倒有些好笑，也起了些憐意——再要強、再高傲，那也是個沒出嫁的黃花大閨女，以前坐產招夫的時候，她是何等爽朗自信？沒想到居然也有這樣著急上火、病急亂投醫的時候……

「梅管事口風據說也緊。」她沒把話說死。「可姑娘也是第一次託到我頭上……我就為姑娘問一問吧！」

蕙娘一身氣息，頓時化開了，眼波流動間，她不禁嫣然一笑，令五姨娘頭一回嘗到了

「為十三姑娘正眼瞧著」的殊榮。

「那就多謝姨娘了！今日過來，打擾您了……」

五姨娘忙客氣道：「哪裡的話，盼著姑娘多來坐坐呢！以後千萬常來！」

說著，兩人互相又寒暄了幾句，五姨娘就親自把蕙娘、孔雀送出了太和塢。

不過，就是到了氣氛已經很和睦的最後，她也終究沒把子喬叫出來見姊姊。

從太和塢出來，蕙娘和孔雀的回程就走得更沈默了。孔雀眼眶裡的淚水早已經乾了，此時沈著一張臉，四處亂看，也不知在想些什麼。蕙娘看了她幾眼，她都只是出神，竟全沒了從前的一點靈氣。

自雨堂的這些大丫頭，從來都是錦衣玉食，過著比一般人家更奢侈的生活，蕙娘管教雖然嚴格，但等閒也從不放下臉來說話。尤其是孔雀，何曾受過這樣的委屈？蕙娘看了她幾次，自己也是越來越過意不去，見已行到空曠處，四周俱沒有人蹤，她便壓低了聲音。「今兒個，委屈不委屈？」

孔雀倔強地晃了晃腦袋，沒有說話。這丫頭生得其實不錯，俏麗處不下綠松，就只是眉眼間這幾乎能成形的執拗，壞了她清甜嬌美的氣質，使她多了幾分凶相。尤其現在虎著臉，看起來就更有幾分怕人了。

蕙娘也就沒有逼問她，只是自己輕輕地嘆了口氣。「回了家裡，好好休息。」她低聲說：「同養娘說，這一次是我對不起妳——」

「您就別說這話了。」孔雀竟一下子截斷了蕙娘的話頭，她的臉還是繃得緊緊的，聲調也急得像是在炒豆子。「咱們之間，還用得著這麼客氣嗎？我雖不如綠松能幹……」她的語氣有些酸溜溜的，但一閃也就過去了。「可我也有我的好處。您讓我管首飾，我就給您管得妥妥貼貼的，您讓我……」孔雀左右一看，雖說無人，卻仍是把話頭給斷在了口中，硬生生地轉了調子。「我今兒罵得爽快，怎麼著我也不後悔。這些年來，我也攢了有十來天的假，就出去休息休息，我有什麼不樂意的？可您……您別再逗我說話了，不然，我怕我繃不住！破了皮可再憋不起來了……」

蕙娘望著她，禁不住深深一笑，她握住了孔雀的手。「一大家子人，也就只有妳們幾個，會這樣掏心掏肺地幫我了……」

回了自雨堂時，面上的笑意卻又全斂去了，連慣常的一點禮節性微笑都不留。一坐下來，就暴風驟雨一樣地吩咐了好幾件事。

「孔雀這幾天身上不好，我答應她出去家裡休息幾天，好了再照舊接進來。」第一句話，就把奶姊妹給打發出去了。蕙娘的眼神在屋內緩緩轉了一圈，見眾人都停下了手上的活計，便續道：「她的差事，石英暫時管著。把我這幾個月時常插戴的首飾另裝一箱，餘下的箱子全鎖了，鑰匙給綠松收著，我要用了，再現尋出來，免得帳亂。」

石英不禁和綠松對視了一眼，兩個大丫鬟都站起來。孔雀面色煞白，咬著嘴唇只不作聲，依舊倔強地將頭揚得高高的。

蕙娘掃了她一眼，臉上怒色一閃即逝，加重了語氣。「這三年來，我管得鬆了，妳們也都一個、兩個全不像話了。以後沒有我的話，自雨堂哪怕是一隻貓都不許隨意出門。凡出去有事，必須和綠松打過招呼，兩兩成對地出入，得了閒也別勾搭小姊妹們回來說話……有不遵從的，一律攆出去！」

十三姑娘也真的是很久都沒有放下臉來說話了，打從綠松開始，一群人全都矮了半截，慢慢地跪到了地上。只有孔雀依然背著手站在原地，冷眼望著昔日的姊妹們，神態間，竟似乎已經將自己給劃了出去。

蕙娘說話算話，除了丫頭們，連婆子們都被叫來敲打過了一遍。

自雨堂從當晚開始，就變得格外冷清。哪個下人也不敢隨意外出，免得觸了霉頭，成了殺雞給猴看的那隻雞。

孔雀被送出了自雨堂的事，連最近的花月山房都一無所知，要在往常，文娘不到晚上就要派人過來打聽消息的，這一回有三、四天，十四姑娘都一無所覺，四太太就更別提了。

也就只有五姨娘似乎收到了一點消息，到了第五天早上，她派透輝來給自雨堂送山雞。「娘家兄弟打的，給您嚐嚐鮮。」也就帶來了焦梅的回話。「胡養娘說，焦梅最近的確是得了差事，正四處蒐集良國公權家的消息。」

焦梅身為體面管事，這些年來隱隱有給焦鶴接班的意思。老太爺有很多事情，都要吩咐給他這個管家去做，他口風要不嚴，老太爺能放得下心？胡養娘這一問，和太和塢並無半點利害關係，只有回絕的理，沒有透口風的理，而焦梅居然肯說。

送走了透輝，就是綠松也有點生氣了，她輕輕地唾了一口。「這也倒得太快了吧？石英還在您身邊服侍呢，他這就一心一意，去舔太和塢的腚（注）了？」

卻又還是心好，眉頭一皺，還是給焦梅找了個藉口。「胡養娘和五姨娘要好，也許五姨娘沒瞞著她，就把您託她的那幾句話，和胡養娘說了……」

蕙娘也不說話，只看著綠松，綠松自己也沒聲了。「唉，您託五姨娘，這樣不合情理的事，說了他也不會信的。看來，多半還是沒說……」

「沒說倒還是好的。」蕙娘喃喃自語。「最怕是什麼都說了，焦梅也覺出了不對，卻還是露了口風。」

若果如此，那就是不管不顧，一心只站在太和塢那邊了。立場明顯到這個地步，太和塢將來要有些上不得檯面的事請他做，焦梅又會不會做呢？

綠松一邊說，一邊已從腰間拿出鑰匙，開了蕙娘的一個錦盒，搬弄片刻，從抽屜底部再推出一扇門來，又一扭，盒蓋竟彈開了。她從暗格內取出一本小冊子來，沈吟片刻，便端端正正地寫下了一行字——

管事焦梅，已不可信。是否可疑，尚需觀察。

注：腚，音同「定」，意即臀部。

第十四章

這世上要拉近兩個人之間的關係，最好的辦法，還不是幫人的忙，而是讓人幫你一個忙。

五姨娘自以為自己幫了自雨堂一個忙，她對蕙娘的態度就隨和多了，雖不至於熟不拘禮，但也不像從前那樣，話裡話外，彷彿硬要和蕙娘分出個高下來。

四太太和文娘忙於吃春酒，對家裡的事就沒有從前那麼敏銳了。孔雀回嘴事件，因為太和塢也沒有告狀，自雨堂的下人管教得也好，文娘只是隱約聽說了一點風聲，和蕙娘夾纏一番，想要打聽時，蕙娘便提了藍珍珠頭面一句，只這一句話，就把文娘給打發了開去。

民不告官不理，四太太就更樂得作不知道了。唯獨三姨娘，成日在家閒著無事，南岩軒離太和塢又近……清蕙兩、三天總要去南岩軒打個轉的，三姨娘忍了幾次，見蕙娘幾次都沒有提起，她終於有點按捺不住了。

「大年下的，妳倒是把丫頭們都約束得那樣緊。」她多少帶了一絲嗔怪。「不見人出來也就罷了，符山去找孔雀說話，還被綠松給打發回來了。雖說妳的丫頭們都被妳管得沒脾氣了，但也不好這樣嚴厲，不是大家大族的氣象。」

「要找孔雀，您得回廖嬤嬤家裡找去。」蕙娘輕描淡寫，見三姨娘張口就要說話，她忙添了一句。「廖嬤嬤本人沒有二話……孔雀平素裡也是有點輕狂了，這一次把她打發出去，也殺殺她的性子，日後回來，就更懂得做人了。」

知女莫若母，這番話，四太太可能會信，老太爺也許還懶得追究，可聽在三姨娘耳朵裡，怎麼聽就怎麼覺得不對。蕙娘的性子外冷內熱，對自己人從來都是最護短的。自雨堂裡丫頭雖多，她會放在心上特別在乎的，也就是綠松和孔雀了。不要說孔雀頂了五姨娘幾句，就是真的觸怒了老太爺，恐怕蕙娘都要保她……

「怎麼，」她不由得蹙緊了眉頭，半開玩笑。「真因為要出門子，現在對太和塢，也沒那麼看不上了？」

當著母親的面，蕙娘是不會過於做作的，提到太和塢，她笑意一收，便輕輕地撇了撇嘴。

她並沒答話，也用不著答話——三姨娘禁不住就深深地嘆了口氣。

「還是以和為貴……」她多少有些無力地提了那麼一句，卻也明白，自己是動搖不了清蕙的念頭的。「廖嬤嬤對妳不說什麼，但妳不能寒了養娘的心。讓孔雀在家多住幾日也好，但過了正月，還是接回來吧，要不然，妳的首飾可就沒人看著了。」

正是要換個人看首飾，才把孔雀打發回去的。蕙娘不置可否。「您要怕嬤嬤家委屈了，就多打發人和她們通消息，把廖嬤嬤請進來坐一坐，那都隨您。自雨堂裡的事嘛……」

自從定下了清蕙承嗣，在她初懂人事的那幾年，老太爺和四爺是變著法子地傾注了心血教她。尤其最怕她女兒家耳根子軟，日後聽了幾句軟話、硬話，就由人擺布去了，竟是硬生生地將蕙娘養出了如今這一言九鼎的性子。只要她定了主意，休說一句話，就是一百句、一千句，那也動搖不了她的心志。三姨娘再嘆了一口氣，也就不提這一茬了。「我昨兒提早過去謝羅居，太太才剛起來，周圍人也不多，我就找了機會，和太太提起了阿勳的事。」

蕙娘神色一動，卻看不出是喜是怒，有沒有一點不捨？三姨娘看在眼裡，即使是自己肚子裡爬出來的女兒，她也有些佩服她的城府。

雖說也還謹守男女分野，但蕙娘從小是在老太爺身邊見慣了焦勳的，兩人從小一起長大，在焦鶴的那一群養子裡，焦勳非但容貌人品都很出眾，和蕙娘也最談得來。蕙娘主意正、性子強，說一就不二，焦勳呢，三姨娘見過幾次，四太太也提過幾次，謙謙君子、溫潤如玉，不論大事小事，又能讓著蕙娘，又能提著她別鑽了牛角尖……可惜，他命格不強，沒能托生在官太太肚子裡。這兩年，他在家裡的地位，漸漸地也有幾分尷尬，如非老太爺還看重他，早都不知被排擠到哪裡去了。現在還要被蕙娘親自從京城趕出去——這還不算，連焦姓都不肯給了。要知道，在地方上，焦家門人，那比一般的七品官還要有架子呢！

雖說這要比藕斷絲連、餘情未了強，可蕙娘確實也心狠。就算有什麼情緒，她也藏得好，自己是一點都沒看出來……

「太太本來沒覺得有什麼不對的。」三姨娘輕聲說。「被我這麼一提，也覺得以後讓他待在京城，他自己也不舒服，姑爺要是偶然聽到什麼風聲，見到他，心裡可能也會有點疙痞。我看，就是這幾天，應當會對老太爺提起了。」

老太爺每年年節都是最忙的時候，只在去年正月裡罕見地閒了一段時間，今年，焦家要比往常都更熱鬧得多。他有限一點的時間，不是和幕僚商議，就是同門生們說心事話，蕙娘也有小半個月沒和爺爺照面了。不過，熱鬧將完，不但春酒到了尾聲，從京畿一地趕來的官員們也都要上差了，焦家即將回歸正軌，有許多被擱置下來的事務，也該有個後文了。

綠松也就是在元宵節後，才同蕙娘說起石墨的。

「我仔仔細細地看了她好一段日子。」她應了這事，就再沒聲音了，如今一開口，淡然篤定的，才透出私底下做的千般功夫。「這丫頭開始還沒心沒肺的，全然看不出什麼不對。您把她放回家的那段口子，我還借故跟著回去一道住了兩天，冷眼看來，家裡人也沒有什麼不對勁的地方。要說有什麼操心的，那也就是她的親事了。」

蕙娘身邊的丫頭，大多都和她一般大小，石墨今年十六、七歲，按焦家慣例，再過兩年，也可以放出去成親了。

像這樣有臉面的大丫頭，婚事要不是主人作主，或者就是家人自聘，很少有管事拿主意的。蕙娘「嗯」了一聲，思索片刻。「我記得她不是有個什麼表哥……」

這樣不大體面的事，石墨也不至於掛在嘴上，不過偶然一提，蕙娘居然還記得這麼清楚……綠松笑了。「這事說來也有意思，她表哥是在外頭做個小生意的，這您沒記錯。雖說也是憑運氣吃飯，但勝在是良籍。我聽她意思，她家裡原也遂意，想的是令她表哥也進府來做事，那就十全十美，沒什麼可以挑剔的了。」見蕙娘露出聆聽的神色，她便續道：「偏偏呢，太和塢的胡養娘家裡也有個小子，勉強算是十少爺的奶兄弟吧，今年十四、五歲，估計是早看上石墨了。家裡人這不就有了比較了？石墨本來還仗著她在您身邊服侍，到時候求您發句話，家裡人也不好說什麼。可您不是為了太和塢，把孔雀都給攆回去了嗎？這幾天我看她成天病殃殃的，怕就是為這事犯愁呢！」

蕙娘亦不禁啞然失笑。「倒是我嚇著她了。」

綠松辦事，她沒什麼不能放心的。這丫頭鬼靈鬼精，就是蕙娘自己去辦，限於身分，還未必能有綠松辦得這麼妥當，起碼她就不能跟到石墨家裡去。綠松說石墨似乎沒有問題，那估計就是真沒什麼問題。畢竟，這丫頭能掌管蕙娘的吃食，本身在上任之前，就肯定是經過幾重主子的梳理和考核的。

蕙娘不禁托著腮就沈思了起來，綠松看她臉色，頓了頓，又道：「不過這次跟她出去，倒是撞見堇青了。」

堇青是焦子喬的大丫鬟，和石墨是近支堂親。蕙娘一挑眉，精神又聚攏起來。

「從前不留意，也不知道五姨娘這麼有主意。」綠松猶豫了一下才說。「我悄悄聽見堇青和石墨的爹娘提起來，五姨娘很想讓她娘家兄弟進府裡做事。石墨她爹不是在二門上當差嗎？同僚有一個前陣子摔斷了腿，堇青還打聽他的傷情呢！」

大家女眷，大門不出、二門不邁，尤其孀居之輩，更要謹言慎行。焦家除了清蕙有資格經常去二門外的小書房陪祖父說話之外，打從四太太起，其餘所有女眷都被關在了二門後，園子裡所有和社會連通的渠道，也都被那兩扇華美的垂花門給鎖在了外頭。

蕙娘和綠松對視了一眼，都看出了對方眼神中的一絲涼意：雖說五姨娘的確是家裡最有可能下手的那個人，但眼看她一步步行動起來，將嫌疑坐得更實，也依然令人心底滲寒。

但即使如此，沒有真憑實據，只憑著「道聽塗說」來的消息，不到五姨娘動手的那一天，也是很難捉住她的馬腳的。甚至於這些痕跡，對於另一個人來說可能毫無意義，就是從前的蕙娘，恐怕也就是輕輕一笑，根本不屑於同她計較。

「石墨當年進院子裡做事，」蕙娘便忽然道。「是看在她大伯的面子上吧？我記得她爹娘，在府裡也都沒什麼體面。」

「她大伯前些年已經去世了。」綠松細聲說。「她爹本來在大門上的，後來沒多久就被調到了二門裡。娘前幾年身子不好，也退下來了。家裡境況也就是那樣，弟妹又多……這一次回家，給了家裡不少銀錢。」

蕙娘便若有所思地點了點頭，又問綠松。「最近，妳那些千伶百俐的姊姊妹妹們，沒給妳出難題吧？」

從小一起長大，動輒就是多年的情分，本來也不可能太擺主子的架勢。蕙娘給了臉色，又打發了孔雀，固然是嚇住了她們一時，但這麼一段日子過去，綠松還管得那麼嚴，底下人有嘀咕，也是人之常情。

綠松很明白蕙娘在問什麼。「是有些說法，不過孔雀在前頭做了筏子，誰也不敢認真抱怨什麼……石英倒是一句多餘的話都沒有說。」

石英這丫頭就是這樣，深沈得都有些可怕了。綠松再怎麼有城府，一顆心是衝著蕙娘的，這誰都能體會得出來。可石英就不一樣了，事情交代下去，她辦得無可挑剔，可心裡想什麼卻連蕙娘都不清楚。尤其是這兩年，越發連爭寵的心思都淡了，要不是每日裡該她做的活兒還是做，蕙娘還真要以為自雨堂裡有人會咬她的腳後跟，她是巴不得都要跳出這個地方，去求更光明的前程了。

「她要是會說話，那就好了。」她也不由得嘆了口氣。「那個海棠簪子，就放在箱子裡呢，這都快十天了，她硬是沒端出來給我挑。」

蕙娘的首飾，實在是金山銀海、數不勝數。寶慶銀、老麒麟……京裡凡是報得上名號的銀樓，沒有一個不喜歡和焦家打交道的。從來都不收手工錢，並且還加倍細作，只求蕙娘戴著出一次門，則財源滾滾，是可以想見的事，萬一湊巧撞上蕙娘特別喜歡的，還有豐厚的賞錢。五姨娘喜歡的海棠紋首飾，她隨隨便便就能尋出十多件來，沒有一件不是精品。甚至有些是從五姨娘進門時起，就沒有上過身的。那朵拿水晶琢成、花心鑲嵌了貓眼石的簪子，五姨娘就從未見過。以她的眼界，一見之下，沒準兒會再次討要也是說不定的事——蕙娘上回開了口子放低了身段，以後要再回絕太和塢的要求那就難了。再說，就不為了簪子，只為了自己心裡舒坦、為了炫耀自己的地位，五姨娘也大有可能開這個口。

石英心裡是向著太和塢還是自雨堂？想著她從小服侍的主子，還是她外院二管事的親爹？只從這一個簪子，就已經可以看得分明了。

「也沒準兒是的確沒和家裡人說上話，還不知道她爹在太和塢跟前，已經連骨頭都沒有了。」綠松沈吟道。「自從讓她管了首飾，她學孔雀，幾乎都很少出那間屋子……」

「妳看著安排吧。」蕙娘揮了揮手。「就看這丫頭的心性，比她爹如何了。這也是他們一家最後一個——」

話才說到這裡，有人輕輕地敲了敲門——

「姑娘，老太爺叫您說話。」

一個大年，倒是把焦老太爺忙得很憔悴。元宵節後，各衙門上值幾天了，他還告病在家沒有入閣辦事，好在年後各地事務也並不多。他老人家偷得浮生幾日閒，臉上才又有了些血色，見到孫女，他露出笑來。「大半個月沒來給我請安了，妳沒有良心。」

祖父要在她跟前作老頑童狀，清蕙還能如何？「我倒是想來，可也要您有空……就我進來這會兒，外頭暖房裡等著見您的管事……我數了數，十多個呢！」

老太爺日理萬機，沒有這麼多管事，有些事的確是不方便安排。可聽到有這麼多事等他發話，他又一縮肩膀，牙疼一樣地吸了一口涼氣。「這麼多啊……」

說著，就一扭身撥開了窗門，從縫隙裡往外一望。「喲，還真是，除了小鶴子又犯腿疼沒來，餘下人是一個都沒落下……」他就指點給蕙娘看。「妳眼神好，那是不是焦勳？」

蕙娘只好站在祖父身後充當他的眼睛，她一眼就見到了焦勳。

今年春天冷，過了正月十五還下了一場春雪，鬧得滿地泥濘，一群管事站在暖房裡，雖然全都規規矩矩地筆直站著，可鞋幫子濺著泥點、腰間別著煙袋……只有焦勳一個人，一身黑衣纖塵不染，雙手交握擱在背後，越發顯得腰桿挺直、眼神明亮。

或許是因為身分特殊的關係，他在這群管事裡頭，總是顯得鶴立雞群、格格不入，也總是有幾分落落寡歡。

「是他。」蕙娘只看了一眼，便意識到祖父正不動聲色地打量著自己，她忙收斂了心中所有該有不該有的思緒。「您瞧，他生得比所有人都高，您該一眼就認出來的，卻只是騙我來看。」

一語挑破，反而逗得閣老呵呵笑。「我騙妳看他幹麼？難道他臉上有花啊？」

蕙娘白了祖父一眼，不說話了。老太爺也不覺得無趣，他興致勃勃地評論。「說起來，阿勳是生得不錯，現在官宦人家的子弟，也很少有人像他這樣清朗方正、溫潤柔和的了。就是長相，也自有一股風華。」

他度了孫女兒一眼，問得很促狹。「把他送到江南去，妳難道就不會有些捨不得？」

清蕙正要回答，忽然心中一動，瞥了窗縫一眼，心底頓時雪亮！上一世自己和焦勳在暖房裡行走，他那一聲「佩蘭」，那一隻不該伸出來的手，想必是全落入了祖父眼中！從這個方位看出去，暖房風景，根本是盡收眼底……

老人家在首輔高位上坐了這麼多年，為了保住這個位置，該做的不該做的，肯定也都有做過，人命在他眼中，恐怕也沒什麼分量。為了避免她三心二意，或許釀出醜事，在她上一世，焦勳只怕是凶多吉少，就算不死，一輩子也都不可能混到能和她再度照面的地步了。

這一次，自己要是流露出太多的留戀……

「一起長大，是有情誼在的。」蕙娘也沒有一味撇清。「但他很有些不知輕重，兩、三年了，還沒明白身分上的變化。本來還沒在意，那天從您這裡出去，居然是他單人來帶路，我就覺得不能再留他了。」

老太爺瞅了孫女一眼，雖然表情沒有變化，但蕙娘對他何等熟悉？仔細觀察之下，還是可以發現，老太爺的肩膀漸漸地也沒那麼緊繃了。

「也就是妳當時叫了暖轎，不然，恐怕就容不得他了……」

這一句話，側面證實了焦勳上一世的命運。蕙娘當著祖父的面不敢後怕，只是作出遺憾的樣子，輕輕地嘆了口氣。「本來就不是他能想的事，成了是他的運氣，不成是他的命數……這個人，人才是有的，只是往上攀登的心情，也太急切了一點。」

把焦勳的遺憾，理解為名利雙空後的失落感，要比理解為別的原因更體面一點，也更取悅老太爺的心情。老人家一揮手，已無興致討論一個下人。「才具也是有的，就依妳，把他送出去吧。若能做出一番事業，對子喬多多少少，也是小小助力。」他話鋒一轉。「妳娘和妳提過權家的親事了？」

蕙娘前世已經歷過這番對話，對祖父的言辭已有所準備，她輕輕地點了點頭。「提了一句。」

「這門親事，我已經應下來了。」老太爺開門見山，語氣毫無商量餘地。見蕙娘木無反應，還是一樣的沈靜，他倒有幾分詫異，更有幾分激賞——蕙娘的風度，倒是越來越見沈穩了。

也正是因為這份沈穩，他往後一靠，沒按腹稿說話，反而考起了蕙娘。「妳和祖父說說，為什麼我老頭子會點了頭，應了這門親事，而不是選何冬熊，選那個妳挺中意的何芝生？」

蕙娘不禁為之愕然，她這才知道，原來自己的一點心事，根本就未曾瞞得過祖父。論起明察秋毫、見微知著，她焦清蕙雖然也有一定造詣，但在老太爺跟前，的確是螢火之光。老人家年紀雖然大了，可焦家上上下下，恐怕還真沒多少事能夠瞞得過他！

第十五章

「去年二月，您就已經想著要退下來了。」蕙娘也沒有裝傻，她輕聲細語地說。「只是當時往下退，退得畢竟不大體面，結局也暗淡了一點兒。」

朝廷裡連番黨爭，彼此構陷攻訐，真是無所不用、無所不到，焦閣老雖然三朝經營，本身勢力雄厚，但新君上位，其人深謀遠慮，比之先帝，才具還要更上一層樓，又身挾皇權，他的光芒，漸漸地就蓋過了焦閣老的身影。但說實話，地丁合一，觸動的是一整個階層的利益，大秦和前朝比，更看重出身，商戶出身的官員並不在多。朝廷重臣也好，剛出道沒有多久的七品芝麻官也罷，家裡多半還都是農戶地主……要和天下所有官員作對，即使皇帝手段好，即使楊閣老也是個難得一見的權術天才，作為他們最大的對手，焦閣老能夠得到的助力，也是一股龐大得能嚇死人的力量。要爭、要鬥，老人家是可以領著這一支力量，和皇權轟轟烈烈地鬥上十年的。

但老太爺畢竟有了年紀了，他已經沒有那樣重的爭勝之心，再說，朝廷四野都不平靜，就不說以大局為重，真要鬥到這個地步，最終結果，也許是皇上讓步，但焦家能有什麼好果子吃？承平四年二月，他被楊閣老抓住痛腳連番攻訐，索性就藉機又上了告老摺子。閣老求去，本也是常事，不論是做出來給底下人看的一個姿態，又或者是要脅皇上的一枚籌碼，都並不罕見，但真的是去是留，也看的不是摺子。焦閣老平均一年要告老兩、三次左右，次次都被駁回來，但去年焦閣老是臘月裡就露了口風下了決心，整個臘月，焦家門庭若市，連女眷們在內院都聽到了風聲。倒楊派輪番上陣苦勸老太爺，卻都沒有勸轉。等到春節，焦家便是前所未有的冷清，一整天上門的客人，不過五十人以下……倒是內閣次輔鍾閣老家裡，要比往年擁擠得多了。

進了二月，摺子上去，皇上也很給面子，竟是遲遲留中不發（注一）家裡本來都做好了回鄉的準備，可去年一整年事情都多，各地和商量好的一樣，從三月開始，水旱災害、邊患匪患，什麼事都往朝廷上報，大事小情無日無之。這些當官的就和不要政績一樣，以前是瞞報、小報，現在卻是大報、誇報，除了報災的比從前還報得更大，各地報匪患的、報民亂的、報鬥毆火併的……省州道府縣，兩千多處官府，兩、三萬名官員，十成裡有個四、五成往上鬧，那就是多大的動靜？鍾閣老傻眼了，告了病往家裡一躲；方閣老本來就回家守孝去了；內閣裡，楊閣老成了個光桿司令。他倒是有很多事要辦、很多話要說，可那也要有人能跟著他幹啊！面對這股全國官員匯聚起來的激流，就是皇上都不敢直攖鋒銳，楊閣老入閣才幾年呢，他有這個底氣嗎？

大家耗到八月，倒楊派越戰越勇，挺楊派倒有些垂頭喪氣的……好在皇上只是將奏摺留中，沒給個準話，到底還是為自己留了一點顏面，一點轉折的餘地。最終，焦閣老還是沒能成功告老還鄉，在家休息了半年後，他又被拱到了首輔的位置上。

身為首輔，大權在握，很多時候皇權在相權跟前也只能低頭，聽起來當然是件美事。想要退休卻不能退休，不論是頂頭上司也好，直系下屬也罷，沒有人能離得開他焦穎焦首輔，對於這群政治動物來說，焦閣老的政治生涯，已經是堪稱傳奇了。可蕙娘心裡有數：人生好似一座山，在自己爺爺這個年紀，要還不懂得往下走，那就未免太不知天高地厚了。如何能退得漂亮，已經成了老人家這幾年最大的心事。

「重新再上臺一次，」她又繼續往下分析。「其實想的還是怎麼能金蟬脫殼，從局中全身而退。可……您是朝中意見領袖，就是要退，也得有個合適的繼任者，不然，您的徒子徒孫們，也是不會答應的。」

也所以，蕙娘雖然有這麼多不利於主持中饋（注二）的條件，還是有大把人家對她有意，想要上門提親——焦閣老不稀罕這個首輔、這個掌門人的位置了，稀罕的人可還有一大把呢！

「從這一點說，何冬熊要接您的班，分量恐怕還欠點兒。」蕙娘秀眉微蹙。「鍾閣老嘛……又不大中用，去年他要能把擔子挑起來，底下人也就不用回來再拱您出山了。方閣老似乎有才具，可這幾年又在家丁憂……」

「小方有點意思，但要和楊海東鬥，他沒那個手腕。」老太爺手裡慢慢地揉著兩個核

注一：留中不發，意即皇帝將臣子所上的奏章留在宮中，既不批示亦不交給相關的部門去執行。

注二：中饋，意即婦女在家中職司飲食的事。亦可用來比喻為妻子。

桃。「接班人，我是看好了，可現在還沒到提拔他的時候。我再死活賴兩年，把他培養起來了，擔子往小方手裡一放，讓他挑幾年，後頭那人，也就能接得上來了。」

這說的肯定不是權仲白。看來，何家一心要和焦家結親，沒娶到自己不說，恐怕最終連令文都娶不到了……蕙娘詢問地瞅了老太爺一眼，見老太爺似有未盡之語，她便低聲問：「是哪家的男丁？會否委屈文娘了？」

「的確不大合適。」焦閣老不緊不慢地說。「不過，這也是以後的事了。妳且繼續說妳的。」

「既然要退下來，就要退得漂亮，能給守舊派挑出一個才具足以服眾的繼承人，您也算是對得起他們了，他們也不會纏著您不放的，而把擔子暫且交到方閣老手上，您也算是給了皇上一個機會。這幾年來，您心裡的意思，皇上恐怕也不是沒體會得到，光說去年，如果您頂著不退，那時候下臺的人還不知道是誰呢……退下來之後，皇上也不會太難為您的，畢竟是三朝老臣，他也怕別人寒了心。」蕙娘為焦閣老斟了一杯茶。「我知道您心底其實也看好這個地丁合一，就是覺得他們的步子邁得太大，害怕又是一個王安石……能在合適的時候退下來，暗地裡幫他們一把，也算是對得起自己。這退下來的事，萬事俱備，只等一個時機。可退下來之後，門生，終究不如親戚頂用……您就是不為自己考慮，也要為子喬將來考慮。這麼大一份家業，沒有親戚幫忙，他未必能守得住。」

其實說起來，焦家產業雖大，卻也就不會和一般的世家大族相差太遠。只是他們家人少，比起動輒上百人的大家大族來說，勻到人頭上那就多得太多了。而這份家業，不論是低調還是高調，都容易招人覬覦。畢竟這些世家大族哪個不明白焦家和宜春票號的關係？再低調，恐怕也難逃有心人的眼睛……老太爺也是想開了，兢兢業業地過了幾十年低調淡然的日子，後二十年，他大手一揮，是怎麼有勁怎麼花，能多揮霍一點就是一點。用老人家自己的話來說——「省著有什麼用？省著能留給誰？省著，還不是便宜了別人？」

這畢竟是再有能耐也改不了的事，老人家活著的時候還好，一旦去世，如果清蕙稍微弱了那麼一點兒，焦家偌大的家產，不是便宜了一擁而上、千方百計要擠出錢來的各色地痞流氓及黑心官僚，就是要便宜了她的夫家。也所以，清蕙才被精心調養成了這個性子，也所以，這才千方百計地物色來了焦勳……

在子喬出生之後，焦家終於有了後，可事態也就更複雜了。焦家能守得住多少家業傳世，一看老太爺能活多久，能掌多久的權；二看老太爺的接班人有多大能耐，有多少良心；三來，就看第三代有多大的出息了。最理想的結果，無非是老太爺活到子喬可以支撐門戶的年紀，而子喬又能耐通天，可以在十幾二十歲年紀就掌握相當權力，護住自己的身家——這也實在是近乎於癡人說夢。最現實的可能，應當是老太爺在子喬還未長成時就已去世，接下來的事……只要知道一點世事的人，便都可以想像得出來了。

可如把清蕙留著招贅生子、護衛家產，姊姊如此強勢，將來子喬如何自處？再說，清蕙是何等人才，一輩子就為了弟弟經營家業過得那樣辛苦，她自己要落得少了，她能甘心？也就只有將清蕙、令文姊妹嫁出去，儘量挑選那些家境本身富裕，門風相對更嚴正些，不至於圖謀焦家家產，又有足夠的人脈和地位，可以在老太爺退位、過世後，護得住四太太同焦子喬孤兒寡母的人家了。

要從這個角度出發，權家不知比何家合適多少，有錢、有人脈、有威望、有爵位，名聲也好，一百多年的老家族了，沒聽說他們有什麼欺男霸女的事，換作是蕙娘，也會答應這門親事。根本是才瞌睡就送來了枕頭，各方面都如此合適，權仲白本人人品又出色，這麼好的親事，焦家哪有不答應的道理？

「不說子喬，就是您退下來之後，不管是回老家還是在京裡，有權家照看著，也比指望何家要強得多。」蕙娘說。

「權家也是有誠意。」老太爺沒有否認蕙娘的說話。「他們家一向低調，良國公從前雖然曾經在三邊總制這樣的位置上待過，但身體不好，已經多年沒有在朝中辦事了，究竟能耐還有多少，也的確令人猜疑，這一次在宮中，他們也是好好地衝我們展示了一次肌肉。兩家結合，彼此兩利，是要比起何家更好得多了。否則，將來妳過門之後，妳公公期望落空，妳的日子可能會更難過一些。」

看來，何冬熊是一點希望都沒有了。他雖然很急切，但老太爺卻看不上他的能力，壓根兒就沒想把自己的位置傳給他。

蕙娘沒有作聲，老太爺也不著急看她的臉色，他一背手。「權家看上妳，只怕是七分看中妳的人，三分看中妳的家世，有一些事，是要先說給妳知道的。權子殷生性閒雲野鶴，在功名上根本沒有追求，他到現在也就是一個蔭封（注）的武職而已。雖說他的力量不在這上頭，但現在還好，幾十年後，有些事是很難說的；二來，雖說元配過門三天就已經去世，但那畢竟是元配，妳過去是繼室身分，前頭永遠有一塊邁不過去的牌位；三來，他比妳大了有一輪，比之何芝生、焦勳等人，自然是老氣了一點，要按文娘的性子，那是再好也許還未必看得上了……」

祖孫說話，一向坦白。老太爺問：「現在方方面面也都給妳理清了，權家內部的齷齪事兒，我也多少聽到了一點風聲，不過並不太特別，反正名門世族嘛……骯髒事多少都有一點。佩蘭妳先告訴我，不論應不應該，妳只說妳願不願意？」

話都說到這分上了，老太爺也都點過頭了，她願不願意還有什麼用？真要想問，早在點頭之前就來問了……

蕙娘輕輕地笑了笑。「爹去世之前，令我照料家裡。雖說當時還沒有子喬，可我說一句是一句，答應過的事，從來都不會反悔。」

她瞅了老太爺一眼，露出一抹涵義極為複雜的笑。「既然嫁權家對家裡更好，那我就嫁。」

「好。」老太爺卻像是根本沒見到清蕙的笑容，他雙掌一合，乾脆俐落地答應了下來。

注：蔭封，意即因功獲得而可由晚輩承襲的封號。

「那這門親事，就這麼定了。」掃了蕙娘一眼，又逗她開心。「妳是見過權子殷的，要挑出他本人的毛病來，可的確很難。以我的意思，他也是京中最優秀的幾個人之一了……」

以老人家的眼光，自然看得出她的真實情緒，如今事情已定，蕙娘一來不忍令老人家還要為自己費心，二來，她也有點擔心焦勳。她嘆了口氣，半真半假地道：「我不是看不上他，我是覺得他未必能看得上我……」

「瞎說！」老太爺臉一沈。「妳也實在是太妄自菲薄了！」他站起身來，在屋內稍稍踱了幾步。「多大的人了，心性難道還不穩重？太和塢的事，我等了這麼久，妳都沒和我開口……怎麼，妳還真以為有了弟弟，祖父就不要妳了？」

比起四太太的不聞不問，老人家雖然大有發難的意思，但誰更把她放在心上，真是一目瞭然。蕙娘一下子就想到了前世——在疼痛捲走她所有知覺之前，周圍人全在一聲一聲帶了血地叫她，她聽見文娘、綠松嬌甜的女聲，聽見三姨娘聲嘶力竭的叫喊，還有老人家……老人家淡泊了二十多年，就是焦四爺去世，他也不過是落了幾滴老淚。蕙娘從沒有聽見過他失去風度，到了那時候她才知道，原來老太爺的聲音，也能抖成那個樣子……

她握住老人家的臂膀，把他拉到椅子上安頓了下來，拿起小木槌，輕輕地為老人家捶起了肩頸。「畢竟是子喬的生母，給點面子，大家和氣，日後也好相見。我把孔雀打發出去，還是為了打磨一下她的性子，以後到了權家，還要大用她的。」她頓了頓，又輕聲道：「這件事，是鶴叔告訴您的？」

前朝的事，老太爺還煩不完呢，他也沒心思天天關注家裡的事。不過，各院子裡都有他安置的人，這個倒是真的，好比自雨堂中，雄黃就經常給焦鶴送消息。也因此，老太爺雖然身在小書房，但府裡該知道的事，他是沒少知道。可有些不該知道——又或者說，是焦鶴認為他不適合知道的事，老太爺就知道得沒那麼清楚了。自己挺中意何芝生的事，可能是南岩軒裡走漏了一、兩句話，但看老太爺的態度，對五姨娘教唆子喬遠離兩個姊姊，他是一無所知。要嘛，就是太和塢裡的眼線比較庸碌懈怠，要嘛，就是管事的有意遮掩了。

「妳鶴叔也是那麼大年歲了，最近我都讓他當點閒差，免得他在家也待不住，辦事又太耗神。」老太爺一語帶過，卻並未提起是誰取代了焦鶴，開始為自己過濾內院的消息。他似乎對清蕙的答覆還算滿意，便不再追問自雨堂和太和塢的小磨擦，而是轉了話題。「妳不是擔心權子殷看不上妳嗎？聽妳娘說，妳想見見他？正好，他也的確想見妳一面……這個人，行事倒一向是出人意表。我已經應了他三日後過來給妳娘扶脈，說幾句話也是無妨的。妳也好回去好好地收拾收拾妳的首飾了。」

蕙娘明知家裡會如此安排，卻還是禁不住要垂死掙扎。「這恐怕不合規矩吧……」

「規矩？」老太爺忍不住就呵呵笑了。「妳這孩子，別因為要出門了，就把祖父和爹教妳的那些給擱到腦後頭了。我告訴妳，佩蘭，這些學問，不論妳是到了權家也好，到了宮中也罷……也都能用！來，妳再唸一遍，妳爹是怎麼和妳說的？」

「無規矩不成方圓。」蕙娘眼色一沈，她近乎機械地背誦了起來。「規矩，是方圓裡的人守的。沒能耐的人，只能守著規矩、被規矩守著；有能耐的人，才能跳出規矩、利用規矩……規矩對我有用時，我自然提規矩，規矩對我無用時，規矩是何物？唯有視規矩如玩物，規矩方能視我如神人。運用規矩，存乎一心，只立意當高遠，用心須無愧而已。」

「如按規矩養妳……」老太爺慢悠悠地道。「現在妳還在妳的自雨堂裡做女紅呢……妳就不是按規矩養出來的人，如何今日反和我談起了規矩？」

蕙娘一時，竟無話可答，只好輕輕一笑，將心中的不甘給壓了下去。「就是一句話，您也給我來這麼一頓嘮叨……」

「何止嘮叨？」老太爺也就不往下追究了，他和孫女較真。「我還有幾年沒揍妳了呢……」

兩祖孫頓時又你一言、我一語，在小書房裡說笑了起來。

面見焦家十三姑娘，這要求雖然非分，但辦得卻異乎尋常的順利，幾乎沒有滯礙幾天，權仲白就收到了焦家的帖子：從前給焦四太太、十三姑娘開的平安方，兩人都已經吃了近十年了，現在也該請神醫扶扶脈，看看是不是該換個方子來開了。

權夫人給兒子看帖子的時候是很得意的。「你就儘管去挑吧，要是能挑得出一點毛病，那我也就服了。就告訴你一件事，她要不是焦家女兒，當年早就被先帝許給太子了！先帝雖然有諸多毛病，但看女兒家的眼神，始終還是很準的。」

權仲白其實見過十三姑娘幾次，她還小的時候，他為她扶過脈，就是半年、一年前，焦家獨孫半夜發了高燒，也是她派出人手多方尋找，把自己漏夜請到府中診治的。當時焦家主子們都不在，獨她一人陪在弟弟身邊，兩人也是照過面的。十三姑娘人才秀逸、氣質高潔，處事手腕又幹練，他也的確是挑不出什麼毛病來。倒是自己，雖說有些虛名頭，但一身都是毛病，十三姑娘未必能看得上他才真。

不過，這話他沒和母親說穿，只是微微一笑，並不搭腔。權夫人也沒勉強他，才親自給權仲白斟了一杯茶，兩人正要說話，外頭就來了人，大冷的天，跑出一頭的汗來。「少爺，定國侯府來人了！老太太又鬧起來，要給灌藥，竟都不能近身……」

皇后娘家，權家勢必不能不給面子。權仲白也正好就不多說什麼，大步出了院子。

這一出去，權仲白就一直忙到了夜裡近三更時分才回了下處。

月明星稀、北風凜冽，月光像是被風颳進屋內，霸道地爬了一牆，襯得屋內一盞如豆小燈，越發孤苦伶仃。府內其餘院子，哪個不是燈火處處、隱約能聽見人聲笑語？唯獨二少爺的小院，一向是沒有什麼人在的。權仲白推門而入時，正巧又帶起一陣風來，那燈火被吹得噗噗作響，過了一會兒，竟剎哧一聲被吹滅了。

饒是他已經慣了冷清孤寂，當此也依然有些觸動。權仲白把藥箱擺在門邊，自己摸黑進淨房梳洗出來後，坐在炕邊，拿手做了枕頭，慢慢地倒在了玻璃窗邊上。雖有一線冷意，透過窗縫吹到臉上，他卻並不在意，只是透過那晶瑩透亮的窗子，望向明月。

過了十六，月兒雖看著還圓，但終究已有一牙，漸漸地被黑暗給吞噬進了肚子裡。一年到頭，真正是團團圓圓的日子，也不過就是那麼幾天，餘下的時日，它始終也都有缺憾，始終都不完滿。

一直到月影西移，越過了窗檻，他才側過身去，合上眼簾。

第二天才一大早，連權夫人都還沒起身，他就出了府門——良國公府外，從來都有千里而外過來問診的可憐人，權仲白一旦要看診，就沒有找不到病人的時候。吩咐門房將人領進了門邊小院裡，待到權夫人來人令他換衣時，權仲白已經給七、八個病人都開了方子。他隨意塞了兩個饅頭，就算是將早餐用過，進堂院由權夫人身邊的大丫頭親自帶人給換了衣服，便上馬往焦閣老府上過去。

這裡他也是來熟了的，焦閣老地位特殊，皇上經常令他給閣老扶脈開方，以示恩寵。不過二門內卻沒進過幾次，權仲白是見慣富貴的人，對居家細節，更無心在乎，謝羅居內的陳設有多華貴內蘊，權仲白根本就沒有留意。一進門，他的眼神就不覺地被四太太身邊的那位妙齡少女吸引，直直地看了過去。

第十六章

要和未來準姑爺見面，對一般的姑娘家來說當然是件大事。自雨堂內知道內情的幾個丫頭，也都當作了大事來辦。蕙娘從習拳廳回來，重又洗浴一遍踱出淨房時，就覺得幾個丫頭的眼神都有些怪怪的——天氣冷，蕙娘不是每天都濯洗頭髮，一般隔兩、三天洗上一次。因焦家有上下水道，淨房上有個極大的儲水陶桶，熱水注入之後，可以經由一條特別管道流出以供蕙娘洗浴，她洗頭洗澡都無須人服侍，只是洗完出來自有人以香手巾擦拭，再上頭油等物護理。雖說蕙娘一頭烏鴉鴉的頭髮，一向是很有光澤的，但始終還是剛濯洗過的那一天，髮髻梳起來最是清爽好看。一般隨夫人出門應酬的時候，她也一直都是要先洗過頭的。

今兒個，石英、香花幾個人，連頭油、毛巾都給備好了，蕙娘卻只是隨意擦洗了身子，好像今天根本沒什麼特別，來把脈的也不是她的未婚夫，而是一個無關緊要的老大夫一樣……

孔雀不在，數落蕙娘的任務就落到了綠松頭上。她二話不說，眼睛往石英那裡一看，自雨堂的二號丫鬟頓時就不言不語地退出了內室，隔著門簾，還能聽見她吩咐底下人——

「重再領些熱水來！姑娘還沒洗頭，水竟就用完了？」

蕙娘拿綠松有什麼辦法？她也不能在丫頭跟前表現出對親事的不喜，再作掙扎，不過是給綠松數落她的話口罷了，只好露出苦笑，重又退進了淨房之內。再蹝出來的時候，綠松、石英等人頓時一擁而上，擦頭髮的擦頭髮、噴香水的噴香水、上脂粉的上脂粉……綠松似乎察覺到了蕙娘的怠惰情緒，連一句話都沒說，自個兒就給點了焦家以西洋法子自己精製的桂花精露。

蕙娘所能作出的最大掙扎，也不過就是微弱的一句。「這味兒太嗆了，換玫瑰花兒的吧……」

這一天，石英奉上的首飾也是琳琅滿目，幾乎把孔雀留下的那一箱首飾都給搬出來了。蕙娘掃了幾眼，卻都還沒看見孔雀特意給留下的海棠水晶簪。

就是昨天，自己還令石英去南岩軒給三姨娘送了一支玉搔頭……南岩軒離太和塢那麼近，石英回來得也比平常晚，她還以為她去找了她嬸嬸胡養娘說話呢……

現在也不是想這個的時候。蕙娘也想通了，自己的態度要是過分懈怠，連綠松且還糊弄不過去呢，四太太、三姨娘又豈會輕輕放過？她免不得是要被輪番唸出耳油，倒不如自己做得無可挑剔了，還能少些口舌。

可就算如此，她也還是沒有挑選自己最得意的那幾件首飾，而是隨意選了一副紅藍寶石頭面，又令專管她衣裳的瑪瑙選了一件蜜色小襖、軟藍緞裙。清蕙氣質雅正，大紅大紫穿來都不俗豔，倒是很少打扮得這樣輕柔寡淡。

待都穿戴好了，綠松咂咂嘴，倒很滿意，同石英笑道：「姑娘這樣穿，倒比平時都顯得柔和些。」

蕙娘差點沒氣個倒仰！她咬著牙，愣是把情緒給捺住了沒露出來。

沒想到去謝羅居請安時，連四太太都笑著說——

「蕙娘今日，打扮得別出心裁，倒是特別有魏晉風度。」

權仲白也算是朝野間的名人了，他特別中意寬袍廣袖的事也傳得很開。近十年前，蕙娘還是個孩子的時候，京中就流傳過一則軼聞：閩越王自從就藩，已經很多年沒有上京了，自然並不識得權仲白。那年皇上病危，他進京拱衛宮掖，巡邏無事在宮前閒步時，只見權仲白從乾清宮中出來，當風而行，一襲青鶴氅被吹得翻翻滾滾，連著衣袂在風中翻飛，再佐以那冠玉一樣的面龐、從容的風度，老王爺一時迷惑，竟問從人護軍「此仙人也？似從竹林中來」。

竹林中來，說的當然是竹林七賢。閩越王是個粗人，偶然附庸風雅，居然說得出這麼一番話來，可見權仲白的魏晉風姿有多深入人心。

四太太這麼一說，連文娘都似乎品出了一些什麼，她驚愕地望了姊姊一眼，便望著腳尖不吭氣了。

倒是幾個姨娘不明所以，三姨娘已經看了蕙娘幾眼，卻又被焦子喬岔開話題：他最近對瓷器發生很大的興趣，掙扎著要去搆四太太跟前的茶碗，嚇得胡養娘連忙將他抱開了。

吃過早飯，四太太把蕙娘留在身邊，問她。「妳祖父說，這幾次妳去見他，頭上的首飾都是那老三件……」

老人家疼了蕙娘這些年，現在年紀大了，真是越發護短。管教五姨娘是四太太的事，他不便插手後院，給兒媳婦沒臉，但隨意一句話，四太太立刻就感覺到了壓力，本來裝聾作啞，現在她勢必不能不主動提起太和塢了。「五姨娘年紀還小，難免愛俏，妳就別和她計較了。她要了什麼？娘再補給妳幾件更好的。」

這話的確也不錯，五姨娘今年才十九歲，就比清蕙大了兩歲而已。

蕙娘笑了。「一個鎖頭，值得什麼？她要就給她嘛！也不知是誰給祖父帶了話，祖父還問我呢……我隨意敷衍了幾句，也就完了。」

四太太細細地審視了蕙娘幾眼，她放下心來，卻又不無失落。蕙娘的性子，她是瞭解的，會這麼說，肯定是沒有主動向老人家告狀。老人家這是太疼她了，連一點委屈都捨不得她受，唯恐自雨堂在焦家地位降低，孫女兒心裡就過不去了。

唉，從前第三代的大少爺還在的時候，自己嫡出的一對兒女，都還沒受到老太爺這樣的關注和寵愛……

還要再寬慰蕙娘幾句時，綠柱從外間進來，似乎正要和她說話，這就岔開了話口，四太太和蕙娘都望向綠柱。可綠柱還沒開口呢，底下人就來報：權神醫到了。

蕙娘頓時就不再關注綠柱了，想到上一世相見，其中的場景簡直歷歷在目，哪句話她都忘不了……她咬緊了牙關，格外地露出一副漠不關心的淡然樣子來，在四太太身邊端坐著。

本來還不大想給權仲白正臉的，沒想到，這青影一過門檻，到底還是沒忍住，脖子像是有自己的意識，輕輕一扭，就迎上了權仲白的眼神。

兩人容貌都很出眾，雖然以權仲白的年紀，已不能說是金童玉女，但雙目一對，側帽風流對了國色天香，剎那間迸發碰撞出一種氣氛，連四太太都覺察出來了。她究竟也是白小把蕙娘看大的，不禁也為她欣慰，再看權仲白，就是岳母看女婿，越看越有滋味了。

論容色行止，真是無可挑剔，他剛出道扶脈的時候，蕙娘還是個三、四歲的小娃娃。那時候權子殷的確也還有些青澀，眉眼之間，常有些情緒是掩不住的，舉動也略嫌跳脫。這些年過去，如今而立之年，望之顏色如同當年，可氣息卻更見洗練。那彷彿自雲端行來的出塵沒變，可眉目端凝、舉止儼然，在外人跟前，風流已經內蘊……是成熟得多了！

「也有幾年沒見了。」她便含笑和權仲白寒暄。「二公子行蹤不定，常常聽人說起，你又出京去了。想必宇內的名山大川，也都是遊歷過了吧？」

往常給女眷扶脈，都要設屏風相隔，除非男女年紀相差很大，這才無須避諱。可今天，不知是有意還是無意，謝羅居內竟無人提及此事。清蕙就坐在母親身側，兩個人隔得這樣近，要完全不看對方，有些掩耳盜鈴，可要看一眼嘛，謝羅居內外上下十幾雙眼睛，幾乎全都掛在了權仲白和焦清蕙身上，眼神才一碰，似乎就能激起一圈竊笑的漣漪……

蕙娘聽著母親親切地同權仲白說著別後諸事，到底還是禁不住用餘光掃了權仲白幾眼。三十歲的人了，還同二十歲的少年一樣，除了唇上一圈淡淡的髭鬚之外，幾乎看不出什麼歲月的痕跡，長年累月在外行走，可顏色還是那樣鮮嫩俊俏……他一身魏晉風度，難道連傳粉（注）的好習慣都學會了？娘兒們兮兮的，自己作男裝打扮，沒準兒還比他更有氣勢一些！

再說這一身打扮，一點都不入時，如今京中流行的是胡服勁裝，只有他還多年如一日的寬袍大袖。這才開春，天氣還冷，袖子一揮就兜了一包風……傻子才這樣打扮不是？瞧那神態也是，雖看著似乎沈穩端凝，其實嘛，距離滴水不漏有一段距離不說，連「粗通世故」的評語，怕都是名不副實……

權仲白卻很客氣，他沒再打量蕙娘，而是很快就結束了寒暄，開始靜心給四太太扶脈，謝羅居裡也就立刻安靜了下來。

「您還是老毛病。」沒有多久，他手一抬，眼簾一垂。「後天思慮太多，心緒長年怕都不大好，脈象有些鬱結。方子只做一、兩味添減便好，得了閒最緊要還是時常出門走走。能練套五禽戲強身健體，那就更好了。」

四太太淡淡一笑，對權仲白的話，似乎並不大往心裡去。「我就是愛犯懶，辛苦子殷了。可要先用些茶水？」接連給兩位女眷扶脈，間中休息一下，也是常有的事。

權仲白微微一搖頭。「不必了，您的脈不難扶。」

他便換到蕙娘身側，舉起手來，徵詢地望了她一眼，自有人為蕙娘捲起袖子，露出了一點點霜雪一樣的手腕。權仲白那兩根特別纖長的手指，就穩穩地落到了蕙娘腕間，帶了點力度，一下子就壓準了她的脈門。

這還是蕙娘第三次——在這一世，是第一次——同男人有肢體上的接觸。焦勳握她手時，她嚇了一跳，心是跳得很厲害，但那種不適感，不及此時萬一……權仲白指尖下壓的就是她的脈門，他的手指像是帶了雷霆，讓她打從脊柱骨底下燃起一線麻疼，像是連心都被人攥在了手裡，隨時可以握爆……同前一世一樣，這感覺，一點都不好。

她強忍著輕輕呼了幾口氣，儘量使心跳平穩，免得露出端倪，讓權仲白察覺，讓他小瞧了去。權仲白似乎感覺到了，又似乎全無感覺，他撩了蕙娘一眼，眉峰慢慢地聚了起來，神色漸漸也有了幾分凝重。

一般人讓大夫把脈，最怕就是他臉色不好。四太太一看權仲白，頓時有些著慌了。「子殷，蕙娘她……」

權仲白並未答話，他猶豫了一下，竟開口低沈地道：「如無冒犯，我想和十三姑娘單獨說幾句話。」

四太太臉都白了！

權二公子的扶脈絕技，京城貴族都是見識過的，當年他常常給焦四爺扶脈，有時候手一搭上去，就能問「四爺是否最近幾個晚上都未能合眼……」。

難道蕙娘竟有什麼隱疾不成?!因為她自小習拳，身體一向康健，這麼些年來，也就是得

注：傅粉，意即在臉上抹粉。

了閒吃些固本培元的太平方子而已……已經有很多年沒請權神醫來扶脈了。

「有什麼事是我這個當娘的不能聽的呢？」她心亂如麻，不知不覺就站起身來，求情一樣地看著權仲白，眼淚幾乎都要掉下來了。「你就只管說吧，你是摸出了什麼——」見權仲白露出為難之色，四太太一下子又不敢聽了，她看了女兒一眼，見蕙娘反而氣定神閒、若無其事，便迫不及待地把擔子撂到女兒肩上。「二公子要問，就儘管問吧……綠柱，妳留下來服侍姑娘。」

說著，便帶上一干從人，慌慌張張地出了裡間。

綠柱看看權仲白，再看看蕙娘，正不知如何是好呢，蕙娘朝她輕輕地擺了擺頭。她待要不走，可受不住蕙娘的眼神，也就垂下頭去，退出了屋子。隱約的詢問聲，頓時就從門簾處傳了進來。

權仲白回首一望，不禁眉峰微聚，他走到門邊，輕輕地闔上了門板。

隔著一層玻璃窗，院子裡的婆子可以清楚地看到兩人的舉動，再說，雙方家長已有默契，兩個人幾乎等於是有名分的，雖有些越禮，可畢竟不大荒唐，再加上四太太直接就把權仲白的意思往最壞的方向去猜，現在估計都已經派人去給老太爺報信了……一時倒也無人敲門。

權仲白在門邊低頭站了一會兒，似乎在醞釀言辭，過了一會兒，他這才舉步走到蕙娘身邊，拱了拱手，低聲道：「男女大防，不得不守，如不做作，恐怕難以和姑娘直接說幾句話。姑娘身體康健、脈象平穩，並無症候，請不必擔心。」

也許蕙娘沈著冷靜的態度，大大地出乎了他的意料——從他開口要和蕙娘單獨說話開始，她就一直高傲地抬著頭，眼神裡幾乎帶了一絲嘲諷。因此，權仲白的安慰裡是有一絲試探意味的。

蕙娘卻沒和他繞彎子，她有點不耐煩。「二公子，現在屋內也沒有別人了，您不必再堆砌辭彙，有話大可直說。」

大姑娘對未婚夫說話，語氣是很少有這麼硬的。就不是未婚夫身分，以權仲白的才情容貌、身分地位，這輩子恐怕也很少有人用這種態度對他說話。他肯定有些吃驚，話梗在喉頭，一時竟無以為繼——不過，人生得好，就是占便宜，連這愕然以對的神色，出現在權仲白臉上，都顯得很有幾分可愛。

「那我也就不客氣了。」這個風度翩翩、風流內蘊的貴公子尋思了片刻，也就自嘲地一笑，態度還是那樣溫文而從容。「我的經歷，想必十三姑娘心裡也是清楚的……這輩子姻緣不順，如今已經無心婚配。縱勉強成親，以我放蕩懶怠的性子，日後難有成就，恐怕也是耽誤了姑娘。再說，往後這些年，恐怕出門在外的時間會越來越多……以十三姑娘的人品、心性、身世，實在不必屈就於我這個一無是處，不入上九流的老庸醫。我也實在是不敢耽誤了姑娘，趁親事沒定，聽聞姑娘在家也能說得上話，便趕緊來給姑娘送信了。還請姑娘同閣老分說一番，這親事……最好還是算了吧。」

很多自貶，很多誇獎，說得非常客氣，表情也十分誠懇……但意思並不會因此而變得更柔和一點——

權仲白明明白白，就是來拒婚的！

即使已經經歷過這麼一次幾乎一樣的對話，即使已經在心底無數次地重溫了這屈辱的一刻，聽到這溫存的遣詞造句，從權仲白薄而潤的紅唇中，被那清亮的嗓子化作了聲音時，蕙娘也還是眼前一黑，差點沒背過氣去。

她這一輩子，處處都高人一頭，要不是命差一格，沒能出生在嫡太太肚子裡，恐怕真是無可挑剔，連一個毛病都挑不出來了。又從小跟在父親、祖父身邊，也是見過一些同齡人的，不誇張地說，單單是她知道的仰慕者，少說就有四、五個，這還有一些藏得住心事的人，比如何芝生，他不說，蕙娘真是一點都不知道。可以說不管把她許配給誰，對方就算心裡不高興，也絕沒有人會和權仲白這樣，特地上門來當著面回絕親事。如果說她原本對這門親事，還抱著大體滿意的心態，在這幾句話之後，這所謂的大體滿意，也就變成了大體並不滿意——並不只是因為權仲白看不上她，更多的卻還是失望。

對將要和自己共度一生的未來夫婿，其天賦秉性那深深、深深的失望。

蕙娘輕輕地吸了一口氣，將種種翻騰的情緒全都壓到了心底，一時間，她竟反而還有些得意：前一世，她先已經被權仲白的種種做作給打亂了心神，又因他出人意表的要求而大吃一驚，倉促間只能端住架子稍微應付幾句。事後整理心緒，倒是有無數的話想要說了，可那時候，權仲白也已經去向南邊，到她意外身亡，他都沒有回來……

重活真是好，蕙娘想。起碼這一次，她有成百上千的回話，早已是千錘百鍊過了，就等著從她口中噴薄而出，釘子一樣地釘到權仲白臉上！

「二公子，」她這下倒客氣得多了，甚至還首次解頤（注），奉送權仲白一朵笑花。「我就有一個疑問……」

見權仲白神色一動，全副注意力都被自己吸引過來，那雙亮得過晨星的雙眼專注地凝視著自己，傳遞著忐忑、盼望、歉疚等諸多情緒，蕙娘滿意地笑了，她也認認真真地望向權仲白，輕輕地啟開朱唇。

「我想知道，二公子和我焦清蕙之間，究竟誰才是男人——或者這麼問還更好一些，二公子，您到底還把不把自己當個男人看呢？」

注：解頤，頤指下巴，解頤指笑得下巴脫落，這是形容人開懷而笑。

第十七章

焦家十三姑娘的名聲，在京城一直都很響亮，她當了七、八年承嗣女，因身分不同，種種行為，和一般女兒家南轅北轍。有些事焦家人自己不張揚，但權家難免也收到一點風聲，權仲白心底也不至於不清楚，焦清蕙雖然在應酬場合裡永遠輕聲細語，保持了她高貴矜持的作派，可她是承嗣女的身分，要總是一派大家閨秀的樣子，焦閣老又怎麼放心由她來接手家業呢？

可就算如此，十三姑娘這直勾勾的一句話，也令他氣血翻湧，一時幾欲暈厥。權仲白並非沒有見識過更大的場面、更離奇的對話與更粗魯的女兒家，畢竟他醫者出身，世態炎涼，人間百態，從少年時起就見得慣了。可他承受過的這許多質疑裡，似乎還沒有一句話比焦清蕙的這麼一問更有力、更能觸到他的脾氣——也許，任何一個男人被這麼一問，也都會有些脾氣的。

「十三姑娘，貿然請見，是我的不對。」他嘆了口氣，終究還是維持了風度，即使幾乎將牙咬斷，語氣也還是那樣輕柔誠懇——畢竟自己說的是這麼一回事兒，焦清蕙的脾氣要是再大一點，恐怕會端起茶來淋他的頭。「但婚姻大事，關乎終生。正是因為不想耽誤姑娘，這才有此說話。我生性浪蕩，實在是……」

蕙娘此時心情，就要比前些日子更輕鬆得多了。她幾乎是愉快地鑑賞著權仲白俊顏上的挫敗和苦惱，自己反倒拿起瓷杯，輕輕地啜了一口茶水。

「您也先用一口茶。」她笑著將茶杯給權仲白端了過來。「不要著急上火，我可不是說什麼氣話……」

這倒是真的，她還沒那麼無聊，幾乎是婚前唯一一次見面的機會，還會為出一口氣，便肆意羞辱權仲白。權仲白要覺得他被羞辱了，那是他自家的事，在蕙娘自己，她這話是說得不虧心的。「我問二公子這句話，是因為二公子恐怕實在是有些誤會。正待字閨中，只能由人挑肥揀瘦，自己但凡作一點主，那就是離經叛道、十惡不赦的人，在我心裡，那實在是我焦清蕙；年過而立，自家有一份事業，能夠自己作得了自己主，連皇上都要客氣相對的，卻是二公子。二公子請想，在家從父、出嫁從夫，這三從四德的女兒家，又怎能為任何一件事作主呢？當家作主的，自然是男子漢們……可我要是個男人，早就娶妻生子、繼承家業了，又怎還會和二公子說親呢？二公子，請您細心品味品味，我這話，說得有沒有道理？」

她客客氣氣的這一番話，倒是比剛才那石破天驚的一問更噎人，權仲白一時竟無話可答。細品起來，句句都是諷刺，失望和輕視幾乎滿溢，可又的確句句在理。人家話也已經說得很明白了：你看不上，那就讓自己家裡人別來提親，連自己家裡都處理不好，指望一個沒出閣的女兒家來辦事，這也著實是有幾分可笑了吧？

忽然間，焦清蕙的臉看起來也沒那樣美了。權仲白是見過許多後宮妃嬪的，即使他不願再娶，也始終還能欣賞美色。先帝說焦清蕙「在她長成之後，三宮六院，只怕多有不如」，這當然是過分溢美了，僅在深宮中，就有兩位妃嬪的美色能同她一較高下。但的確，她生得很端正、很美，氣質也很端正、很清雅……可尖利刻薄成這樣，那還能算個姑娘家嗎？

「我的確庸碌無能。」他索性也就光棍地認了下來。「就因為自知平庸，更不敢高攀您，也怕您一輩子都怨我，所以只能將我卑微屈下的一面，剖白給姑娘知道，免得姑娘終身所託非人。我確是一片好意……兩家議親的事，現在雖然還秘而不宣，但不論將來成或者不成，都很難完全保密。我也許是能說動家裡，將親事反悔，但和女方拒婚相比，您難免就難堪一些了……」

權家都說了親了，忽然又反悔，這事要傳出去，第一個最高興的，肯定就是吳興嘉了。上層世家說親歷來謹慎，就是這個道理。為女方拒婚還好，畢竟有女百家求、說親低一頭，這也是很正常的事。可男方反悔，不但對兩家關係是極大的打擊，在女方本人來說，也是奇恥大辱。一經洩漏，清蕙本來就難說的婚事，只怕就更難說了。

這倒也的確言之成理，清蕙心底一個小結，就不情不願地打開了：總算不是全無腦袋，還知道當面拒婚，對女方來說不是什麼好事。

「可你想過沒有，這事是我們能作得了主的嗎？」她也就不再堆著那客氣虛假、甜得發膩的語調，將凜冽本色露出一二。「但凡你要對政壇有一點瞭解，便不會做今日的蠢事了。以我們焦家所處的情況，這門親事祖父是一定會答應下來的。即使把我嫁個牌位，恐怕他都肯幹……更別說要挑你的毛病——」她頓了頓，很是不甘心地承認。「也不是那樣簡單的。我們這樣的人家，男婚女嫁，出於兩情相悅的本來就是鳳毛麟角。怎麼，難道二公子還想著找個情投意合的女兒家，也不計較出身，也不計較門第，同她和和美美地過完下半輩子嗎？」最後這句話，到底還是忍不住摻了一點諷刺。

權仲白便忽然沈默了下來，他望向蕙娘的眼神，又再有了變化——忿然、恚怒、無措、狼狽、愧疚……這些情緒似乎一下為他所遮掩了起來，這雙比星辰還亮的眸子，只餘一派生疏的漠然。

「我並不覺得存在此等想望，有什麼非分。」他客客氣氣地說。「從姑娘的話裡，權某也聽得出來，道不同不相為謀，您不但和我不是一條道上的人，而且也還似乎不大看得起我。人生在世，總是要搏上一搏，您不為自己的終生爭取，難道還要等到日後再來後悔嗎？」

終生？還爭取什麼終生？說不定再過幾個月，就是她的終生了。就好像她情願把自己的終生，託付給這個一點都不會辦事的庸碌之輩一樣……

幾乎是出於本能地，蕙娘也立刻為自己罩上了一張由嚴霜做成的面具。

「自出生以來，我錦衣玉食、頤指氣使，過的日子，在京城都是有名的舒坦。」她望著權仲白。「二公子，難道您真以為，這富貴是沒有價錢的嗎？」

對話至此，兩人的態度都已經明朗，根本就不可能說到一塊兒。焦清蕙固然看不起權仲白，權仲白似乎也根本並不太欣賞她的談吐。兩人四目相對，只得一片沈默。

過了一會兒，權仲白吐了一口氣，垂下頭輕輕地捏了捏眉心，他正要開口時，門口已傳來了怯生生的叩叩敲擊之聲，還有綠柱那低低的聲音——

「姑娘，老太爺已經在過來的路上了……」

清蕙也沒想到自己和權仲白之間的對話，你踩一腳、我踩一腳，居然滑到了這麼難堪冷肅的地步。說出心裡話，她心底是痛快的，可到底也有些微微的擔憂：還沒過門，關係就鬧得這麼僵了……

但她畢竟是焦清蕙，她是絕不會後悔的。

蕙娘一揚頭，又端出了對付吳興嘉的架子，和氣地吩咐權仲白。「一會兒出去，您就什麼都別說吧。要問您為什麼想同我單獨說話，您就說扶過脈，我其實沒什麼症候，那就成了。」

這份和氣裡的高高在上，連吳興嘉都聽得出來，權仲白哪還能聽不懂？他深深地吸了一口氣，竟是懶於作別，站起身便大步流星地走向門邊。

這倒出乎蕙娘的意料，她忙幾步趕上了權仲白，也不及細想，一把就拉住了他的手。

兩人手指一觸，蕙娘才覺出權仲白指緣粗糙，便覺得指尖一痛，好似過了電一樣，刺得她畏縮了一下，連權仲白的肩膀也為之一跳。她一時不禁茫然道：「這是什麼……」

「噢，是我手掌太乾了，」權仲白也是順口就回了一句。「冬日天又冷，就有光吒刺痛之類，不必放在心上。」

說完了這一句，兩人對視一眼，倒都有些尷尬：就和小兒拌嘴一般，本該兩邊撂了話，便彼此分手的，不想忽然來上這麼一段，倒顯得氣勢全無了……

還是蕙娘心裡有事，她迅速地撇開了這尷尬的氣氛，慎重地叮囑權仲白。「一定要照我的話說，不是康健無憂，而是沒有症候。」

見權仲白似乎懵懵懂懂的，還未解其中深意，她真是恨不得握住他的肩膀好生搖晃一番，聽聽那小小的腦子，在腦殼中會否晃得出聲響？這個人怎麼就這樣地笨、這樣地遲鈍，還這樣地不以為意?!

「今日你行為出奇，已經給我帶來太多煩惱了。」她只得沈下臉來，拿出了自己馭下時說一不二的態度。「總之按我的話說，必須一字不錯！」

權仲白再深吸了一口氣——蕙娘也看得出來，他在忍她的脾氣，這男人雖笨，可究竟也還是有些涵養的。他最終還是點了點頭，這才撇開蕙娘，回身出了屋子。

「讓世嬸受驚了。」權仲白寧靜似水的聲音，沒有多久就在外間響了起來。「小姪仔細扶過十三姑娘的脈象……卻毫無症候，是我多想了。」

他很可能不慣說謊——蕙娘猜得對了——這番一聽就知道是瞎扯的話，權仲白說得也不大流利，尤其在「毫無症候」四字上，更是有些咬牙切齒，好像恨不得喊進蕙娘耳朵裡，令她明白自己未曾說錯一樣。

蕙娘站在屋裡，轉了轉眼珠子，又見院子裡影影綽綽，有好幾個婆子好奇地望著這裡，她便略略側過身去，稍微避開了她們的眼神，又將全盤事仔細一想，這才垂下頭去，滿意地一笑。

不要說四太太，就連老太爺都是又好氣又好笑，也心疼媳婦虛驚一場，倒是把謝羅居鬧得雞飛狗跳的。「這個權子殷啊，行事還和從前一樣，到底是個名士態度，和一般循規蹈矩、庸庸碌碌的所謂名門子弟相比，行事就是更別出機杼。」

四太太知道公公的意思，她也沒怪權仲白，還是把錯往自己身上攬。「是媳婦膽子小，禁不得嚇，大驚小怪的，倒是驚動了您老人家。」

她不禁嗔怪地看了蕙娘一眼。「子殷就不說了，行事隨興那是出了名的，可妳怎麼也跟著鬧，還把綠柱打發出來了？雖說是光天化日之下，院子裡就有人看著，但畢竟是孤男寡女、獨處一室，就是名分已定，這也是不該的，更別說還沒換婚書呢……」

「兩家都是一言九鼎的人家，頭都點過了，那和換過婚書，也沒什麼差別。」老太爺為清蕙說話。「再說，妳的閨女，妳也知道，權子殷不是一般人，難道蕙娘就是一般人了？不一般配不一般，正好！」他促狹地衝著蕙娘擠了擠眼。「在屋裡待了那小半日，都說了些什麼？」

「也沒說什麼。」蕙娘有意又是一笑，她含糊其辭。「反正，就是說些閒話嘛……」

謝羅居的幾個丫鬟，不免就交換了幾個眼色，都偷偷地笑。

四太太一眼看見了，忙追問：「怎麼，難道妳們還知道不成？」

「我們是不知道。」能逗主子開心，這樣出彩的差事，一向是落在綠柱頭上的，她忍著笑給老太爺、四太太行了禮，瞅了蕙娘一眼。「就是院子裡經過的幾個婆子，都說權少爺出了屋子以後，十三姑娘瞧見她們，就把身子背過去，偷偷地笑了。」

這下子連四太太都忍不住微笑起來，老太爺更是樂出了聲，蕙娘也就乘勢垂下頭去不說話了。

老太爺見她害羞，就打發她。「人都見過了，去和妳生母說一聲吧，也和她道道喜，她也一定有很多話想問妳。」

把蕙娘打發出了屋子，他這才和媳婦商量。「既然雙方都見過了，聽妳說的，子殷一見蕙娘，眼珠子都要黏上去……我看，妳也可以準備準備，進了二月，也可以過媒人，請期下聘了吧。」

四太太點了點頭，不免也有幾分不捨。「抱在手上的日子，好似還在昨天，一展眼，她居然也要出門了……」她看了公公一眼，猶豫了一下，還是問：「去年才定了說親出嫁，事情也多，就一直沒能給她預備嫁妝……」

「這件事，我心裡有數的。」老太爺淡淡地道。「妳先只管置辦些家具、首飾，我們家就這麼兩個孫女兒，哪個孫女兒出嫁都不能委屈了。尤其蕙娘嫁進權家，能否立穩腳跟，與子喬將來都有很大的關係……妳也不要太儉省了。」

這個意思，是還要把蕙娘原本就應很奢華的嫁妝再往上提一個層次了。四太太輕輕地點了點頭，不再說話。

倒是老太爺又問了一句。「權子殷出來的時候，神色怎麼樣？都說了些什麼？」

「神色也看不出什麼，挺寧靜的。說他隨興，我看他還算有城府。」四太太便回憶著說。「先是給我賠了不是，接著說『仔細扶過十三姑娘的脈象……卻毫無症候，是我多想了』。」現在女兒不在跟前，不必顧忌蕙娘的臉面，她就偷偷地笑出了聲。「『毫無症候』這四個字，咬得還特別重，好像怕誰不信一樣……這個人啊，一看就知道，平時是很少扯謊的。」

可老太爺卻沒跟著笑。四太太笑了幾聲，有些吃驚，便度去一眼。這一眼過去，她怔住了——

老人家眼神悠遠，神色內斂，竟是儼然已經陷入了沈思之中……

第十八章

既然小倆口等不到婚後，婚前就要關著門說話，也就沒人去問當事人的意思了。四太太告訴蕙娘的時候，用的已經是打趣的口氣。「權子殷這個人，也是太好動了一點，聽說就是為了上我們家來扶脈，才硬生生把行程往後拖了幾天。才扶了脈，過幾天就去了蘇州……等他回來，也就可以辦你們的婚事啦！」

他要能說動權家反悔，蕙娘反而還佩服他了，現在這個樣子，她心底只有更看不起權仲白：自己家裡談不定，居然就逃到外地去了，真是個懦夫！

可當著一家子喜氣洋洋的長輩，她也不好把心思露出來：成功為蕙娘物色了這門樣樣都很妥當的親事，四太太固然是有大功告成之感，得意非凡，可最高興的人，那還當數三姨娘不過了。蕙娘要是嫁入何家，何芝生一旦中了進士，她以後要隨著丈夫宦遊在外，這是肯定的事。現在嫁進權家，起碼可以經常回娘家看看，彼此也有個照應。再說，權仲白功成名就，就是蕙娘也不能昧著良心，說何芝生的各色條件能比得過權神醫。如今蕙娘能說成這麼一門親事，三姨娘簡直容光煥發，一夜間都年輕了幾歲。

要說家裡有誰的笑容最勉強，那自然就是五姨娘了。從前蕙娘也不是沒有留意，可她沒往心裡去，但現在，她肯定不這樣想了。自己要是嫁了何家，那日後不在京城，要保持對娘家的影響，總是鞭長莫及。現在要嫁權家，日後自然是常來常往，五姨娘心裡不大高興，也是難免的事。

就是綠松都和蕙娘念叨。「您還沒出門，老太爺且還安康呢，她就開始往府裡安插人手了……就為了把這個家握在手上，真是什麼事都做得出來。」

藉著蕙娘親事定了，老太爺、四太太都高興的當口，五姨娘已經求准了四太太，把自己娘家一個兄弟收進府中做活，就安放在二門門房上做事。

蕙娘一時還沒空顧及太和塢，她最近實在是太忙了一點：自雨堂裡裡外外，現在是沒一個閒人，進了二月下旬，連孔雀都被接回來了——一來，石英的表現，依然是完美無缺；二來，五姨娘恐怕也不會再向自雨堂索要首飾了，但凡她還有一點眼色都能明白，現在的自雨堂哪有工夫搭理她。

一般名門貴女，從小開始留意置辦嫁妝的並不在少，比如文娘的嫁妝，這些年間就已經陸續齊備。倒是蕙娘情況特別，就定了要說親，沒出孝也不好給她辦，現在定了要出門子了，第一件事就是把自雨堂裡的各種貴重物事盤點一遍——這些東西，是肯定要帶到夫家去的，餘下自雨堂裡沒有的，就要往外置辦了。

「不要緊。」老太爺的話，四太太一直都是很當真的。「反正子殷在香山有個園子，就他一個人住，妳的嫁妝，要是國公府擺不下，一部分就堆到香山去，也是妥當的。」

雖說國公府占地廣闊，但四太太的擔心也絕非空穴來風。自雨堂裡光是上頭畫了各色故事、用來綳圍屏的輕紗都有一大倉庫，專用來隨時替換了炕屏，供清蕙閒著無事時看著打發時間的。還有她上百隻的貓狗、裝了幾間倉庫的各色衣服布料……至於家什，那就更不用說了。一般官宦人家花費大量心思蒐集打製，給閨女撐門面的紫檀家具，焦家雖然不多，可把幾間屋子都武裝一遍，那也是綽綽有餘的。四太太愁的不是不夠，而是還能再添置什麼？自雨堂裡實在是應有盡有，要想出一點缺憾來，可真是難了。

至於清蕙自己，她也沒有閒著，京中禮俗，初次見面，是要遞活計的。給夫家親戚的手工活可以由底下人代勞，但她起碼要給權仲白做點荷包之類的小件，因此四太太對她的女紅不再那麼放縱了，特地從焦家布莊裡調了兩個繡娘來，專教清蕙繡活……雖說要出嫁了，可她的待遇、鋒頭，在焦府卻始終還是無人能敵。

有人當紅，自然就有人眼紅。自從權仲白上門給蕙娘扶脈，這一個多月來，文娘都在花月山房裡「病」著。

家裡人都明白她的心事，非但四太太不給她請御醫，只令家常大夫來給扶脈，就是三姨娘還特別叮囑蕙娘。「妳也知道妳妹妹的脾性，時常泛酸的。最近，妳還是少和花月山房往來為好。」

文娘越是小心眼子，蕙娘就越要捏她，對三姨娘，她沒必要藏著掖著。「就這麼姊妹兩個，不相互扶持，事事還都要和我比，心眼不比針尖大……到了夫家，是要吃虧的。」

在蕙娘，文娘是她的親妹妹；可在三姨娘，文娘又不是她肚子裡爬出來的。她嘆了口氣，道：「就讓她酸一陣子也就過去了，太太都不說話，妳插什麼嘴呢？」

在這點上，蕙娘對嫡母是有些意見的，她沒有再說什麼，而是關切地問三姨娘。「最近太和塢的人，沒有給妳氣受吧？」

蕙娘訂親，對三姨娘來說，是好事，也不是好事。女兒終身有託、所託得人，三姨娘最惦記的一樁心事，終於有了結果，這一陣子她精神都好多了。可另一方面，蕙娘是定了要出嫁的人……當然，九十九拜都拜了，也不差這麼一哆嗦，有老太爺幾次表態、四太太特別關注，自雨堂的待遇沒怎麼下降，可清蕙還不瞭解這幫天生勢利眼的下人嗎？南岩軒看著一切如常，可到底衣食住行的規格有沒有縮水，就只有三姨娘和符山心裡清楚了。

三姨娘也沒有裝糊塗。「妳這還是想問承德的事吧？都和妳說了，就是和五姨娘談到往事，一時心酸起來，回頭掉了幾滴眼淚……我都沒往心裡去，就妳問個沒完。」

符山向蕙娘透出消息之後，蕙娘已經逼問了生母幾次，三姨娘都不肯露一點話風。可她越是這樣，蕙娘就越是生疑：三姨娘的性子，她再清楚不過了。雖然一輩子與世無爭，但也不是什麼水做的人兒，五姨娘就是揪著她去世的爹娘問，只怕都不能把她問成那樣……

可三姨娘就咬死了不說，她還真只能另想辦法，她也就不再逼問，而是換了個話題，同三姨娘說起。「文娘這樣鑽牛角尖，其實只是自誤。明日阜陽侯家有酒宴，那又是眾人齊聚的大場面，她不去，好些人家沒見著她，親事豈不是又耽誤了？也是十六歲的人了……」

「這哪有這麼著急的。」三姨娘不以為意。「才說了妳的親事，怎麼也歇一歇再說她的，怎麼，難道今年說不了親，家裡就要把她胡亂許人了不成？」

蕙娘眼神一沈，她沒接三姨娘的話茬兒，只是輕輕地搖了搖頭，低聲道：「其實，她應該自己更主動一點，爭取應下何家那門親的……」

今年春天來得早，才是二月中，便已經是花開遍地、蜂蝶爭鳴，庭院裡熱鬧得不得了。連風都似乎帶了南意，筋骨都是軟的，吹在人身上，像是一隻小手，軟軟地一路往下摸……

皐陽侯府裡自然也是鶯聲燕語、分外熱鬧。

蕙娘隨在母親身邊，被皐陽侯夫人握著手看了半天，眾人免不得又要誇她。「上回穿的錦襖，真正好看。今日妳偏又不穿它了，換了這一身，這條斜紋羅裙，樣式也好！」

也就是兩個月工夫，今日來赴宴的各家姑娘，十個裡有五個穿的全是深深淺淺的紫色，配著腰間捏褶的錦襖。蕙娘自己倒是又換了新衣裳，芙蓉妝羅裙，裁出八幅不說，褶內竟是以杜織粗素綢拼成，色用天水碧，同絢爛多彩的芙蓉妝花羅，在質地同顏色上都有強烈對比，行動之間，芙蓉花顫，彷彿真是生在樹上一般。

皐陽侯夫人嘖嘖連聲，親自拈起裙角細看了半日，便笑道：「上回在楊家，那條裙子我也見了，料子的確是難得，但也就是個料子了。今日妳這料子都是易得的，只難得這手藝。兩樣綾羅，如何拼得同一張布一樣，手藝、心思，都是奇絕了。」

又看看蕙娘的臉盤，她更滿意了。「真是也只有她這張臉，才配得上這條裙子了！」

阜陽侯張夫人是權仲白的親姨母，這一次下請柬，她特別帶話令蕙娘一道過來，也是再為權仲白相一相蕙娘的意思。雖說兩家消息保守得好，坊間還沒有傳言，但蕙娘對她，當然特別客氣。「不過是身邊丫頭隨意做的，您要是中意，回頭我讓她把模子送來。」

這份人情可不小，一群人的眼神都集中在張夫人身上。焦清蕙的衣模子，可不是那麼好弄到的……就是牛夫人、孫夫人、楊太太這樣的貴婦人，恐怕也沒有這份面子。

張夫人笑得更開心了，她衝著清蕙一擠眼，語帶玄機。「今兒就算了，我怕被生吞活剝了呢！以後我要看中了妳哪條裙子，我就偷偷地問妳要模子去。」

眾人都笑起來，話題也就不在蕙娘身上打轉了。

何蓮娘親自過花廳來，怯生生地把蕙娘挽到女兒家們那一桌去坐。出了長輩們的屋子，蓮娘頓時將那小女兒的害羞態度為之一收，活躍起來。「蕙姊姊，文姊姊今兒怎麼沒來呢？今年吃春酒都沒見妳，我們都當今兒還是文姊姊來，妳還不來呢！」

「她身上不好，就不來了。」蕙娘隨口說。

蓮娘眼珠子一轉，便壓低了聲音問她。「是不是妳開始置辦嫁妝了，文姊姊心裡又不高興，這就不和妳一同來了？」

這個小氣的名聲，都傳到別人家裡去了！雖說何蓮娘和兩姊妹都算熟稔，也比一般人更機靈一些，蕙娘仍是興起一陣不滿：文娘做人，實在是淺了一點！

不過，蓮娘竟這樣問，即使有用意在，也有些不妥當。她笑了笑，道：「要這樣說，她置辦了七、八年嫁妝了，我這七、八年間，還起得來床嗎？」

一如既往，蓮娘問話，一般都有她的目的，雖說蕙娘預先給她堵了一句，她還是不屈不撓地打探消息。「嘻，這可大不一樣！她置辦了七、八年，卻是斷斷續續、零零碎碎地辦，動靜就小嘛！可蕙姊姊妳這嫁妝置辦得都快驚動半個京城了，我要是文姊姊，我心裡也不舒服！」

似蕙娘這樣的身分，很多事不是她想低調就能低調得了的。就好比出嫁時的鳳冠霞帔，霞帔也就罷了，鳳冠總是要往外訂做的吧？要是一般人家，往老麒麟一傳話也就罷了，到時間自然首飾到手。可焦清蕙是一個鐲子、一雙耳環都能引起一陣漣漪的人，訂鳳冠這麼大的事，怎麼可能不洩漏消息？再有，物色各式花色的綢緞布疋、吩咐家具商行工房……略微懂得些世故的貴婦人稍微一結合消息，很容易就能推測得出來：這是焦家的十三姑娘開始置辦嫁妝了！

雖說這也許是未雨綢繆，按慣例提前置辦，可何家是有心人，最近四太太忙著，沒出來赴宴、文娘「病」了、蕙娘學女紅，一家人都有事。蓮娘幾次派人給蕙娘問好，都未曾見著蕙娘的面，就被管教嬤嬤給打發回去了。

就是這一次，蕙娘也沒打算回她的話，她輕輕地笑了笑，蓮娘看著她的神色，竟不敢再往下問，不禁一聲訕笑，這才又說起了吳興嘉。「這幾個月也難得見她，這還是頭回見面。本來年後說要選秀的，我們都當她一心預備此事呢。沒想到今年又不選了，要推到明年去……唉，她也耽誤了。」

吳家的心事，明白的也不止焦家一家。蕙娘倒沒想到這一次她還能和吳興嘉照面：上回受了如此奇恥大辱，按說她起碼得蟄伏了小半年，等眾人淡忘此事、不再說嘴了再出來應酬。至少，按她的性子，從前幾次在她手上吃了虧，就都是如此行事的。

不是冤家不聚頭，兩位貴女兩次出門，居然都撞到了一塊兒。蕙娘自然是氣定神閒——她明知嘉娘是最厭惡她這安詳作派的，私底下多次說過「一個庶女，倒以為自己是公主了不成？高高在上的，看誰都像是看她家的丫鬟」，在嘉娘跟前就越是淡然大度。一進廳，她同眾人寒暄一陣，又笑著同嘉娘用眼神打了個招呼，彷彿根本就不記得彼此間的不快，一邊在蓮娘身邊坐了下來。

有石翠娘在，任何小戲都不會缺少觀眾，別人還未說什麼呢，她先就和蕙娘招呼。「聽說蕙姊姊要來，我們都吃了一驚。一、兩個月沒見妳，還當妳在家一心一意地繡嫁妝呢！」一邊說，一邊就拿眼睛去看吳興嘉。眾人於是恍然大悟，立刻想起兩、三個月前的那場好戲。有些城府淺的小姑娘，眼神就已經直直地落向了吳嘉娘腕間。

出乎所有人意料，吳嘉娘的態度居然還很輕鬆，她一反從前的冷傲作派，倒有幾分學了蕙娘，態度寬和裡帶了一絲說不出的憐憫，輕輕一抿唇瓣，居然主動附和石翠娘的話頭，和蕙娘打招呼。「沒想到還在此處撞見了蕙姊姊。」

連蕙娘都難得地有幾分吃驚——就不說文娘少年好弄，鬧出的硬紅鐲子一事了。按母親說法，她和權夫人一唱一和，在宮裡可沒少給吳嘉娘下絆子，雖說不至於有什麼能被抓住的話柄，但吳家人又不是傻子，消息一旦傳出來，難道還不知道焦家人會是怎麼個說法嗎？即使選秀最終又拖了一年，實際上給吳嘉娘造成的損害並不算太大，但按她的性子，對自己只有更恨之入骨才是啊……

再說，太后、皇后親自給權仲白作媒，自己又開始置辦嫁妝……怎麼到現在何蓮娘還會旁敲側擊，一個勁兒地想知道焦家的心意？難道當時的幾個妃嬪回宮之後，竟是一句話都沒有亂說，還把這個秘密保持到了現在？

可她也沒工夫仔細琢磨，就已經被一群姑娘家纏上了，這些公侯小姐可不是吳嘉娘——起碼還守住了一個傲字，人前人後都和蕙娘不友好——在背後把她酸得都要化了，見到她身上的裙子，又全都來看。

「這怎麼縫得一點針腳都看不出來的？真是想絕了！」

吳嘉娘今天的裝扮，並無特別可以稱道的地方，手腕又被袖子遮得嚴嚴實實的，看不出戴了什麼鐲子。自然而然，她又一次被蕙娘搶走了所有鋒頭，可這一回——蕙娘心底暗暗納罕，她的神色一直都很鎮定，就連眼神都沒流露出一點不服。

席散之後，眾人三三兩兩地站在花蔭裡說話時，她甚至還主動踱到蕙娘身邊，同她搭話。「最近，蕙姊姊又成了城裡的談資了。」

還好，一開口，始終是忍不住夾槍帶棒，沒有一律柔和到底。要不然，清蕙還以為她同自己一樣，死過重生、痛定思痛，預備改一改作風了。

「也是沒有辦法。」她也報以客氣一笑。「外頭人說什麼，我真是一點都不知道。我就奇怪，她們怎麼這麼閒得慌呢？每做一件事，都要拿來說說嘴。」這擺明了是在說吳嘉娘，也算是對她的回擊。

吳興嘉莞爾一笑，倒並不在意，她悠然道：「畢竟蕙姊姊身世特別嘛……也就是這特別的身世成就了妳，不然，蕙姊姊怕是沒有今日的風光嘍！」

吳興嘉居然有臉說得出這話來！

以蕙娘城府，亦不禁冷笑。「這話妳也好意思說得出口？恐怕天下人誰都說得，就你們吳家人說不得吧！」

當年黃河改道，老百姓死傷無數就不說了，隨著焦家人一道殉身水底的，還有大小官員一百餘名，一夕全都身亡，在朝野間也的確激起了軒然大波。這樣的大事，總是要有一個人出來負責的，可河道提督自己都有分去吃喜酒，也早已經化作了魚肚食。現成的替罪羊死了，只好一個勁兒地往下查，查來查去，這個人最終就著落到了當時的都御史身上，而這個人，恰好就是吳興嘉的堂叔，去世的老吳閣老的親弟弟吳正。當時焦閣老已經因為母喪丁憂在家，對朝政影響力自然減輕，又還沒混到首輔地步，雙方角力未休，硬生生拖了一年多也未有個定論。就在這一年多裡，都御史本人已經因病去世，按朝廷慣例，他甚至還得了封贈……

也因為此事，連四太太都對吳家深惡痛絕。文娘一門心思羞辱吳興嘉，倒也不是她要炫耀財富，實在是為了討嫡母的好兒，這一點，蕙娘心底是明白的。就是她自己屢次下嘉娘的面子，其實也都是看母親的臉色做事……現在吳興嘉還要這樣說，她不勃然作色，倒像是坐實了嘉娘的話一樣：焦家別人不說，蕙娘是該感謝這一場大水的，不是這水患，也成就不了她。

吳嘉娘今日表現，的確異乎尋常，她雙手一背，沒接蕙娘的話茬兒，反而又笑著說：「唉，說起來，蕙姊姊，這嫁妝也不必置辦得這樣急啊！打牆動土，鬧出這麼大的動靜，不是又違了您的本心嗎？不是一時半會兒的事，大可以慢慢地辦嘛！」

這兩句話，看似毫無關係，可蕙娘能聽不明白嗎？先提身世，再提嫁妝，這就是赤裸裸地嘲笑蕙娘：就算條件再好又能如何？親事反而更難覓，三、五年內恐怕都難以出嫁，自然可以從容置辦嫁妝，就不用像現在這樣，鬧得滿城風雨，將來不辦婚事，反而丟人了！

看來，也就是知道了自己置辦嫁妝，肯定她是要說親出嫁，而不是在家守灶了，吳嘉娘才把這不知打了多久腹稿的話給說出來。難怪她今天氣定神閒，一點都不著急上火，原來是自以為拿準了自己的軟肋……

蕙娘瞟了嘉娘一眼，見她大眼睛一睞一睞，溫文笑意中，透了無限矜持——她心頭忽然一動，立刻就想到了母親的那幾句話——

「就告訴妳知道也無妨，吳家其實也是打了進退兩便的主意，若進宮不成……」

皐陽侯夫人是權仲白的親姨母，為了權仲白，她先親自上門來拜訪四太太，後又特別帶話令她出席今日的宴會，以便再次相看。她這個姨母，對權仲白一直都是很關心的。

看來，兩家保密功夫做得好，吳家手裡，還是年前的舊消息。

她便輕輕地笑了起來，反過來揶揄吳嘉娘。「嘉妹妹也是有心人，自己嫁妝還在辦呢，怎麼就惦記起了別人的嫁妝來？」

妳嫁妝來、我嫁妝去的，其實並不合乎身分，吳嘉娘那幾句話，說得是很輕的，可蕙娘的聲音就大了一點。

幾個早豎起耳朵的好事小姑娘立刻就找到了話縫，笑著聚到了近旁來。「什麼嫁妝不嫁妝的？是在說嘉姊姊的嫁妝嗎？」

吳興嘉今年十六歲，在京城年紀也不算小了，可現在都還沒有說定親事……說蕙娘難嫁，還真是應了蕙娘那句話——「別人都說得，就妳吳興嘉說不得。」

石翠娘人最機靈的，見吳興嘉雙頰紅暈，略帶一低頭，卻不說話，她眼珠子一轉，便笑咪咪地道：「噢，我知道啦！我說嘉姊姊今天怎麼來了——是家裡人把妳說給了皐陽侯家的小公子，讓妳給婆家相看來了？」

「妳可別亂說！」嘉娘忙道：「這可是沒有的事！」

不過，只看她面上的紅暈，便可知道即使不是給皐陽侯家，但是來讓人相看這一點，十有八九沒有猜錯。

幾個人一通亂猜，到最後還是何蓮娘憑藉超人的人際天賦拔得頭籌。「我知道啦！張夫人是權家兩位少爺的姨母，前頭權神醫的兩任少奶奶都是她作的大媒……」

嘉娘臉上輕霞一樣的紅暈，由不得就更深了一分。她雖也否認，又虎下臉來道：「淨這樣趣我！滿口的親事、親事，可還有女兒家的樣子嗎？」

石翠娘可不怕她。「我也是訂了親的人，哪裡就說不得親事了？嘉姊姊太古板啦，活像是五十年前的人！妳同權神醫郎才女貌，很相配呀，又有什麼不好意思的？」

這個小人精，居然就從嘉娘的臉色，已經猜出了答案。

吳嘉娘立刻就占盡了鋒頭，被一群小姑娘環繞著問權仲白的事——權神醫在深閨女眷們心中，一直都是謫仙一般的存在，這些小姑娘，沒有誰不在屏風後頭偷看過他的容貌，恐怕也有不少人作過關於他的白日夢。現在他又要說親了，對象竟還是從來都高人一頭的吳嘉娘，她們自然是又妒忌、又好奇，有無數的話想要問。嘉娘雖不勝其煩、不斷澄清，可臉上的紅暈，還是被問得越來越深，好似一朵「銀紅巧對」，被問成了「錦雲紅」。

蕙娘含著她慣常的客套微笑，在一邊靜靜瞧著。

她覺得有意思極了。

小姑娘們在阜陽侯的花園裡，也就遊樂了一個時辰不到，天色轉陰，似乎快要下雨，她們便被帶回了花廳裡——席面已完，也到了要告辭的時候了。

這一次進來，眾人看著蕙娘的眼神又不一樣，雲貴總督何太太和焦家熟，她先開了口。「十三姑娘，大喜的好事，虧妳也藏得這樣好。」她的語氣裡有淡淡的失落，但還算能夠自制。「要不是張夫人說起，我們是一點都不知道。妳母親該罰，已經喝過三杯酒了，妳也該罰！」

可惜，席面已撤，現在何太太手邊只有濃茶了。

眾人都笑道：「是該罰，焦家這朵嬌花，也是我們從小看大的，現在名花有主，卻還藏著掖著，好像是壞事一樣……焦太太，妳說該罰不該罰？」

四太太雙頰酡紅，居然有一絲醉意，她擺了擺手，握著臉頰不說話了。

倒是阜陽侯夫人心疼蕙娘，出來解圍。「這不是吉日還沒定嗎？不送帖子，難道還要特別敲鑼打鼓、走街串巷的告訴嗎？也是我不好，多嘴了一句——」她望了蕙娘一眼，臉上寫足了滿意同喜歡。「我自罰一杯茶，也算是替她喝過了，成不成啊？」

她是主人，眾人自然給她面子，都笑道：「罰可不敢，不過，您也喝一杯茶醒醒酒是真的。」

接著便又都連聲恭喜四太太。「真是天造地設！天作之合！」

又有湊趣的太太、奶奶高聲笑道：「確實，除了蕙娘，還有誰配得上權神醫這樣的人才！」

在一片賀喜聲的海洋裡，蕙娘用餘光一掃，先找到了吳太太——她倒還掌得住，沒露出什麼異狀。而後，在一群幾乎掩不住訝異的貴女群裡，她尋到了吳興嘉。

以吳興嘉的城府，此時亦不由得淺淺顫抖，那雙大得懾人心魄、冷得奪膚徹骨的雙眸，瞪得比平時都還要更大，從中似乎放出了千股絲線，恨不得全纏上蕙娘，將她勒斃。

如果說文娘的那雙鐲子，是給吳嘉娘的一記耳光，今日蕙娘音調上的一抬，才真正是把她踩到泥裡，給她上了一課，讓她知道了什麼才是真正的奇恥大辱。

可不論是她，還是石翠娘、何蓮娘，又能說得出什麼呢？蕙娘除了一句打趣之外，可什麼都沒有說啊！

蕙娘的笑容加深了一點，倒笑出了無限風姿。

「哎喲，是有喜事不錯！今天這笑得，比從前都深、都好看！」何太太已經沒有多少異狀了，還笑著主動帶頭調侃蕙娘。

在眾人的讚美聲中，蕙娘又衝著吳興嘉點了點頭，態度還是那樣，在友善之中，微微帶了一點居高臨下的憐憫。

第十九章

既然張夫人多了這麼一句嘴，權家、焦家即將結親的消息，也很快就傳遍了京城的上等人家，權家索性就請了張夫人再作大媒，上門正式提親，兩家換過庚帖，親事也就提上了日程。因權仲白去蘇州有事，婚期定得太近，他恐怕趕不回來，焦家也需要時間置辦蕙娘的嫁妝，婚期便定在第二年四月。雖還是緊了些兒，但蕙娘年紀也不小了，權仲白更不必說，因此這樣安排，雙方也都覺得恰可。就是蕙娘，也都鬆快了那麼一、兩分：她雖然女紅荒疏，但也能應付少許，這一年多時間，給權仲白做幾個貼身小物，那是盡夠用的了。

如今親事已定，焦家人事，自然而然也有所變化，第一個先告辭的是王先生。蕙娘出嫁之後，肯定不能再延請她過權家坐鎮；文娘僅會一、兩套防身拳腳，足夠強身健體而已，並沒有往深裡研習的意思；子喬就更不用說了，還小得很。她出門日久，思鄉之情也濃，便同四太太打了招呼，進了三月中，便要回滄州去了。

當時把王先生請上京城，他們家還是看在蕙娘承嗣女的身分才過來的。可這幾年王武備的官路也不能說太順，蕙娘對王先生是有點歉疚的。最後一天到習拳廳去，她便對王先生道歉。「受了您這些年的教誨，做學生的卻無以為報……令您虛度光陰了。」

「還沒有恭喜過姑娘。」王先生還是笑咪咪的，她拍了拍清蕙的肩膀。「這幾年在京城，我也算是享過了人間的榮華富貴，遊覽過了京畿的名勝古蹟，又教了妳這麼一個學生，現在妳終生有靠，雙方緣盡，也是皆大歡喜的好事。妳做這個樣子，我倒要不高興了。」

蕙娘別的不說，在習拳廳裡卻的確是個好學生，同王先生也很投緣，她難得地將不捨放在了面上。「一定日日按您的吩咐練拳不輟，可惜，我天分有限，用心也少，並沒能把您的衣缽全盤繼承下來……」

「繼承我的衣缽做什麼！」王先生不禁失笑，看著清蕙花一樣的容顏，心底也不是沒有感慨：自己才過京城來的時候，她還沒到大人腰高，那樣小的年紀，馬步一扎就是一下午，從睜眼起，課程一直排到晚上，她卻從來也不叫苦……自己少年喪夫，沒有子女，比起十幾年沒回的滄州老家，倒是清蕙更像她的子姪輩。「妳這個身分，一身橫練功夫，那也不像樣子。總之師徒一場，以後四時八節，別忘了我老婆子，也就算是沒白教妳一場了。」

清蕙身分尊貴，她雖然不在王先生跟前擺架子，但王先生自己說話也很注意，這樣親暱而威嚴的師長口吻，她是很少出口的。清蕙眼圈兒也有點泛紅了，道：「那是一定，您也知道，我老師雖多，可手把手教了這麼長時間的，也就您一個了。本來……您還能早兩年回鄉的，是我沒捨得，強留了您這一段時日。實在是家裡人口雖多，可像您這樣真心待我的，也沒有幾個……」

王先生多少也有收到風聲：蕙娘從小受到許多名師教誨，也就是從三年前焦四爺去世之後，這些名師也都有了新的去處。這孩子當時一句話都沒說，唯獨向祖父求了情，還是把自己給留下了……

即使她飽經世故，面對蕙娘的拳拳情誼，也的確有所觸動，竟難得地吐出了真心話來。

「我知道，妳這幾年心裡也不好過。其實妳祖父還是因為疼妳，把妳留在家裡，妳的路要難走得多……」不過，其實就是出嫁了，按權家在道上的風聲來講……王先生眉頭一蹙，又道：「妳也不要多想了，哪個女兒家不是嫁人生子？天要這樣安排，一定有天的道理。將來在夫家要是受了委屈，有用得上師父的地方，妳就只管往滄州送句話。」她語帶深意。「妳師父別的不敢講，道上還是有幾分面子的。」

習武的人，很難有不涉綠林的。王先生的公爹在河北省道上似乎很有威望，她本人的拳腳功夫也有一定名氣，這個蕙娘心裡有數，只是她從不和王先生談這個……這不是她這種身分的人可以接觸的話題。但她不明白，自己在權家會有什麼遭遇，竟可能要尋求王先生的幫助？聽王先生話裡的意思，權家和道上似乎還有一定的連繫……

「那我也不會客氣。」蕙娘也沒有細問，她笑了。「師父明白我，我臉皮最厚了，要求您的時候，絕不會繃著不開口的。」

王先生不禁望著清蕙一笑。「是啊，以妳為人，在權家，怕也受不了什麼委屈！」

師徒兩人玩笑了幾句，清蕙送走王先生後，便去小書房陪老太爺斟茶說話。

進了三月，朝中按例平靜了下來：今年暖得早，各地春汛，水患肯定是大問題。朝廷有什麼紛爭，都不會在這時候出招。老太爺也就難得地得了閒，可以經常在家辦公，而不至於一定得守在內閣。自從親事定了，只要老人家在家，他就都時常令蕙娘在左右陪侍。政務上的事，老爺子有成群幕僚幫辦，還輪不到蕙娘開口。她自小受的教育，在政治上也只到看得懂這個層次，並不需要學習各種攻防招數。她和老爺子，也就是說些家常閒話，再議論議論各世家的勾心鬥角、興衰得失而已。

今天她順便就問祖父。「聽王先生的意思，難道權家還和道上有往來不成？」

「他們家做了幾代藥材生意了，」老爺子倒不以為意。「賣砂石、賣藥材、收印子錢……這些生意，都一定要黑白通吃，起碼兩邊關係都要能處得好。滄州出護院，也出打手，又是水陸集散碼頭，權家不說背地裡支持個把幫會，同當地一些堂口肯定也有特殊關係。」

要真只是這樣，王先生也未必會這麼說話。蕙娘秀眉微蹙，把這事也就擱到了心底：按她身分，過門一、兩年內，恐怕也接觸不到權家的生意。王先生這麼說，多半只是未雨綢繆。

「這倒是提醒了我。」她就笑著同祖父撒嬌。「他們家門第高，下人的眼睛，肯定只有更利的。您得勻給我幾個可心人……我的陪房，我要自己挑。」

以蕙娘的性格，會如此要求真是毫不出奇。老爺子反倒笑了。「不是妳自己挑，難道還要我親自給妳挑？妳母親可不會操這個心。」

焦家人口少，彼此關係和睦。這麼多年來，老爺子一雙利眸什麼看不明白？可說四太太，也就是這麼一句話而已。蕙娘沒接這個話茬兒，她給祖父出了難題。「真的我挑了誰您都給？那我要是挑了梅管事，您可不就抓瞎了？」

「妳在權家的日子，頭幾年也不會太容易的。」祖孫說話，無須大打機鋒，老爺子也就不和孫女繞圈子了。「這一點，我知道妳心裡有數。權家很看重嫡出，權家大公子成親多年了，膝下還空虛著呢，不要說嫡子，連嫡女都沒有一個。妳過了門要是生育得早，在妳大嫂跟前就更艱難了。她也是權家精挑細選的，永寧伯林家的小姐，林家三少爺的親姊姊……沒幾個能人幫著，妳能被她活吃了。」

也就是因為如此，蕙娘才要特別給祖父打招呼：巧婦難為無米之炊。她再千伶百俐，底下人不趁手，在夫家也還是要處處受到掣肘。這一番挑陪房，肯定是要從焦家帶走一批能人的，究竟帶走多少，還要看焦家陪嫁過去的產業，規模到底有多大了。

但她今天要問的也並不是嫁妝的事，蕙娘猶豫了一下，還是往下盯死了問。「那您真能把您的左膀右臂都給我？您就不會捨不得呀？」

老太爺被蕙娘逗笑了。「是妳金貴，還是那群管事金貴呀？除非妳要把焦鶴陪過去，那不能答應妳，他年紀大了，也不好再折騰，不然，還有什麼東西，是妳從我這裡撬不到的？」

這倒是真的，老太爺從來不大收藏古董的人，就因為蕙娘學琴，這些年蒐集的天下名琴，也已經有十多架了。焦家的規矩，就沒有蕙娘破不了的。要幾個人，又算得了什麼？

蕙娘也就直說了。「鶴叔我不敢要，他還把著家裡的弦兒呢。倒是梅叔……您就把他給我帶過去吧。有他，以後在權家，我要辦點事，也就方便、放心了。」

焦梅雖然不比焦鶴多年功勞，但這幾年來上位很快，因辦事能幹，闔家又都在府中做事，沒有外頭的親戚。隨著焦鶴年紀的增大，有一些他手上辦著、半隱密半公開的事情，也就交代到了焦梅手上。如無意外，等焦鶴徹底退下去養老之後，他似乎是可以上位為焦府大管家的。

老太爺眉毛一動，看得出是有幾分吃驚的——蕙娘這個要求，有點不恰當了，不像是她一貫的作風。

「五姨娘終究是小門小戶出身，比較嬌慣喬哥。」蕙娘便坦然地道。「將來您要是退下來了……娘又不管事，焦梅的弟媳婦就是子喬的養娘……把他放在焦家，倒不如放在權家，各方面都能更放心些。」

明面上，蕙娘是想要透過胡養娘對子喬的教育施加影響，免得四太太不聞不問的，由著五姨娘把子喬給慣得不成樣子。可老太爺幾乎用不著回味就聽出來了：焦梅和胡養娘，一在外宅，一在內院，都是身居要職。自己還在的時候，一切好說，他們肯定作興不出什麼花樣來。可要自己去了以後呢？主幼僕強，始終不是長久之計……倒是把焦梅陪到權家去，由蕙娘親自控制，才能發揮他的才幹，又避免了將來可能的不快。

「有妳在，祖父就不用操心家裡的事了。」他舒心地嘆了口氣。「這麼辦，我看很好。」

「這件事，您就讓我告訴他吧。」蕙娘垂下頭，給祖父斟了一杯茶。「焦梅是個能人，要降得他心服口服，少不得也要費些心機。」

老太爺笑了。「這是自然，也得讓他稍微嘗嘗妳的手段。妳放手去做就是了。」他又問：「聽妳這麼一說，五姨娘倒有慣著喬哥的意思了？」

像焦家這樣的人家，起居作息都有嚴格的規矩，就算焦子喬在太和塢跟著五姨娘住，五姨娘也不能想怎麼擺布他就怎麼擺布他，就是過分寵縱一點，太和塢裡的老嬤嬤們自然也會提點。再說子喬還小，始終是生母照看得最精心，這兩年多來，老太爺對五姨娘的表現，大體上也還算是滿意的。

「那倒還不至於。」蕙娘倒為五姨娘分辯了兩句。「始終家裡就這一株獨苗了，大家都是戰戰兢兢的，唯恐出一點錯。有時候，難免行事緊張了一點。」

話裡藏了玄機，老人家若有所思，沈吟了一會兒，也嘆了口氣。「以和為貴吧。家裡人口已經夠少了，妳對文娘的做法就很不錯，能留面子，還是互相留一留。」

老人家這番話，並不出乎蕙娘的意料。五姨娘怎麼說也是焦子喬的生母，要想學漢武帝「立子殺母」，老太爺早就這麼辦了。就算只是為了個吉祥意頭，只要五姨娘不觸犯到老太爺的逆鱗，就算招惹老人家不悅，能保，還是會保住她的。

有談陪房這個小插曲，蕙娘在小書房裡就待得久了一點，出門的時候天都有幾分黑了，屋簷底下還有數位管事正耐心等候。見蕙娘出來，他們這才魚貫地進了裡屋預備回事，還有人獻殷勤。「奴才領姑娘出去？」

「不必了。」蕙娘笑著擺了擺手——自雨堂裡專管著她出門抬轎的一位老嬤嬤，已經被喚進了院子裡，為她打起了燈籠。

暮春時分，院內暖房開了窗子透氣，風裡也帶上了花香，蕙娘走了幾步，忽然瞧見院內一叢峨眉春蕙居然開了花，她不禁停下腳步，踱過去細看，口中還和那老嬤嬤笑道：「今年算開得早了，從前年年都在四月開花，性子慢著呢——」

話剛說到一半，她又怔了一怔，視線還黏在盆邊，過了一會兒，才慢慢地抬起眼來。

焦勳便正站在花木之間，這一處恰好有一盆大葉花木，如非那雙青緞官靴無意間闖入蕙娘視野，她幾乎沒有意識到他竟也在院中。

想必是從蕙娘的反應裡，他已知道自己被察覺了，焦勳輕聲解釋道：「明日就要回鄉了，奉老太爺召見，也是來辭行的。」

他沒叫她姑娘，也沒有行禮，似乎是仗著自己的身形被花木遮掩，老人家看不分明，臉上的神色，竟十分複雜，似乎大有文章在。

蕙娘的視線又不禁往那叢峨眉春蕙上沈了下去。

這一叢蕙蘭雖然亭亭玉立、淡雅出塵，但花種不甚名貴，如非暗合了她的名字，小書房裡是沒有它的容身地的。當時到手也是巧——

她陪父親去潭柘寺療養，在僧房前看著方丈親手植蘭，看得興致盎然，打從心底喜歡，卻又不願出口討要。還是焦勳走來，笑著對老住持說：「這是峨眉春蕙吧？倒是恰巧合了我們家姑娘的名字。」

老和尚還有什麼不明白的？秋天就送了花苗來。連老太爺都笑了。「既然是妳要來的，那就種在自雨堂裡吧？」

小蕙娘卻要把它種在祖父院子裡，她親自拿了小鏟子，焦勳拎著花苗，兩個人頭碰頭掘著土，那時候她才剛十歲，焦勳卻已是十五、六歲的少年郎了。她挖了幾鏟子，便抬頭去看焦勳。

焦勳也正好看著她，在蕭瑟的秋風裡，他眼中的笑意更顯得暖，蕙娘鬢邊有一絲髮被秋風吹起來，拂過了他白玉一樣的臉容……

兩個人的眼神撞到一塊兒，小蕙娘又垂下頭去，她拿起鏟子，有一下沒一下地戳著土，輕輕地問：「傻子，知道為什麼把它種在這兒嗎？」

這一問，當時焦勳並沒有答，它像是沈在了土中，漂在了葉間，藏在了花裡……

直到此刻，伴著盛放，又一次浮上了蕙娘心間。

「傻子，知道為什麼把它種在這兒嗎？」她又抬起眼來，望向了焦勳。

焦勳一句話都沒有說，可他的眼睛說了話，他分明也想起了，他分明正用自己的神色作答：他是知道的，他一直都知道。可現在，他已經不能答了。就好像她也不能問了，她不能問他「你恨不恨我？連京城我都不讓你待了」，她不能問他「日後，你會去向何處？」，甚至連「平安」兩字，她都不能出口，連一點細微的神色，她都不能變化。

她只能望他一眼，連多一眼都不能夠。身後小書房的窗戶，就像是祖父的眼睛，正一眨也不眨地盯著她的背影……

蕙娘退了一步，連一句話都沒有說，便轉過身去，衝著柱子一樣站在道邊的老嬤嬤輕輕地點了點頭。

老嬤嬤便又為她抬起了燈籠，讓這一點小小的光暈，照亮了她腳下的路。她舉得很小心，就好似這方寸天地間，最著緊的，也不過就是這雙金貴的秀足，將要邁出的腳步。

焦勳一路目送十三姑娘娟秀的背影融進了淡金色的夕陽裡，直到再也望不見了，他才低下頭去，抹了一把臉，便重又踱到廊下，若無其事地等候著老太爺的召喚。

老太爺讓焦勳陪他吃晚飯。

一般在焦家，也只有十三姑娘能經常得此殊榮。此外，能進小書房來陪老太爺用飯的，也就只有他多年的智囊幕僚，還有看重的門生弟子，又或者是他要拉攏的焦派幹將了。焦勳今天能得這個待遇，想必此後府中，會給他臉色看的人，也必將更減少許多。

不過，都是要走的人了，府中人事，已經很難再令焦勳用半點心思。就連老太爺這反常的抬舉，也很難換來他的受寵若驚。

他倒是主動和老人家提起。「知道十三姑娘今兒過來陪您說話，我雖到了院子裡，卻不敢在牆根下候著，沒承想還是撞見了一面。」

老人家看了他一眼，被重重皺紋包圍的雙眼輕輕一睞，似乎有一分笑意，又似乎也有些感慨。他似乎滿意於焦勳口吻中的淡然，便沒搭理焦勳的話，而是命他：「大口吃飯，我看人吃得香，自己才有胃口。」

焦勳便搬起碗來，往口中填了一口飯，才一咀嚼，他眉頭就不禁一皺。

老太爺看見了，笑得更促狹。「噎著了？噎著了就喝口湯。」

焦家豪富，即使是下人，吃用也都精緻。以焦勳的特殊身分，他的衣食住行並不輸給一般富家的少爺公子，雖然不是沒吃過苦、受過磨練，但還真沒吃過這麼乾巴巴、粗拉拉的米飯……他日常吃的，都是進上的貢米。

「您這是故意考校我。」他便苦笑起來，順著老太爺給的話口說。「可也不至於特意備這一份米飯吧？您不是也——」

老太爺端起碗來，居然也吃了一口糙米飯，他津津有味地嚼了幾口，又挾了一筷子青菜。「專心吃飯，不要說話。」

這一桌子的粗茶淡飯，真正是粗茶淡飯。青菜雖甜，可缺油少鹽，吃著沒味，老豆腐也一股豆腥味，一桌子都見不著葷腥。焦勳吃得很痛苦，他無論如何也做不出大快朵頤的樣子，勉強嚥了半碗飯，便放下了筷子，恭恭敬敬地看著老人家用飯。

焦閣老卻吃得很香，他細嚼慢嚥，吃了小半碗米飯，還給自己打了一碗芸豆湯喝了，這才愜意地嘆了口氣。「咬得菜根，百事可做。宮中教導皇子、皇女，每年夏五月，是一定要吃幾頓菜根的。可那拿高湯澆熟的蘿蔔，哪裡能得到山野間的真趣呢？我一吃這飯啊，就想到從前……」

即使是在家裡人跟前，焦閣老也很少提從前的事。焦勳心頭一跳，面上卻不露聲色，聽焦閣老慢慢地講古。

「那時候蕙娘、文娘的祖母還在，我們去山裡賞春，不巧下了雨，被困在山裡過路人常住的小屋。屋裡有些菜米，卻無葷腥，她帶著丫頭好歹對付了一頓出來，孩子們吃幾口就吃不下了，要等底下人送飯過來，我吃著卻覺得要比大魚大肉更有味。蓼茸蒿筍試春盤，人間有味是清歡……」他的聲音低沈了下去。「嘿嘿……人間有味是清歡。」

焦勳不知說什麼好，他挺直了脊背坐在桌前，神色略帶得體的同情。焦閣老看在眼底，也不禁有些感慨。和蕙娘一樣，都是竹子做成的脊骨，什麼時候，都坐得柱子一樣直……

他嘆了口氣。「你老家安徽，可家人都死絕了，連三親六戚都沒有。這一次，不打算回安徽去了吧？」

安徽當地文風很盛，焦勳要打算走科舉之路，在安徽，不如在西南、西北一帶入考好些。焦閣老會這麼說，肯定是能幫他把戶籍辦過去的，這點小事，對他來說也就是抬抬手的事。

可焦勳卻沒有順著杆子往上爬，他點了點頭，雙手扶著膝蓋——即使是在閣老跟前，他也保留了一絲從容。「是不打算回安徽去了，若您沒有別的安排，我想去廣州。」

焦閣老一抬眉毛。「你是想摻和到開埠的事裡去？」

「是想出海走走。」焦勳安靜地說。「我這個身分，一旦入仕，終究免不得麻煩和議論。將來十三姑娘出嫁後，也許會為此受夫家臧否，也是難說的事。再說，僕役出身的人，走官道，限制也實在是太多了點。」

識得眼色，自己先就做到十分，令人真無從挑剔。

即使深明焦勳的底細、秉性，老人家依然一陣欣賞寬慰：還是和從前一樣，焦勳做事，也是用不著人擔一點心的。有些事，自己不好做得太過分，免得落了下乘，他自己能夠明白，那就再好也不過了。

他也沒有再說什麼，只是沈沈地點了點頭。「你是你鶴叔從小帶大的，走到天涯海角，也不要忘了他的情誼。」

「再造之恩，怎會忘懷呢？我連一件衣服都是養父給的，」焦勳眼睫一動，他抬起眼來，平靜地迎視著焦閣老，唇一扭，便露出一個笑來。「這份恩，即使肝腦塗地，也是一定要報的！」

有了這番表態，焦閣老也沒什麼好不放心的了……焦家對他，只有恩，沒有怨。焦勳能明白這點，不至於給焦家添了麻煩，放他出去，也是海闊天空，大家都各得其所。

老人家點了點頭。「你要出海，我不攔著你，能多看看走走，也是好事。」他語帶深意。「蓼茸蒿筍試春盤，人間有味是清歡。富貴地，有富貴地的好，山野處，也有山野處的清歡。」

送走了焦勳後，他抽出了一張花票。

這是宜春票號開出的銀票，上頭寫了焦鶴的名字，蓋了老太爺的私印，還有焦鶴本人的畫押，花花綠綠的，很是好看。

老太爺翻來覆去看了半天，似乎是在看數位，又像是在看印泥，好半晌，他才敲磬喚人。「把這張票子給你們鶴大叔送去。」

第二十章

送走了王先生，蕙娘還是維持了練拳的習慣，只是改在了自雨堂的院子裡，習拳廳也就跟著荒廢了下來。等張夫人上門正式為權家提了親，四太太就和蕙娘商量。「倒不如索性還是空置著，等妳們姊妹都出門了，喬哥也長大了，便請了先生來，讓喬哥照舊過去練拳。」

這個習拳廳，幾乎是依附於自雨堂所設。從太和塢過來，可說是山高水遠，一點都不方便，問的是習拳廳，實則還是在詢問蕙娘的態度：在她出嫁之後，自雨堂恐怕要挪給弟弟居住，就看蕙娘大方不大方，能否點這個頭了。

嫡母都開口問了，蕙娘還能怎麼說？她反而主動把話題挑開了。「這自然是好的，要這樣說，太和塢也比不上自雨堂舒服，等我出了門子，便令文娘在這裡住上幾年，等文娘出了門呢，剛好喬哥也就到了能練拳的年紀了。」

按說蕙娘又不是遠嫁，按一般人家的做法，她的院子是該封存起來，留待她回娘家時居住的。不過自雨堂在焦家地位超然，當年興建時，特地在屋簷上鋪設了來回溝曲的流水管道，不但特費物力，且夏日還需在附近安設風車，佐以人力車水，堪稱靡費。即使是老太爺的小書房，都沒有這種架構，不願空置也有道理。可按排行來說，怎麼也要讓文娘住上幾年，才算是照顧到了她的小性子。

四太太會問她這個，肯定是出於五姨娘的攛掇。被蕙娘這麼一說，她倒有幾分尷尬。「還是妳想得周到，不然，妳妹妹又要鬧脾氣了。」

自從正月裡到現在，兩個多月了，文娘還一直「病」著，平時除了偶然到謝羅居給母親請安，竟是絕不出花月山房一步。四太太和蕙娘也都忙得很，蕙娘已經有一個多月沒見到妹妹了。要不是今天嫡母請她過來，她本來也打算去花月山房坐坐的。現在有了這麼一個好消息，蕙娘倒不急著過去了，從謝羅居出來後，她便進了南岩軒，和三姨娘吃茶說話。

「兩家已經是換過婚書了吧？」三姨娘不免多問幾句婚事。「前兒聽說阜陽侯夫人上門，想必就是為了這事，可太太沒開口，我也就沒有問。」

「就是來送婚書的。」蕙娘說。「太太最近忙著看家具樣式，都沒心思管別的事了，也許就忘了同您說吧。」

「五姨娘也時常和她說話。」出乎意料，三姨娘居然主動提供了太和塢的動靜。「子喬一天大似一天，明年這個時候，也可以開蒙了。五姨娘也是著急想為他物色幾個開蒙的好先生，文的武的，最好都能從小學起。」

是著急於為焦子喬物色先生，還是想著趁蕙娘出嫁，渾水摸魚地為太和塢爭取一點好處，那就是見仁見智了。蕙娘微笑道：「到底是生母，闔家老小，就數她一個人最擔心喬哥了。」

三姨娘瞅了女兒一眼，明白過來了。「太太同妳說起自雨堂的事了？」

她不禁也是嗟嘆。「還以為那是能住一輩子的地方，當年真是造得精心。可惜，就是能把房子陪過去，管子也是挖不走的，不然，給妳帶到夫家去倒好了，也省得白費了當年老太爺疼妳的一片苦心。」

聽鑼聽聲，聽話聽音。三姨娘自己受委屈，從來都是能讓則讓，以和為貴。可蕙娘的自雨堂一遭惦記，她話裡話外，就也護上短了。蕙娘自己心底也明白著呢：孔雀剛回自雨堂的那幾天，在屋裡頗有些站不住腳，要不是三姨娘見天打發符山來給她送東送西、噓寒問暖的，她身邊的幾個能人，還沒那麼快消停。

「造價這麼貴，白空著也是可惜。」她說。「先讓文娘住兩年吧，等文娘出了門，那就隨喬哥怎麼折騰了。」

「那麼小的孩子，他懂什麼人事啊！」三姨娘嘆了口氣，突發奇語。「我看，等妳出了門，我索性住到小湯山去，也省點心，就把地方讓給她折騰吧。」

焦家在承德、小湯山都有別業。雖說肯定是比不上城內府邸的善美，但勝在清靜，三姨娘這樣的身分，在別業裡反而更享福，至少不必天天早起去謝羅居請安，自己也能嘗嘗主子的滋味。

可這話聽在蕙娘耳中，又有些不對勁了。三姨娘的性子，她是知道的，並不以奉承四太太為苦。說句實在話，她一輩子經歷坎坷，平時並無太多愛好，也就是能和四太太說得上話了。在京郊別業裡住著，長天老日，也是無聊……

她掃了三姨娘一眼，也不多試探，冷不防就是一問。「上回在承德，五姨娘和您說的就是這話？」

話趕話說到這裡，三姨娘發發感慨，想要住到外頭去，其實也可以視作是對五姨娘的抱怨。可讓蕙娘這一問，她卻先是一怔、一驚，片刻後才笑了。「她哪會這麼說？這不等於和我撕破臉嗎？老爺子、太太還在呢，家裡的事，哪是她那樣的身分可以作主的。」

可這話，瞞得過別人，卻瞞不過她肚子裡爬出來的蕙娘。從小跟在祖父身邊言傳身教，也不知偷偷地見過多少高官，旁觀了多少次人間龍鳳鬥心眼子。察言觀色，是她的強項，三姨娘又是她的生母，這話要還能騙得過她，焦清蕙也就不是焦清蕙了。五姨娘肯定不會傻到落人口實，明目張膽地把話給說出來，但彎彎繞繞、曲曲折折地暗示三姨娘幾句，吃準她息事寧人的性子，恐怕還是有的。有焦子喬在手，三姨娘肯定不願意得罪她。蕙娘還不明白三姨娘嗎？要是知道南岩軒受了委屈，自己少不得和太和塢衝上，為了不給女兒添麻煩，別說是住到承德、小湯山去，就是從此吃齋唸佛，不出南岩軒一步，恐怕三姨娘都是情願的……

她輕輕地哼了一聲，卻並未流露出多少情緒。「她要還記得自己的身分，那就好了。就是她不說，我也打算告訴太太，自雨堂終究是要留給子喬的……可這地兒，只能由我賞給她，她可別想從我這裡搶過去！」

還是這麼傲的性子……三姨娘啼笑皆非，要勸蕙娘，又不知從何說起，她也怕說多了，蕙娘又要盤問承德的事，自己今日試探過一句，反而被她抓住線索反過來逼問，已經有些亂了陣腳，便索性打發蕙娘。「去花月山房瞧瞧妳妹妹吧，現在親事定了，妳也該和她和好啦！」

的確，現在兩邊名分已定，再無法反悔，蕙娘除非未出嫁前死在家裡，不然這輩子也就是權家的人了，有很多事，也該到了收網的時候。

蕙娘還是沒去花月山房，而是直接回了自雨堂，同丫頭們閒話。「還想令太太給我看一眼呢，這輩子什麼都見過了，就是沒見過婚書是怎麼寫的。」

會這麼說，肯定是兩邊已經換過婚書，親事再不能改了。綠松第一個恭喜蕙娘。「聽說權神醫在香山有個園子，比我們家還要大、還要好。我隨著姑娘，竟還能見識比家裡更好的地兒了。」

對一般人家來說，權仲白那個藥圃也的確很是誘人。近在香山，占地廣闊……要是不耐煩和妯娌們應酬，躲在小園成一統、管他春夏與秋冬，這的確是很多少奶奶嚮往的境界。

蕙娘心情似乎也不錯，她點著綠松的額頭，和她開玩笑。「就不讓妳跟著過去，把妳嫁在家裡！」

這一群丫鬟，和蕙娘年歲都差不離，主子訂了親，她們沒幾年也是要出嫁的，聽蕙娘這一說，都紅著臉笑了。

「姑娘要是捨得，就都把我們嫁在家裡，您光身過去吧！」

「想得美！」蕙娘也笑著抬高了聲音。「就是嫁了，也得跟我過去——」她掃了石墨一眼，加重了語調。「放心吧，我已經和祖父說好了，妳們全都跟著陪過去。到了那邊服侍我兩年，再說婚嫁之事。好歹跟了我這麼久，也不能讓妳們沒了下場。」

石墨面上頓時現出喜色：跟著姑奶奶嫁出門的陪房，事實上從此已經算是夫家的下人了，她的婚配，也自然是主子作主，即使是親生父母，也沒有求到姑奶奶頭上，讓她往回嫁的道理。只要胡養娘之子未曾陪到權家，以蕙娘的性子，她的好事十有八九便可以成就了！

等眾人散了，她特地留下來給蕙娘磕頭，又不肯說為什麼，只含含糊糊地道：「姑娘受累了。」

蕙娘要陪房的事，根本都還沒有傳開，想必以五姨娘的見識，也根本就沒把這事放在心上：到了該放人出去成親的時候，同蕙娘打個招呼，在她看來肯定是手拿把掐的事。畢竟這幾個月，自雨堂對太和塢，一直都是很客氣的。說起來，蕙娘還欠了她一個人情呢。石墨最關注這事了，肯定不至於不清楚五姨娘的動向，她留下來給蕙娘磕頭，多少還有些敲磚釘腳的意思，想讓蕙娘發個準話，那她的親事就準成了。

這些大丫頭，真是沒一盞省油的燈，都是瞅準了她的性子使勁兒……蕙娘看她一眼，沒有好氣。「起來吧，做張做致（注）的！虧待了誰，還能虧待了妳？要把妳給虧待了，妳往我飯食裡加點什麼，那我找誰哭去？」

這話多少有幾分故意，不過，石墨笑嘻嘻的，即使在蕙娘的銳眼看來，她也都沒有一絲不自在。

「我知道姑娘疼我……可這事沒定下來，我心裡真是懸得慌。」

這個圓臉小丫鬟扭扭捏捏地瞅了蕙娘一眼，又垂下頭去。「姑娘，再向您求個恩典唄？他現在在府外做些小生意，因不敢打我們家的招牌，日子也不大好過，比起府裡管事，出息就差了，因為這個，我爹娘心裡有話說呢！您也知道，我家裡人口多，不比孔雀姊姊，自己就是個小姐……」

「求我就求我，妳還村孔雀。」蕙娘不禁一笑。「她白和妳好了！」

石墨的嬌憨，有點文娘的味道，理直氣壯得沒上沒下，可被蕙娘一嚇，她又軟了。

「我、我就隨口說說，您可別告我的狀……」

蕙娘先不說話，等被石墨求得渾身發酥了，才望著指甲，慢慢地道：「知道啦……不就是錢嗎？他能不能進來，我不好說。在家得看太太，過門了還得看那邊的太太，不過，家裡的人，也就是一句話的事。妳爹娘年紀都還不大吧？」

石墨登時驚喜地瞪圓了雙眼。「姑娘您的意思——」

蕙娘唇角一翹，微微點了點頭。「這幾個月，妳小心當差，別叫妳那些千伶百俐的姊姊妹妹們挑剔出妳的毛病來，到時要抬舉妳，倒不好抬舉了。」

石墨的父母在府中沒有太多體面，尤其她母親沒有司職，家庭收入是不大高。能跟著過

注：做張做致，意即裝模作樣。

去權家，無論如何都是一個機遇，小姑娘立即雞啄米一樣地點著頭。「奴婢明白！一定把姑娘的吃喝都看得嚴嚴實實的，不讓旁人沾一點手！」

蕙娘笑了。「嗯。得了閒，妳把妳綠松姊姊請回家裡坐坐，有妳的好處……這樣吧，石英前幾個月給孔雀代班，也辛苦得很，妳們倆去找綠松，就說我的話，放妳們回家休息一天，明日吃過晚飯再進來吧。能不能請得動綠松和妳一起出去，就看妳的本事了。」

石墨對綠松倒一直還算服氣，她眨巴著眼睛，心領神會地一笑，甜甜地應了一句。「知道啦！」待要走，卻又不願，憋了半天，才憋出一句。「跟著姑娘辦事，真是不虧！就為了姑娘死，簡直都是情願的！」

她面上笑容洋溢，看得出來，這句話，應當是出自真心。

蕙娘目送她退出屋子，自己想了半天，也是懶洋洋地一笑。她又推開盒子，取出了那本小冊，在上頭添了幾個字。

這一次，文娘一反常態，自雨堂要給她住這樣的好消息送到了花月山房，她居然還不肯來找蕙娘說話。蕙娘等到第三天早上，沒等來文娘，倒是等到了石英。

她打完一套早拳，洗過身子出來淨房時，就見到石英站在桌邊——按常理，她今日是不當這差的。能近身服侍蕙娘，那是美差，一般自雨堂的大丫頭得輪著來，誰要是多占了班，背地裡是要遭人恨的。石英就是前幾天，才剛輪過班呢。

一臉的欲言又止……看來，是已經和焦梅說過了陪房的事，焦梅也應當去找過人，想給自己打招呼了。

家下人婚配這樣的小事，當然不可能去煩老太爺。要向太太求情，焦梅又沒有這個機會，因為內宅事務並不歸他管，他一般是向老太爺回話，一年也難得進幾次內宅。除非他異想天開，竟去找五姨娘說情，不然，最大的可能，還是去求老管家焦鶴。焦鶴跟隨老太爺多年，身分超然，也是可以管教蕙娘的，有他一句話，蕙娘十有八九，肯定會給面子。

不過，蕙娘也早就和焦鶴打過了招呼，藉著這個機會，她甚至還知道焦勳臨走的時候，除了養父給的盤纏之外，老太爺還以鶴叔的名義賞了一張銀票……焦梅不去求他也就罷了，這一求，大管家肯定是給他吹了風的：十三姑娘已經求准了老太爺，要把他帶到權家去了！

宰相門人七品官，一樣是管事，焦家的二管事和權家的陪嫁管事，那可是雲泥之別。焦梅一家，昨晚恐怕沒有誰能睡得著吧？

蕙娘壓根兒就不理會石英，她就像是沒留意到一點不同，在梳妝檯前一坐，由著香花為她梳理那豐潤烏黑的秀髮，一邊從孔雀手裡的托盤中拈起了一根簪子，一邊朝孔雀笑著說：「這個海棠水晶簪，做工真不錯，我前陣子還惦記著想戴呢，可妳不在，又不知收到哪裡去了。」

孔雀還沒說話呢，撲通一聲，石英已經跪了下來。她死死地咬著雙唇，一句話都不說，倒把眾人都嚇了一跳。

綠松瞥了蕙娘一眼，見蕙娘微不可見地點了點頭，便上前說：「這是怎麼了？快起來說話！什麼事，要跪下來——」

「她要跪，就讓她跪著吧。」蕙娘輕輕地說，她把海棠簪推進髮內，站起身來。「該去謝羅居吃早飯了。」

在謝羅居裡，五姨娘的眼神果然在海棠簪子上打了好幾個轉，蕙娘笑著衝她點了點頭。回到自雨堂裡，她把簪子拔下來遞給孔雀。「送到太和塢裡去吧，話說得好聽一點，並把這個意思帶出來：自雨堂先給文娘住，也是為了照顧十四姑娘的脾氣，倒不是故意要駁她的回。」

孔雀咬著唇，心不甘情不願地接過簪子，出了堂屋。

蕙娘踱進裡屋，又坐下來練了一會兒字，過了一會兒，她似乎有幾分疲倦，便按著脖子輕輕擺了擺手，由綠松領頭，一屋子人頓時退得一乾二淨，只餘石英一人，還直挺挺地跪在梳妝檯邊上。

「說吧。」蕙娘又提起筆來，她連看都沒看石英，只閒聊一樣地問：「妳爹原本為妳物色了哪戶好人家來著？」

她立刻就得到了一個答案。

「五姨娘的娘家有個遠房姪子……」

從前沒想和五姨娘爭鋒，自然不會去要焦梅。她知道石英已有去意，私底下還覺得這丫頭眼淺：除非她能到焦子喬身邊服侍，不然，這府裡還有什麼去處，比她身邊更強？沒想到，焦梅果然有幾分本事，他還真為自己的女兒，安排了更妥當的人家……

蕙娘擱下筆，拿起一方素絹，仔細地揩著青蔥一樣的玉指。

「奴才就是奴才，再威風，那也是主子賞的。」她淡淡地說。「得意忘形，竟把自己當個主子，想要插手主子間的事了，那可不行。」

石英咚咚地給蕙娘磕頭。「奴婢明白！奴婢雖不能違逆父母，卻也萬不敢吃裡扒外，給姑娘添堵。姑娘如不信，奴婢願——」

「好了。」蕙娘不輕不重地說。「要不是看明白了妳的心思，妳還能跪在這兒嗎？連著妳爹，怕是早都被趕出去了……妳爹雖然利慾薰心，為了那一步連命都能不要，所幸，到底還是生了個好閨女。」

石英肩膀一鬆，這才覺出渾身已跪得痠痛，一時再撐不住，幾乎軟倒在地。她勉強維持著最後的體面，伏在地上，以最恭敬的姿勢，聽著頭頂那飄渺的聲音——

「妳爹知道消息後，是個什麼意思？」

「他……他直打自己耳光，」石英便又勉力支起身子，恭恭敬敬地說。「想親自給姑娘磕頭賠罪……」

「不必了。」蕙娘擱下手絹。「石英，我今兒個把話給妳撂在這兒了。我活著，妳陪我一起嫁到權家，連妳爹在內，表現得好，自然有差事給你們做，將來風光，未必比在焦家差；我死了，那我也早留下話來，你們全家都得給我殉葬！」

她隨手抄起一卷宣紙，彎下腰頂起了石英的下巴，望著她的眼睛，一字一句地道：「我焦清蕙說得出做得到，你們一家是生是死，憑的不是祖父，不是麻海棠，是我的一句說話。妳明白了沒有？妳信不信？」

石英也好，焦梅也罷，又哪還有什麼不明白的？哪裡還敢不信？

第二十一章

文娘這一次居然很沈得住氣，她一路病到四月，病得京城的夏天都要來了，病得三姨娘和蕙娘說了幾次「妳就不能讓她一回？她要什麼，妳給她就是了」，病得蕙娘的家具都做下去了，瑪瑙天天領著焦家布莊的裁縫們忙活，病得蕙娘把寶慶銀、老麒麟送來的首飾，先打發到花月山房去了，她還是不肯見好，終於連老太爺都驚動了。

蕙娘來陪他用茶時，老人家都問了一句。「文娘這幾個月，病得不輕啊？」

「紅眼病，晾一晾就好了。」蕙娘心底也不大樂意，她輕聲細語地說。「總是那個樣子，好像家裡有誰對不起她一樣，這樣下去，以後嫁出門，是要吃虧的。」即使自己也是即將出門的大閨女，守灶女的口吻依然改不了。文娘越是倔，蕙娘就越是要拿捏她。兩姊妹一聲不出，倒是鬥了有四個月的氣。

老太爺也是又好氣又好笑。「妳明年就要出嫁了，妳母親又是那慈和的性子，她慈母更別說了，丫頭出身，那麼一點點見識，能教她什麼？花月山房裡的嬤嬤們，可沒有妳這個做姊姊的教她，又更上心，又更有威嚴。妳不出手，難道還要我老頭子教她？」

焦家人口少，文娘雖然不如蕙娘那樣得寵，但從小一直也都很得祖父、父親的寵愛。老太爺提到她的時候，語氣裡的寬容和放縱，就是蕙娘永遠都享受不到的待遇。

當家人都發話了，蕙娘心裡就是再不情願，也只能主動放下身段。

她帶石英去花月山房，走到半路，又打發她。「算了，妳還是去太和塢找妳嬸嬸說幾句話吧。按妳的身分，和她多親近一點，也算是題中應有之義。」

最近幾個月，自雨堂裡的丫頭們一來是忙，二來主子也管得嚴，平時沒事，幾乎沒有出門的機會，石英在自雨堂東裡間裡跪了那半天，要是以往，消息早傳得遍地都是，石英這幾個月，在各屋的大丫鬟跟前都別想抬頭做人了——可自從蕙娘臘月裡發了那一頓火之後，到現在，小半年了，自雨堂裡的事根本就傳不出去。尤其是能進東裡間服侍的丫頭，哪個不是千伶百俐的？主子的態度，或多或少都能揣摩得出來。口風嚴到什麼地步？別說太和塢了，就連南岩軒的符山，對石英都根本沒有一點異樣。

石英現在對蕙娘就要熱情得多了，連表情都豐富起來，她一口答應下來，又主動問蕙娘討假。「這幾天，聽說家裡母親身體不大好，想要回去看看……」

蕙娘唇邊便浮上了一縷模糊的微笑。「那也是該回去……今兒晚飯前回來就成了。」

雖說焦梅定了要跟她過去權家，但老太爺說話算話，一個多月了，蕙娘沒提，他也就沒露一點風聲，焦梅還是好端端地幹著他二管事的活計，他在府裡的能量，也和從前一樣地大。說得難聽一點，蕙娘現在要想瞞天過海，辦上幾件見不得人的事，除了瞞不過老太爺之外，恐怕連四太太都只能一無所知。

不過，她究竟也沒有吩咐焦梅多少事，只是令石英擇時去太和塢和胡養娘說幾句話。石英有沒有琢磨明白她的意思，就要看這丫頭的悟性了……蕙娘繞過一個彎角，一邊多少有些不耐煩地想：畢竟也算是人精，如不恩威並施，還真很難收攏得住。

眼看花月山房近在眼前，她也就收斂了思緒，掏出一方帕子來，捂住了口鼻。

花月山房顧名思義，自然為花海圍繞。文娘性好桃花，從三月開始，碧桃、紅桃、壽星桃……斷斷續續能一直開到五月上旬。可蕙娘卻一近桃花就要打噴嚏，即使已經預先拿手帕捂住了，一路走進院子，她還是猛打了三、五個噴嚏，眼鼻全是一片通紅，簡直連威嚴都要折損幾分。幾個小丫頭看見了，全都強忍著笑，上前為她打簾子，雲母也從裡間小跑著迎出來，又吩咐小丫頭們。「快把簾子都放下來！」

也就是因為這一林子桃花，擋住了蕙娘往花月山房的腳步，不然，早在三月裡，她就要殺過來了。文娘這都多大年紀了，改不掉的還是這左性子（注）。說來也奇怪，前一世，即使知道了她和權家的婚事，文娘也沒有什麼特別的表現，她還和蕙娘犯愁呢：何家不久就又重提婚事了，這一次，他們家誠意十足，提的還不是何家次子，而是長子芝生。在文娘看來，自己多半是要嫁到何家去了。

蕙娘一邊想，一邊又捂住鼻子，秀氣地打了個噴嚏。

雲母忙獻上一方新帕子，又往裡屋一探頭，倒是窘在了原地，瞅了十三姑娘一眼，又轉

注：左性子，意即性情偏執，脾氣古怪。

頭給身後的小丫頭們使眼色。

蕙娘一邊擦鼻子，一邊已問：「怎麼，她難道還跑了？」

從雲母的表情來看，焦令文恐怕剛才還在裡屋呢，就這麼一眨眼的工夫，她還真從裡屋跑沒影了！蕙娘啼笑皆非，拎著裙子，也不要雲母跟隨了，自己從邊門出去，忍著噴嚏，左右一望——便見到一角紅裙，慌慌張張地消失在了一角繁茂的桃花之中。

「焦令文！」她現在也不惱了，反倒覺得有幾分好笑。「妳是要躲到我出嫁，還是預備就一輩子不理我了？」

花月山房周圍有一株最老的桃樹，怕也有一百多年了，枝繁葉茂花發無數，年年還結好些桃子，文娘小時候還會爬樹上去，摘一籃子桃子給焦四爺吃，還向姊姊炫耀：「妳有穆陽的水蜜桃吃，就很了不起嗎？我也有最最上等的好桃子，一個都不給妳吃！」

等姊妹們各自回了院子，四姨娘早差人送了桃子來。「十四姑娘自己院子裡栽的，給您換換口……」

「多大的年紀了，還爬樹！」蕙娘又打了個噴嚏，站在這老桃樹下，仰著頭對一團繁茂的枝葉說。「妳再不下來，是等我上去捉妳？」

文娘被逼到這分上，也沒法再躲了。她猶猶豫豫，伸出一張臉來，看了姊姊一眼，又縮回去。「妳還來做什麼？妳還熱鬧得不夠嗎？」

才說了這麼兩句話，聲音裡就帶了哽咽，小姑娘繃不住了，還在樹上，就抽抽噎噎地哭了起來。「一樣都姓焦，我除了晚妳一年，我還差妳什麼……怎麼妳什麼都好、什麼都有！就連要說親，也說得個天下最好最好的……妳難道還不足夠？妳還要到我跟前來！是不是要我也跪下來舔妳的腳，妳才甘心、才足夠?!」

啊，看來，她還挺中意權仲白的嘛？

蕙娘的眼神不禁微微一沈，她握住樹幹，只一蹬便上了窄枝，蹬出一片花雨，粉色的、白色的花瓣紛紛落下來，文娘在枝葉中看見，忽然又是一陣心灰意冷。

眼睛、鼻子都通紅水亮，才一上來，又連打兩個噴嚏，身上也就隨意穿了件家常絹衣，這料子花月山房也有幾疋……可那又怎麼樣？在這花雨中看去，她照樣神色端凝、氣質超然，日頭透過花枝一照，更襯得她膚白若雪，眼睛水汪汪的，看著更動人了……

她連眼淚都乾了，也不再躲，只是垂下頭去，不和姊姊對視。

蕙娘也沒理她，她握著花枝一轉，便坐在文娘前方，把一隻秀足蹺到了妹妹腳上。

「那妳來舔啊。」她說，語氣還是淡淡的。「我這麼特地走進來，還真就是為了找妳舔我的腳。」

蕙娘沈下臉來說她，文娘是不大懼怕的，甚至大光其火把音調都抬高了，她也還能再倔一倔，可現在姊姊語氣重又淡下來，文娘就是還想強嘴，也不禁都要慢慢軟下來。可她前思後想，越想越是委屈，這股說不出的憾恨、妒忌、遺憾、卑屈、不服，在小姑娘心頭左衝右撞，要發，又發不出；要嚥，又嚥不下去，只得全化作淚水——她也顧不得才和姊姊鬥了四個月的氣，往前一撲，抱住蕙娘那條腿就大哭起來。「我討厭妳！我討厭妳、我討厭妳！」

還是和從前一樣，雖小氣，卻也小氣得可愛……蕙娘撫著她的頭，望著遠方花枝，竭力忍住噴噓，過了一會兒，等文娘哭聲低下去了，她才擦了擦鼻子，問妹妹。「權仲白過來那天，我記得妳是早被打發走了……那一回，妳偷偷又跑回來，偷看著他了？」

差之毫釐、繆以千里。前世權仲白上門的時候，恐怕文娘根本沒往別處想。這一次，蓮娘三番四次提起親事，只怕她也是上心了……她從小身體康健，又被養在深閨，還真沒有見過權仲白。要說她本來還有什麼可疑的地方，也就是羨慕良國公府的權位，與權仲白本人的風光了。可文娘不是那樣的人，不然，她也不至於不情願嫁進何家……

蕙娘不禁露出苦笑：沒想到這一世，她還是不情願看見自己出嫁，原因卻不是妒忌她的風光，而是看上了權仲白本人……

文娘沒有說話，眼淚都根本沒有止住，還在濡濕著蕙娘的羅裙。過了一會兒，她黑鴉鴉的頭顱上下胡亂一點，就算是答過了。

蕙娘又問：「妳看上他了？」

這一回，文娘連頭都沒點，她直接隔著裙子就咬了姊姊一口，蕙娘疼得倒吸一口冷氣，卻還並未發作，她和緩地說：「要不然，我同祖父說去，我不嫁給他了，換妳嫁過去？」

「妳少得了便宜還賣乖了！」文娘憤然直起身來，白了姊姊一眼。「親事都定了，除非妳死了，不然他們能答應？」

她又沮喪起來，眼淚在眼眶裡滾來滾去。「再說，就是妳死了，也輪不著我。我們家有什麼是他們家沒有的？他們看上的是妳的人……」

小姑娘越說越難過，哇地一聲，又哭起來。「真不公平！爹憑什麼把妳生得這麼好，把我生得這樣差？不公平、不公平、不公平！」

看來，與其說是妒忌蕙娘，她更像是鑽了牛角尖，自怨自艾，既恨自己不是蕙娘，又恨自己當不了蕙娘……

「妳吃這個醋？妳怎麼不怨爹沒把妳生成個帶把兒的呢？」蕙娘又打了個噴嚏，她敲了文娘一記響頭。「這世上比妳強的人多了去了，妳愛恨誰恨誰——還不給我滾下去？妳是要把我在這樹上憋死了才高興？」

文娘也是賤骨頭，就怕姊姊村她，挨了姊姊這兩句話，她倒沒那麼難受了，嘟嘟囔囔、不情不願地擦了擦眼淚，嘴一癟。「我就看不慣妳這個樣子……權仲白還有哪裡不好？何芝生和他一比，簡直就是路邊挑擔的貨郎……這麼好的人，為什麼偏偏就是妳的！」

一邊說，一邊從姊姊身上起來。蕙娘站起身要往樹下跳，她才開口說了一個字，忽然打了個噴嚏，腳下便是一滑。

老桃樹說高不高，說矮不矮，這樣落下去，受點傷那是免不了的。文娘忙拉住蕙娘，一手死死地圈住了樹幹，以為支撐，眼淚都嚇回去了。「姊，妳小心點！」

好在，蕙娘也就是這麼一滑，被妹妹拉住，她很快就找到平衡，輕巧地躍到了地上。反倒是文娘有些畏高，剛才又被蕙娘嚇著了，現在巴著樹幹往下一看，頭又縮了回去。到底，心還沒有走歪……

「就妳膽子小。」蕙娘又打了一記噴嚏，她張開手。「我接著妳呢！」

文娘扭扭捏捏的，往下看了一眼，見姊姊眼睛鼻子都是通紅的，大兔子一樣有趣，終究是弱了三分風姿，沒那樣高不可攀了。可本人卻恍若未覺，只是張著手，抬頭等她往下跳……

也不知為何，她心中一軟，充斥心間長達數月的妒忌，終於漸漸消散了開去。文娘往下一躍，正正跳進蕙娘懷裡，她才想要撒個嬌，拿姊姊的裙角擦擦臉，沒想到蕙娘為她下落帶起的風兒一吹，兜頭蓋臉，又衝著她打了個大噴嚏！

「姊！」文娘又惱了，一邊惱，一邊也有點好笑。「快進屋吧，再待一會兒，我看妳眼睛都要睜不開了！」

她這話並沒說錯，蕙娘這噴嚏打得，她連路都不想走了，是喚了小轎來一路抬回自雨堂的，她還一路打著「啊切」。

等回到屋內，一群人都嚇了一跳，綠松連聲道：「怎麼就鬧成這樣了！您不是進了屋就沒事兒了？」

孔雀恨得直咬牙。「瞧姑娘裙上那斑斑點點的……肯定是十四姑娘又去林子裡了！」

她埋怨蕙娘。「您就不該這時候過去，她要和您鬧脾氣，那是她的事，明眼人誰看不出來——」

「好了。」蕙娘又打了個噴嚏。「人家畢竟也是主子，妳說話還是要客氣一點。」

孔雀便不說話了，她有幾分悻悻然，主動說：「那我給您取藥去，您這個樣子，不喝上一服、兩服藥，怎麼能好，今晚一定又睡不著了！」

蕙娘從小就是這個毛病，她對桃花最沒有辦法，一聞到就犯噴嚏。到了換季時候，也容易有這個毛病，就為了冬天不大能呼吸涼空氣，自雨堂下了大功夫保暖不說，冬日外出她還有專用的暖轎。孔雀一邊走，一邊還嘟嘟囔囔的。「您一片心疼她，她能體會到多少！」說著，很快取了藥來，自己回小房間搧火熬製：這也是多年的慣例了，蕙娘裝首飾的屋子進出的人少，在這裡熬藥，最為方便不說，主子們也最為放心。

蕙娘擦著鼻子，難得地被說得沒了聲音。

綠松在一邊抿著嘴直笑，過了一會兒，等人漸漸散去了，她才上來服侍蕙娘換衣。「石英又去太和塢了？」

「她說想回家看看。」蕙娘吸了吸鼻子。「胡養娘大小也算個人物，石英在我們屋裡服侍，她肯定會有所避諱。這件事，我估計她是讓她爹出面去問了。」

綠松嘆了口氣。「那一位的用心，也不能說不深刻了。平時看著，倒是挺體面的，就是有些小心眼，也都是人之常情……」

越是權貴人家，人情越是冷漠淡薄，為了潑天的富貴，有些人什麼事都做得出來。五姨娘不許子喬和兩位姊姊親近，其實也許就出於這樣的考慮。出嫁了，能享用的富貴究竟是少，在家做承嗣女，那多享福？

也就是因為如此，自從徹底定了親事，她對蕙娘倒是更熱情了，連子喬都偶然肯放出來和她見一見。畢竟親事底定，就是子喬出事，蕙娘也一樣要嫁到權家去的。若說從前太和塢還有點忌諱自雨堂，現在倒是徹底地合則兩利、分則兩敗。五姨娘雖然是小戶人家出身，可也還不至於不明白這個道理。蕙娘往太和塢送了一根水晶簪，她就給自雨堂送了一簍上好的破塘筍。

至於平時和自雨堂的爭奇鬥豔，也許蕙娘有意見，但老太爺也還是能理解的：焦家下人，哪個本事不是通了天的？她要樹立權威，總不能去捏四太太、老太爺吧？也就是因為如此，老太爺就算對五姨娘的行動有些察覺，卻還是沒有出聲。要不是符山多了一句嘴，蕙娘也根本都懶得和她計較，又怎麼能順藤摸瓜地將她在背後打的主意給摸出來呢？

「也算是有些城府了。」蕙娘輕輕地哼了一聲。「這是想著放長線釣大魚呢，祖父一過世，我看府裡簡直就要是她的天下了。」

「可既是如此，她又何必要害您呢……」綠松還是不大想得通。「看她作風，也不像是那等敢於鋌而走險之輩——要說她不為自己打算，那是假的，可害了您的命去，她就不怕追查下來，她連眼前的富貴都要失去嗎？」

這一問，的確也問到了蕙娘心坎裡。她輕輕地搖了搖頭，罕見地沒下定論，也有少許躊躇。「等石英回來再說吧，她主動要回去，肯定是焦梅已經刺探出了一個結果。」

即使兩人關係密切如此，綠松身為下人，亦少不得要拍拍蕙娘的馬屁。「姑娘也就是略施手段，便成了螳螂後的黃雀。我看，就她有千般的能耐，也跳不出您的五指山了。」

「一個五姨娘而已。」蕙娘嗤的一聲。「也就是在咱們家了，要放在任何一個別人家裡，打從子喬落地的那一刻，她就別想有活路了……鬥鬥她，簡直是一道開胃點心。」

她不禁嘆了口氣，激勵綠松。「妳也得把皮給繃緊點，等嫁人後到了權家……那才是有得鬥呢！」

綠松有些不解。「咱們姑爺又不是沒本事，要指著家業過活，就是大少夫人看不慣您，頂多也就少些往來。名分既定，上頭還有長輩看著，這……還有什麼好鬥的不成？總離不了大格兒吧？」

「要真離不了大格兒，他們就不會說我了——」蕙娘才開了個頭，孔雀已經推門而入，將小托盤小心翼翼地放到蕙娘身前。

「您趁熱喝。」

她一扮鬼臉，也就不往下說了，拿調羹舀著藥湯。「無聊死了，把前兒新得的那隻大貓抱來吧……」

喝過藥，當晚居然還不奏效，到第二天晚間蕙娘才止住了噴嚏，只眉眼還是紅通通的。蕙娘一邊拿熱手絹握鼻子，一邊讓石英給她調香膏：她皮膚細嫩，這一天揩下來，已經有些紅腫，如不迅速鎮靜一番，過兩天是要脫皮的。

「嬸嬸說，」石英一邊調著碗中的花露水，一邊細細地道：「五姨娘是想讓兩位姨娘住到承德去，不過，那是幾年後的事了，老太爺還在的時候，她肯定不敢這麼做的。也令我爹不要心急，將來要他出力的時候，自然會告訴他的。眼下，還是先往家裡安插幾個人，才是他要做的事。」

也是因為要用焦梅，才會含含糊糊地透露一點將來的事。不過，即使只這點消息，對蕙娘來說，也已經足夠了。她若有所思地點了點頭，托腮一想，也不禁笑了。「五姨娘這個人，的確很有意思……」

第二十二章

文娘到底也還是焦家的女兒，心裡再不舒服，和姊姊強了這四個月工夫，她也沒了脾氣。被蕙娘一數落，她也就「好」了，和從前一樣，每日起來給四太太請過安，便同蕙娘在一塊兒練習女紅：四太太發了話，令兩姊妹時常在一塊兒待著，也好「讓文娘開心開心」。

的確，能在女紅上勝過蕙娘，對文娘來說是極大的安慰，小姑娘連母親不帶她出門應酬都不計較了，也根本都不過問自己的婚事，擺出了一副破罐子破摔的樣子，連蕙娘的嫁妝都沒有過問。「問什麼問？反正，我的嫁妝是一定不如妳的。」

焦家的生活也就重歸了寧靜，除了老太爺為朝中事忙得不可開交，還要向孫女借人「焦梅就先給祖父用用，到妳出嫁的時候，一準能還給妳」之外，不論是四太太還是兩個姑娘，甚至是太和塢的五姨娘，都沒有要生事的打算。焦家的這個夏日，過得是很寧靜的。

可在有心人眼裡，卻是外鬆內緊……

綠松始終還是覺得十三姑娘有些古怪，自從出孝擺酒那天，她收到了那來源不明的警告開始，她就顯然是有了心事。可現在自雨堂裡裡外外，被梳理得整整齊齊的，丫頭們平時連院門都出不去，就連最大的刺頭石英，現在服侍起來也比誰都上心，對她這個大丫頭，也沒有從前的不冷不熱……是徹底被十三姑娘給收服了。

二門上的動靜，有石墨父親一家人盯著，自雨堂裡的動靜，也有自己盯著，甚至連太和塢的動靜，符山是個一心想要進步的，就是三姨娘不說，她也要幫自雨堂盯著……一家清靜整肅，就有些動靜，也是人之常情。以她的見識，是真的沒覺出什麼不對。

可十三姑娘的心事，看著似乎是一天比一天更沈，尤其是進了六月，她越發常常出門，不是在三姨娘那裡用飯，就是陪太太吃飯，再不然，到前頭去服侍老太爺……已經有小半個月沒在自雨堂用過飯了。石墨私底下眼淚汪汪地，已經來找她訴苦過了幾次「姑娘這是怎麼回事？難道是不放心我……」。

背地裡的一些議論，綠松都給壓下來了。她也沒往蕙娘那裡報：十三姑娘做事，從來都自有她的道理。做下人的要有分寸，有些事，明知主子會怎麼分派，那也要請示，可有些事，卻不能讓主子平白無故地煩心。

可孔雀就不一樣了，這天晚上，她端著盤子從蕙娘頭髮裡拔簪子的時候就開了口。「您最近這是怎麼了？行動也不像從前，叫人看都看不透……是太和塢那裡，又有新動靜了？」

這幾個月，太和塢裡的確也提拔了幾個下人進府做事，蕙娘是待嫁女，不好再管府裡的事，自雨堂雖然影影綽綽收到了一點風聲，但卻沒有一點動靜。似孔雀、綠松這樣的丫頭，心裡對府中局勢都是有一桿秤的。太和塢勢力膨脹，南岩軒的日子相對來說就更不好過一些，還有花月山房，肯定也受到了一定的擠壓。最近十四姑娘過來看姊姊的時候，話裡話外，也不是沒有埋怨……

一個三姨娘，一個十四姑娘，那都是十三姑娘要看顧的人，她們受了委屈，十三姑娘不想著向老太爺、四太太告狀，反而見天地四處遊蕩，並不著家。綠松、石英還好，臉上一直都是淡淡的，但那些小丫頭們，私底下難免就犯了議論「難不成姑娘眼看著要出嫁了，就一改作風，從此要做個逆來順受的賢妻良母？」。

這話別人或許相信，孔雀是不信的，她也有幾分委屈：臘月裡，說一聲試探太和塢，就把她給打發出去了。現在倒好，眼看就要出嫁了，和太和塢還是那麼熱乎，一點都沒有要對付五姨娘的意思。這小半年來，也不知往太和塢裡送了多少珍貴難得的首飾……雖這不是她自個兒的東西，可她也代姑娘心疼。就為了五姨娘的好臉色，從前多少年蒐集起來的珍藏，竟也就這樣慢慢散失了……

說曹操，曹操到。蕙娘才敷衍過孔雀，五姨娘同胡養娘一道兒，已是抱著焦子喬來自雨堂作客了。

權家五月底已經送過了聘禮，過了聘，蕙娘多少已經算是權家人了。五姨娘對蕙娘也就越來越客氣，再不見從前那淡淡的戒備和倨傲。連喬哥，她都很肯讓他和姊姊親近，彷彿是為了彌補從前的疏遠，這一個多月，她三不五時就帶著喬哥過來自雨堂。

喬哥年紀還小，和誰常在一處，就喜歡誰，這陣子和蕙娘親近得多，看見蕙娘，便伸手要抱。「十三姊！」

蕙娘彎下腰，輕輕巧巧地就把這個大胖小子給抱了起來，掂了掂。「又沉了，怎麼只見長肉，不見長個子呢？」
子喬性子靈活，雖然才兩歲多一點年紀，但話已經說得很順溜了，對大人話裡的意思，漸漸地也能分辨出是調侃還是真心，他笑嘻嘻地喊了一聲「十三姊壞！」，便在蕙娘懷裡扭來扭去的，要拿蕙娘的檀木盒玩。
蕙娘把一個盒子舉在手裡，笑道：「你又不是沒有，怎麼還到我這裡來討？不給你玩。」
「姨娘不讓我碰！」子喬不禁大急，扭股糖一樣擰了半天，嘖嘖有聲地親了蕙娘幾口，又央求道：「好姊姊，我親妳，妳給我玩玩唄！」
「這麼貴重的東西，也就是您才給他玩了。」五姨娘看著子喬，表情很慈愛。「那個盒子，我都密密實實地收藏起來，等他大些再給他玩，別砸壞了，那可是小老鼠打翻玉瓶兒，也不知該打還不該打了。」
蕙娘微微笑了笑。「這麼沈重，他也砸不壞，愛玩就讓他玩去吧。」
她抽出一張帕子來，擦了擦頰上的口水漬，便又問子喬。「吃不吃瓜？你們也得了吧？臨海來的枕頭瓜，吃著比大興西瓜好些。」
「吃——」子喬拉長了聲音，脆聲脆氣的。「我也沒吃多少，姨娘說，好東西要送給十三姊的姨娘！」因蕙娘對他和氣，子喬是有點告狀的意思。
五姨娘笑得挺尷尬，尷尬勁裡又透了親熱。「別聽他瞎說！聽說三姊喜歡吃瓜……這東西不是稀罕嗎？我料著南岩軒的分兒不大多的，便正好從我的分裡勻了一些送過去。」會懂得對南岩軒示好，也算是有些手段了……五姨娘這個人，淺是淺了點，總算還不至於笨到無可救藥。

蕙娘不禁莞爾。「三姨娘是愛吃南邊的口味，我這裡也送了一些去，卻被打發回來了，說是吃不完……我還納悶呢，原來應在這裡，多謝姨娘想著了。」說著，兩人便相視一笑。

五姨娘語帶玄機。「太太是個慈和人，可心裡裝的事兒不多。我和三姊住得近，肯定是要相互照應的。十三姑娘且放心吧，以後南岩軒的事，就包在我身上了。」

面子功夫，也做得不錯，拿準了三姨娘不是愛告狀的性子。要不是符山多嘴一句，恐怕自己也就這麼輕輕放過去了。

蕙娘正要說話，忽然眉頭一皺，又打了個噴嚏。

綠松忙上前掏了帕子出來，又令石英。「去和孔雀說一聲，妳們倆一道上浣衣處催一催，姑娘的手絹怎麼還沒洗出來！」她想了想，又問蕙娘。「姑娘，還是添件衣服吧？」

「這個文娘，就是人不在，都令人煩心。上回我到她的花月山房去了一次，回來就是這樣了。」蕙娘半是抱怨、半是解釋地衝五姨娘皺了皺鼻子，她命綠松道：「剛才雄黃是在外頭看帳嗎？令她進來服侍姨娘、喬哥。我去去就來。」

說著，便當先進了裡間，過沒多久，綠松也進來了，服侍她換過衣服，才要出去，綠松又令雄黃進來開箱子找手帕，主僕三人折騰了一會兒，蕙娘聞過鼻煙，痛快地打了幾個噴噓，這才款款從淨房出來，正好看見五姨娘湊在木盒邊上，透過縫隙，仔細地瞧著盒子，似乎是想要鬧明白這裡頭究竟放了什麼東西。

彼此這麼一撞，自然都有幾分尷尬，五姨娘訕笑起來。「真是個巧物事，我好不容易把妳給我的那一個都給折騰開了，這個卻又不是那樣開的。」

蕙娘就坐下來開給她看，見桌邊放了一碗藥，她眉一揚。「孔雀剛才來過了？」

「說是正好熬了太平方子送來。」五姨娘含笑說。「還有差事要去浣衣處，這就先走了。」

「她的脾氣倒是越來越大了。」蕙娘有點不大高興。「可別撂臉子給您看了吧？」

「這哪能呢！」五姨娘也笑了。「妳也知道，孔雀姑娘就是那個性子，臉色從來都好看不到哪裡去的……」這麼說，無異於承認了孔雀對她沒好臉色。

蕙娘眉尖緊蹙。「回來就說她！」

可她一邊說，一邊又打了兩個噴嚏，顯然已經不適合待客。五姨娘沒有久坐，也就帶著子喬走了：雖然沒說出口，但她肯定還是顧慮清蕙把這鼻子上的毛病過給了焦子喬。

焦子喬臨走還抱著木盒子不放——他正琢磨得起勁呢！蕙娘看了一笑，也就給他了。「裡頭也沒裝什麼，都是空的，拿去玩吧！」

五姨娘連聲遜謝，無奈喬哥實在喜歡，她也奪不走，便只得遺憾地滿載而歸。

等她走了，綠松端過藥碗來一聞。「味兒倒沒變。」

蕙娘這太平方子，吃了也有十年了，不論是她還是孔雀、綠松，都很熟悉這藥湯的性狀。

蕙娘點了點頭。「這肯定，青天白日的，她哪會這樣下手。」她吩咐綠松。「把藥湯餵些給貓兒，藥渣別潑了，裝著。」

綠松越發疑惑：明知五姨娘不會膽大包天到這個地步，趁屋內無人時給藥湯下毒，可又何必鬧這一齣來？這不還是為了試探五姨娘嗎？

她給蕙娘遞手絹。「難為您了，憋出了這許多噴嚏來。」

蕙娘緊跟著又打了兩個秀氣的「啊切」，她吸了吸鼻子，無奈地搖了搖頭。「這法子雖然管用，可卻是能放不能收……稍微一聞花瓣，就得打半天噴嚏，折騰也折騰死了！」

她當沒看見綠松臉上的猶疑，又仔細叮囑。「記得，哪隻貓餵哪一天的，妳心裡都要有數。這一陣子的藥渣也都別丟，按日期裝著。少不得妳和孔雀受累了，大家仔細一點，過去這幾個月，那就好了。」

綠松也就釋然：出嫁在即，要有誰要向姑娘下手，也就是這幾個月的事了。敵在暗我在明，的確是不能不防。姑娘連小廚房的飯都不吃了，雖說是矯枉過正，可這種事，小心沒過逾的……

「誒。」她應了一聲，便將藥湯傾進了隨身的一個小罐子裡，閃身從側門出了院子，進了專給清蕙儲放貓狗，被底下人戲稱的「畜牲院」。

今年的七月七，宮中寧妃辦了個乞巧會，雖然蕙娘、文娘都沒進宮，四太太身上不好，也沒進去湊趣，但寧妃會做人，第二日宮中還是來人賞了兩位小姑娘一人一疋七彩西洋布。「這是會上的巧宗兒，說是七色合了七巧的意頭，是宮中最心靈手巧、月下能穿九連環珠子的繡娘們紡出來的。這是給兩位姑娘送巧來了。」

蕙娘還不覺得什麼，文娘第二天就把布丟到自雨堂，人也過來了。「送給妳的東西，我才不要。」一邊說，一邊也笑了。「怪不得她爬得快，除了生得好，也是真有本事。人還沒過門呢，這就討妳的好來了。」

寧妃入宮時，還是太子嬪，自她過門這些年來，後宮中也就是再添了兩個人口。寧妃能從嬪位上升到妃位，肯定是母憑子貴，可如何能在宮中保住胎兒、平安產子，那就是她的本事了。誠如文娘所說，人還沒過門呢，就懂得向權二少夫人示好了，為人玲瓏，可見一斑。

「妳就傲吧妳。」蕙娘不以為忤，只說了文娘一句，便令人把料子收下了。「這布織得倒好，和瑪瑙打個招呼，令她得空揣摩一番，能做一條裙子就好了。」

綠松過來一看。「七彩條的布，做裙子雖好，可穿不到宮裡去，倒不如做個襖子，和前頭裙子一樣，和前些日子新來的畫絹做個雜色衫，那倒能罩在披風下頭。春秋天穿著進宮，正好。」

以文娘的眼界，瞧著這兩疋布也就是平常，放在她屋裡，那也是壓箱底的貨。聽綠松有意這麼一點，才明白花花轎子人抬人的道理，她一時有些後悔，咬著唇卻又不肯說出口，蕙娘也不給她臺階下，就令綠松把布收起來。

文娘也有幾分傲骨，見姊姊不開口，她便也不吭聲，還更和氣地和蕙娘談天。「聽說吳嘉娘也定了親事了。」

吳嘉娘和蕙娘的處境，其實是有幾分相似的，只是她被選秀耽擱，又和蕙娘不同。如今的大戶人家，除非對自身很有信心，否則也不敢輕易上門求娶：畢竟是想著要進宮的人，眼界之高，真是不必說了。京中一等適婚年紀的名門公子，門第能和她相配的也並不多，尤其吳尚書又是一心想往上走，這門親事怎麼結，那就有講究了。

蕙娘「唔」了一聲。「先聽說他們和牛家議親，難道竟成了？」

雖未出門，消息還是那樣靈通，自己才從母親口中得到了一點風聲，蕙娘已經知道得這麼具體了……

要和蕙娘比，也是一門技術活。從小到大，這個姊姊看著平平淡淡的，除了生得美些，似乎也沒什麼出奇，可從身邊人開始，四姨娘、嫡母四太太、老太爺，甚至是那一群千伶百俐的小姊妹，就沒有一個不誇她的好。文娘是要服氣也難，可要她壓過蕙娘去，更難。自己這個姊姊，似乎什麼時候都如此從容鎮定，由小到大，就沒有誰能撩動過她的這層淡然……

她嘆了口氣。「不是鎮遠侯他們宗房那一支，是牛德寶的長子，吳家這是要和牛家抱團啊……怎麼會走這一步棋，真是令人費解。」

牛德寶是如今太后娘娘的二哥，人在宣德練兵，也掛了將軍銜，雖然不過四品，但因為是牛家唯一在朝廷任職的武官，防守的又是要塞，朝中人大多心中有數：爵位雖然不是他襲，但皇上就是看在太后娘娘的面子上，也不會少提拔了他的。

不過，一來牛家最近自己也有麻煩；二來，軍政聯姻，從來都是朝廷大忌，如今幾個閣臣，很少有人同在職武將有親戚的。吳尚書要還想入閣，似乎就不該結這門親事。

「朝堂上的事，妳就不要不懂裝懂了。」蕙娘白了妹妹一眼。「妳自己的婚事妳不開口……我告訴妳，妳最好還是──」

話才說到一半，外頭忽然傳來了急促的敲門聲，綠松忙過去開了門，同門口那人竊竊私語，說了好半晌的話，便勉強端著一張臉，疾步回來附耳告訴蕙娘。

蕙娘微微一怔，輕輕地點了點頭，又衝著文娘把話給說完了。「妳最好還是使一把勁，把何芝生這門親定下來。他生性穩重，不是利慾薰心之輩，待妳就算不好，也不會太差的。不然──」

文娘放下臉來，她打斷了姊姊的話，語氣已經有點生硬了。「連妳尚且不能為婚事作主，妳和我說這話幹麼？難不成，妳還更喜歡何芝生，自己嫁不成，還要推我去嫁？」她聲調一變，又有點得意。「我已經同祖父說過了，祖父說，他一定給我挑個方方面面都配得上的！就比不上妳的神醫姑爺，也不會輸得太多。最重要的，是我一定喜歡，他們家也一定待我好！」

蕙娘看了妹妹一眼，不禁打從心底嘆了一口氣：文娘這孩子，自小脾氣就倔，何芝生哪裡配不上她？多年考察下來，知根知底不說，人品也是上好的。她偏不願嫁，還為祖父一句話就沾沾自喜。這雙眼，看到了人家吳嘉娘身處的局勢，卻看不懂焦家如今陷進的這個局。什麼樣的人帶什麼樣的丫頭，她和黃玉，簡直就是一個毛病……

「看來，妳是打定了主意。」她淡淡地說。「將來要有後悔的時候，妳可記得今天的這番話。」

文娘面色一變，終於憤然起身。「要說就說，不說就算，沒妳這麼喪氣的！妳不想我來，我以後不來就是了！」

第二十三章

進了七月，天氣就涼下來了。「天階月色涼如水、坐看牽牛織女星」，四太太偷得浮生半日閒，自己帶了幾個丫頭在謝羅居裡賞月，連平時很親近的三姨娘、四姨娘都沒叫。「喊了她們，不好不喊五姨娘，喊了五姨娘，她把子喬帶過來，又不好不喊蕙娘、文娘，折騰得慌。就我們幾個清清靜靜的，看月亮吃西瓜，擺些閒陣就最好了。」

對四太太來說，長夏永晝，最難打發的就是漫漫的時間，謝羅居裡養了好些專說鼓詞故事的女先生，因文娘、蕙娘姊妹，平時經常來謝羅居走動，她白天是不讓她們出來的。不想喊人，多半就是因為四太太想聽說書了，這一點，她身邊幾個大丫頭都是心領神會的。

服侍著四太太在廊上貴妃椅上靠了，兩個小丫頭拿著搖頭槌，一左一右，輕輕地給四太太捶腿，連落錘的節奏都透著那麼輕巧合拍，令四太太渾身鬆泛了。

綠柱便故意說：「只看月亮也是無聊，太太，衝您討個情面呢，小唱不敢叫，咱們叫個瞎先生來說說書唄？」

守寡的人家，時常聽那些小姑娘揑著嗓子咿咿呀呀的，是不大像話。四太太似乎意動，可又有些猶豫。「妳也是的，這都什麼時候了……」她嘆了口氣。「算了，想叫就叫吧，只別傳出去了。到時候幾個姨娘有樣學樣，也鬧得不像話了，我就唯妳是問。」

綠柱早慣了四太太的作風，她嘻嘻一笑，不多時就領進了一位女盲婆，給四太太敲板子，本待要說【石猴記】的，四太太卻不愛聽，她要聽【金玉兒女傳】。

這樣小兒小女、情情愛愛的故事，不大適合四太太的身分，卻正合丫頭們的口味，一院子人都聽住了。有個小丫頭，手裡還拎著一壺水呢，聽得大張著嘴站住不動，其入迷之色，絕非假裝。四太太環視一圈，倒是被丫頭們逗得很開心，她唇邊也就掛上了笑，拿了個葡萄捏在指間，自己仔仔細細地剝紫皮兒。

「這故事要給十四姑娘聽見了……」綠柱趁著給四太太斟茶的工夫，就細聲細氣地逗她開心。「她非得勾動情腸不可。」

她時辰拿捏得好，盲先生正說到這書中女角玉玲瓏將要遠行，一家人都很不捨，正好是四太太不大耐煩聽的一段書，她便沒裝糊塗，「嗯」了一聲。「怎麼，花月山房來人託妳問消息了？」

「就是晚飯前剛來的。」綠柱說。「聽說十四姑娘才去過自雨堂……怕是看到自雨堂裡的嫁妝，也就惦記起了自己的好消息了。」

「文娘還是老樣子。」四太太似笑非笑。「就眼睛見到的那一點，算得了什麼呢？她要是知道——」她沒往下說，自己收住了，只道：「她不是不喜歡何芝生嗎？正好，要是喜歡，反倒還費神了。」

這脆利的竹板聲，越發顯出了周圍的寂靜。焦家人口少，一入夜四處都靜謐無聲，雖在京城，卻無異於山林野外。往常四太太是不大喜歡這氣氛的，可今兒她卻覺得這寧靜令人安心：快了，沒有幾年，兩個女兒一出嫁，家裡就真安靜下來了。子喬有五姨娘帶，得閒也不會來煩著她……再熬幾年，熬出孫子來，焦家香火，總算是未曾斷絕在自己手上，她也就算是有面目去地下見先人了。

也就是因為這份安寧，她罕見地露了個準話。「她的事情，我心裡有數的。老爺子掌著弦呢，遲不過明年年初，必有消息——」

正當此時，一陣急促的腳步聲立刻就攪碎了這不似凡間的寧靜，鼓聲住了，瞎先生清亮圓潤、多年淬鍊出來似唱非唱、似說非說的調子也住了。

四太太有些不快。「誰呀？這麼晚了，還這麼著急上火的！」扭頭一看，才一見來人，她就一下子坐直了身子，將那份含著矜貴，也含著辛酸的閒情逸致給拋到了九霄雲外去。

「妳怎麼來了?!」

綠松附在四太太耳邊說了幾句話，四太太越聽眼睛瞪得越大，她竟問了三次。「這是當真？真有這樣的事？妳們沒弄錯吧？」

以四太太來說，這已是罕見，綠柱的心登時就吊了個老高，可又全不明白緣由，直如墜入雲霧之中。她給綠松使了兩個眼色，綠松神色肅穆，根本沒有搭理，這就越發使得她忐忑不安了。才要探看主母顏色，四太太已經霍地一聲站起了身子，她緊咬著細白的牙齒，恍似總帶了一絲倦容的面盤湧起一陣潮紅，一字一句，都像是從齒間迸出來的——

「去各房傳話，今晚天色不好，大家都早些睡吧，除了上夜的婆子，誰也不要隨意在園子裡走動了！」

綠柱一時大駭，再不敢多探聽什麼，忙跪下來領命出去了。走動間，又聽見四太太吩咐別人──

「今晚上夜的是某人、某人領頭？令她們記住，還有誰在各院熄燈後隨意走動傳遞消息的，一律捆起來不許回去！」

有了當家主母一句話，素日裡處處亮燈的焦府，不到一炷香時分，已經全黑了下來，在恍若白晝、燈火輝煌的教忠坊內，這占地廣闊的園子，就像是一頭小憩中的野獸，黑暗裡透著的不是寧靜，而是隱約可見的緊繃。

這麼大的事，四太太不敢擅專，問知老太爺還沒有入睡，她便令人去通報了一聲，自己難得地出了二門，進小書房和公公說話。

「已經把局面都控制住了，我令綠柱帶一幫人在假山上看著，園內哪裡還有燈火移動，便令她派人過去探看。」她平素裡說起話來，總是懶洋洋的，彷彿少了一股精氣神，可此時卻是果斷爽利。「連裝藥渣的盒子都帶來了，還有那隻死貓──」她眉頭一蹙，掩不住心中的不快與驚駭。「說是昨兒餵牠吃的藥湯，今天上午還好好的，下午突然吐了血，抽抽個沒停，緊跟著就沒了氣。管著她那些小玩意兒的丫頭不知道怎麼回事，也很害怕，便同綠松說了。綠松忙把藥渣清出來，再問過蕙兒，蕙兒沒說什麼，只讓她過來報信，說是想知道究竟藥裡下了什麼毒？」

相府千金，那是什麼身分！為了養就一個焦清蕙，從小到大，焦家花的銀子，照樣再塑一個金身都夠了，能同一個丫頭、一個不聽話的通房一樣，說毒就給毒死了？這簡直是在打老太爺的臉、打她四太太的臉！四太太說到這裡，依然不禁氣得渾身發抖。「給她熬藥的是孔雀，現在還不知道消息呢。蕙兒說，不可能是她下的手。」

「孔雀是她養娘的女兒？」老太爺卻要比四太太更能把持得住，雙眼神光閃閃，態度竟還是那樣的從容。「開方送藥的都是什麼來頭？都控制起來沒有？」

四太太這麼多年，對家事是不大上心的，她打了個磕巴，不禁拿眼去看綠松，耳旁聽到公公淡淡的嘆息聲，自己也是臉上發燒——家裡就這幾個人，這種問題，按理來說，自己眼也不眨，就該能答上來的……

好在綠松對這事肯定也是清楚的，她往前一步，輕聲細語地說：「吃的是十多年的老方子了，固本培元的太平方，是……當時的權神醫，現在的姑爺開的方子。一般都是十天半個月喝一次，熬藥的事一直是孔雀管著，就在姑娘寢房邊上的那個小間，那裡還藏了姑娘的首飾，平時沒有事，孔雀是不離開的。庫房的人每月來送我們胭脂水粉的時候，順帶著就把藥送來了，平時也都收在那間屋子裡。」

老太爺「唔」了一聲。

四太太趕緊補充。「平時在小庫房辦事的幾個人，剛才也都派人去押住了。」

「嗯。」老爺子點了點頭，拿手撣了撣青布道袍上的香灰——他剛做過晚課，恐怕才給故人上完香。他沒有往下細問，也沒和四太太商量，只是望向綠松，不緊不慢地道：「妳姑娘鎮定逾恒，我倒並不吃驚，妳這丫頭，養氣功夫也做得很好嘛。怎麼，就沒有什麼要解釋的地方嗎？」

老人家行事，總是如此出人意表。四太太也不是沒有發覺疑點，可她覺得現在還不是追究的時候——把話說白了，她也不想追究——可老太爺都這麼問了，她也只能幫腔。「怎麼好端端地，會想到拿湯藥去餵貓？」

綠松欲言又止，她姣好的面容上分明浮現了一層遲疑。

四太太還要逼問，老太爺擺了擺手。「佩蘭的丫頭，妳還不知道嗎？尤其是眼前這一個，沒吩咐，她敢亂說話？」

多少年來，日理萬機，朝堂中升遷貶黜，人事浮沈，老太爺自己心裡是有一本帳的，是有名的「活花名簿」，沒想到後宅的事，還記得這麼分明。孔雀不說了，畢竟是蕙娘的養姊妹，連綠松的來歷都是門兒清……滿朝文武，能和老太爺比較的，也就是他親兒子四爺焦奇了……

四太太不合時宜地惦記起了往事，一時竟有些要走神的意思，她忙一咬腮幫子，和公公商量。「今日晚了，現在把蕙兒叫出來，是否打草驚蛇？」

「回稟老太爺。」綠松怕是也想到了這一層，這丫頭銀牙一咬。「姑娘行事，有時候是不多做解釋的……我在一旁看著，只覺得出孝後，姑娘似乎就有些心事。但不喝藥，那還是權神醫正月裡看過她一次之後，她才忽然再不喝藥的。因我平時無事，也喜歡逗貓弄狗的，姑娘便分派我一個差事，等湯藥送來了，先給貓兒、狗兒喝了，藥湯潑掉，藥渣留著，並記錄日期，以備查證……」

四太太聽著聽著，不禁又倒抽了一口冷氣。她瞟了老太爺一眼，一時也不知是要感慨蕙娘的城府好，還是欽佩老人家的敏銳好。

明明白白，那一天權神醫是摸出了不對！所以這才要和蕙娘私底下說話。這丫頭真是好深的城府，明知有人要害她，卻還不動聲色，絲毫不露馬腳！

更值得欽佩的還是老人家，只聽自己轉述，就都聽出了不對。如今回想起來，的確，權神醫在「毫無症候」這四個字上，咬得特別的死……

「妳先退下去吧。」她忽然朝綠松擺了擺手。

綠松微微一怔，卻不曾多問，她低眉順眼，立刻退出了書房。

四太太這才轉向老太爺。「您是當時就已經聽出了不對……」

「權子殷這個人，從來是不說謊話的。」老太爺也露了幾分沈吟。「他出入深宮之中，都未曾為誰遮掩過什麼，可這樣的身分，那也不是誰來問，他都答得很爽快。毫無症候，是說沒病呢？還是說有了病，沒症狀呢？又或者是說脈象不對，但並非因為病症呢？話咬得重，自然有多重解釋。」他嘆了口氣。「我就說，以佩蘭的性子，即使滿意，也都會深藏心底，如何子殷出門後，她還要低頭一笑？想必是要做給人看，以便大家釋疑……」

四太太打從心底往上冒涼氣，如非場合不合適，幾乎要落淚了。「爹，家裡就這麼幾口人了，究竟是誰這麼狠毒?!蕙兒要真去了，我們家又失一臂膀，難道真要我們祖孫三代相依為命，老天爺才滿意？」

「她這不是沒喝藥嗎？」老太爺慢慢悠悠的。「妳是多年沒動腦子了，老四家的……遇事怎麼就慌亂起來了？妳要老這個樣子，那我還真不放心蕙娘外嫁呢。」

四太太心頭一涼，她立刻收斂了不合時宜的悲痛，琢磨起了老太爺的意思，可越琢磨卻越是心冷、越琢磨就越是煩躁。「您的意思，這事……不是……不是天意，是家賊？」

「天意盯準蕙娘，已是從前的事了。」老太爺淡淡地道。「我的態度也很明白，我焦穎一生為大秦殫精竭慮，不知辦成了多少大事，這份家產，那也是我自己憑著眼光掙來的，宜春票號借了我的勢沒有？有。但有沒有過分？他們自己心裡是最清楚的。真要把我們家剝光了，以後誰還給他們做事？天下讀書人都要離心！不處分吳正，是當時情勢所迫，這我都能忍……也不是沒有說頭，可要下這樣的圈套來刮我們的絕戶財，他們還沒那麼無恥……」他猶豫了一下，又說：「縱真有那麼無恥，那也不會選在現在。皇上心底也清楚，我已經萌生退意，再過一、兩年，和和氣氣退下去了，那就是他的機會！現在忽然要和我死磕，他不至於。」

四太太提起從前往事，珠淚真是紛紛而落。「殺千刀的吳正、殺千刀的吳家人！天若有眼，怎麼不折騰他們家去！」又有些害怕，因情緒實在起伏不定，也顧不得分寸了，半是埋怨、半是抱怨的。「當時早知道，便把份子獻給天家了……」

「想得美！」老太爺終於動了情緒，他嘿嘿冷笑，語中陰毒稍露，已是刻骨。「黃河決堤這麼大的事，罪魁不梟首那還了得？他就為了扶植吳家和我們鬥，硬生生拖了一年，把人給拖死了！末了也不臉紅，還來圖謀我們家的錢？那我就要讓他知道，我們焦家有的是錢，可我一個子兒都不給他！我就要他自己明白，他有多下作、懦弱——」老人家猛地克制住了奔湧而出的情感洪流，死死地閉住了眼睛。

四太太滿腮都是豆大的淚珠兒，嗚咽著不敢放聲……

許久之後，老爺子才慢慢地睜開了眼睛，這雙原本就很清透的老眼，似乎被淚水給泡得更亮了，他擤了擤鼻子，再開口時，語氣已經很淡了。「這件事，不會是出自上意。皇上還年輕呢，還要顧著臉皮。再說，現在朝廷也和從前不一樣了，要比從前更有錢一些……等船隊要能從西洋順利回來，他更不會惦記著我們這點家當了。」

「那就是家賊了？」四太太也多少恢復了常態，她雙眉緊蹙，幾乎是本能地就想到了太和塢，想到了太和塢裡那道最近動作頻頻的身影……「爹，您說是不是蕙娘的嫁妝，傳到……」她張開手比了個手勢。「她耳朵裡了？」

老爺子的眉頭也跟著擰緊了，他搖了搖頭。「難說。這事很費琢磨，還是先找人看過藥渣再說吧。」

四太太坐立不安。「這要是她，她怎麼能弄來藥呢？要不是她，還能有誰？這家裡也再沒人盼著蕙兒不好了吧……」她忽然想到了另一個人，只又不願說——可她能想到的，老太爺那還能想不到嗎？

四太太怯生生地掃了老太爺一眼，老太爺果然已經從她的神色上看出了未盡之語。

他輕輕地點了點頭。「人心難測，除了妳和她生母，這家裡，誰都有可能下手。」

可這家裡剩下的主子，也就只有四姨娘、五姨娘、文娘和未知人事的焦子喬了……

——未完，待續，請看文創風103《豪門守灶女》2

機關算盡、局中有局之絕妙好手／玉井香

任何磨難，凡是殺不死她的，
終將化作她的養分，令她變得更強，
她就像懸崖上的花，牢牢抓著岩間的縫隙，
什麼風吹雨打都無法令她低頭！

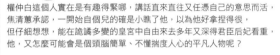

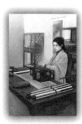

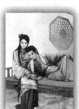

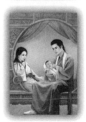

文創風
102

豪門守灶女 1

國家圖書館出版品預行編目資料

豪門守灶女 / 玉井香著. --
初版. -- 臺北市 : 狗屋, 民102.07-
冊 ; 公分. --（文創風）
ISBN 978-986-328-100-9（第1冊：平裝）. --

857.7　　　　102011361

著作者	玉井香
編輯	黃淑珍
校對	黃薇霓　林若馨
發行所	狗屋出版社有限公司
地址	台北市104中山區龍江路71巷15號1樓
電話	02-2776-5889～0
發行字號	局版台業字845號
法律顧問	蕭雄淋律師
總經銷	知遠文化事業有限公司
電話	02-2664-8800
初版	102年7月
國際書碼	ISBN-13　978-986-328-100-9
原著書名	《豪门重生手记》，由北京晉江原創網絡科技有限公司授權出版

定價230元

狗屋劃撥帳號：19001626

網址：love.doghouse.com.tw　E-mail：love@doghouse.com.tw